Das Buch

Hauptkommissar Dimpfelmoser sitzt – wie so oft – beim Schorsch-Wirt über seinen Bratwürstln, als seine Schwester Marianne, die er seit Jahren nicht gesehen hat, zur Tür hereinstürmt. Bevor sie direkt vor Dimpfelmoser ohnmächtig zusammenbricht, flüstert sie noch: »Er ist hinter mir her!« Dimpfelmoser will sofort alle Hebel in Bewegung setzen, um die Hintergründe zu klären, doch sein Chef nimmt ihn nicht ernst. Erst als Marianne spurlos aus dem Krankenhaus verschwindet und noch dazu ein Toter gefunden wird, findet Kommissar Dimpfelmoser bei seinem Chef Gehör. Allerdings bleibt ihm kaum Zeit zum Ermitteln, denn plötzlich wird ihm der Fall vom BKA entzogen. Merkwürdig. Liegt das vielleicht an der Tatsache, dass der Pfarrer des Ortes große Mengen Heroin in der Kirche gefunden hat? Und was hat Marianne damit zu tun? Plötzlich wirkt das sonst so idyllische Städtchen im Bayerischen Wald wie ein großstädtischer Verbrechenspfuhl. So geht das nicht weiter, Dimpfelmoser kann den Fall doch nicht dem BKA überlassen, wenn es um die Ehre seiner Stadt geht! Er wird das Ganze aufklären – notfalls auch im Alleingang ...

Der Autor

Stefan Limmer ist verheiratet und hat vier Kinder. Er wohnt zwischen Regensburg und Cham, in der Gegend, in der auch der Kommissar Dimpfelmoser ermittelt. Hauptberuflich ist er als Heilpraktiker, Seminarleiter und Dozent tätig.

Von Stefan Limmer ist in unserem Hause bereits erschienen:

Mordswatschn
Die Maß ist voll
Mordsgrantler

Stefan Limmer

Die Maß ist voll

Kriminalroman

Ullstein

Besuchen Sie uns im Internet:
www.ullstein.de

Wir verpflichten uns zu Nachhaltigkeit
- Papiere aus nachhaltiger Waldwirtschaft
  und anderen kontrollierten Quellen
- ullstein.de/nachhaltigkeit

MIX
Papier | Fördert
gute Waldnutzung
FSC® C021394
FSC
www.fsc.org

Originalausgabe im Ullstein Taschenbuch
1. Auflage März 2017
4. Auflage 2024
© Ullstein Buchverlage GmbH, Berlin 2017
Wir behalten uns die Nutzung unserer Inhalte für Text und
Data Mining im Sinne von § 44b UrhG ausdrücklich vor.
Umschlaggestaltung: zero-media.net, München
Titelabbildung: © FinePic®, München;
© Ron Erwin Photography (Murmeltier)
Satz: LVD GmbH, Berlin
Gesetzt aus der Legacy
Druck und Bindearbeiten: ScandBook, Litauen
ISBN 978-3-548-28828-4

Prolog

Die Umgebung ist inzwischen gänzlich uninteressant geworden. Sie starren nur noch auf das weiße Pulver im Löffel, das sich unter der Kerzenflamme langsam verflüssigt. Sie ziehen ihre Spritzen auf, binden sich die Arme ab und setzen sich endlich den erlösenden Schuss, der sie in den Himmel katapultiert. Wundervolle Klänge und Farben tauchen in ihren Köpfen auf und nehmen Gestalt an, hüllen sie ein und tanzen mit ihnen den Tanz des Teufels. Nach einiger Zeit stehen die beiden Frauen auf, schnappen sich die Tüte mit dem Heroin und verschwinden aus der alten Lagerhalle. Den Toten, der mit einem Messer im Herz am Boden liegt, haben sie schon längst vergessen.

Kapitel 1

Sonntag, 11.00 Uhr

»Das Übliche, Dimpfelmoser?«

Die Heidi, die Bedienung beim Schorsch-Wirt, dreht sich schon weg, ohne meine Antwort abzuwarten. Sie kennt mich halt und weiß, dass ich jeden Sonntag das Gleiche bestelle.

»Ein großes Mineralwasser hätt ich gerne zum Essen dazu«, nuschle ich vor mich hin und wage gar nicht, sie anzuschauen.

Sie bleibt abrupt stehen, und die Kinnlade fällt ihr runter. Mit weit aufgerissenen Augen starrt sie mich an, als wär ich nicht mehr ganz richtig im Kopf. Dann beginnt sie lauthals zu lachen, so dass das halbe Wirtshaus neugierig zu uns rüberschaut.

»Geh Xaver, heut ist der 1. April. Auf so einen Schmarrn falle ich nicht herein! Ein Bier wie immer halt, oder?«

»Mineralwasser, groß mit Kohlensäure.«

Verwundert schaut mich die Heidi an.

»Bist hoffentlich nicht krank, oder schmeckt dir des Bier bei uns nicht mehr?«

Als ob mir das Bier beim Schorsch-Wirt nicht mehr schmecken würde. Aber es hilft halt nix.

»Geh Heidi, bring mir halt einfach ein Wasser, des ist gesund und tut gut.«

»Meinst des ernst, Xaver? Bist krank?«

Sie schaut ganz besorgt, aber nachdem ich nicht reagiere, schüttelt sie nur den Kopf und zieht ab, um meine Bestellung weiterzuleiten. An den Nebentischen tuscheln alle ganz aufgeregt miteinander. Da muss ich wohl für Klarheit sorgen, nicht dass mein guter Ruf als passionierter Biertrinker noch leidet.

»Ich hab eine Wette verloren mit meinem Kollegen, und da muss ich halt jetzt für die nächsten Wochen auf's Bier verzichten. So einfach ist des, und jetzt kümmert's euch wieder um eure eigenen Angelegenheiten.«

»Eine Wette verloren«, prustet der Pfarrer Eberdinger am Nachbartisch los. »Mei Xaver, da wird sich deine Leber aber freuen, wenn's endlich einmal eine Pause bekommt. Da kannst ja auch wieder zu mir in die Kirche kommen, wennst am Sonntag nix mehr trinken darfst.«

»Da kannst lang drauf warten, da muss schon mehr passieren als eine verlorene Wette, bevor ich zu dir komm, Eberdinger«, brumme ich nur.

Wenn der wüsste, wie recht er hat mit seinem Kommentar zu meiner Leber. Ich habe tatsächlich eine Wette verloren, was mich immer noch maßlos ärgert. Aber da bin ich halt selber schuld, dass ich mich da hinreißen hab lassen. Der Reindl hat behauptet, wenn wir gemeinsam Bier trinken, dann hält er es länger aus als ich, bevor er zum Bieseln muss. Und weil er ein Preiß ist, hab ich ihm das nicht geglaubt. Wir haben uns dann mit einem Kasten Bier an die Donau gesetzt, und nach der achten Halben hab ich es nicht mehr ausgehalten. Bevor die Ladung in die Hose ging, hab ich in die Donau gestrullert.

Der Reindl hat mich nur ausgelacht und hat sich noch ein Bier aufgemacht. Erst nach der neunten Halben musste er dann auch. Ich bin mir ja sicher, dass er mich beschissen hat, aber das kann ich ihm nicht beweisen. Jetzt muss ich halt sechs Wochen ohne Bier auskommen, was mir zugegebenermaßen nicht leichtfällt. Ich träume sogar vom Bier, das irritiert mich schon ein bisserl.

»Deine Bratwürstl, Xaver. Mit doppelter Portion Kraut«, flötet die Heidi und stellt mir mein Essen unter die Nase. »Und magst dann noch gleich ein Wasser? Des passt aber irgendwie gar nicht zu dir, des kannst mir glauben.«

»Gib mir noch eins von eurem Wasser her, und dann lass mich in Ruhe«, brumme ich nur.

Die Heidi zieht schmollend ab. Aber da kannst doch trotz der Bratwürste keine wirklich gute Laune mehr haben. Ich schaue ihr heute nicht einmal auf ihren wunderbaren Vorbau, weil ich mit meinen Gedanken ganz woanders bin. Irgendwie muss ich seit dem Arztbesuch vor drei Tagen immer an die Eva denken. Die Eva ist meine Haushälterin. Sie ist seit unseren unerfreulichen Kindheitserlebnissen in der bescheuerten Sekte von meinen Eltern wie eine Schwester für mich, aber so ganz sicher bin ich mir da in letzter Zeit nicht mehr, ob sie das auch so sieht. Seit den letzten Mordfällen, die sie wieder an unsere Kindheit in der Sekte erinnert haben, geht sie regelmäßig zu so einem Psychologen. Und seitdem schaut sie mich immer öfter mit so einem Augenaufschlag an und drückt sich her, da könnt dir ganz anders werden. Und nach meinem niederschmetternden Amtsarztbesuch ist sie kreidebleich geworden, wie ich ihr das von den Leberwerten erzählt hab. Sie ist mir gleich um den Hals gefallen und hat sich schluchzend an mich geklammert, als ob es schon vorbei wär mit mir. Und das verunsichert mich. Ich verstehe einfach nicht, warum sich die Eva gar so komisch benimmt. Egal, jetzt lade ich mir erst einmal die Gabel voll Kraut und schiebe noch eine ganze Bratwurst drauf. Wenn schon kein Bier, dann wenigstens ein gescheites Essen. Es ist ja schließlich Sonntag, und ich habe wieder einmal mit meinem Kollegen, dem Reindl, Bereitschaftsdienst. Der geht ja in letzter Zeit immer öfter mit zum Schorsch-Wirt. Das hat er früher nie gemacht, aber inzwischen hat er sich echt gut gemacht, dafür, dass er ein Preiß ist. Aber heute wollte er unbedingt noch kurz in der Dienststelle bleiben, wahrscheinlich sucht er wieder einmal nach einer Frau im Internet. Gerade als ich mir die erste Gabel in den Mund schieben will und mir die Heidi mit abfälligem Blick mein neues Mineralwasser herstellt, geht die Türe auf. Der Reindl kommt rein und setzt sich bestens gelaunt zu mir.

»Bringen Sie mir bitte ein Bier, schöne Frau«, schleimt er der Heidi hin, aber die ist gegen so was resistent.

»Xaver, was für ein wundervoller Anblick. Du mit einem Wasser. Das freut mich, dass du eine verlorene Wette ernst nimmst.«

Ja, was bleibt mir auch anderes übrig, ich bin halt ein Ehrenmann. Zähneknirschend schau ich dem Reindl zu, wie er extra langsam sein Bier hebt, das ihm die Heidi sofort gebracht hat, und genussvoll daraus trinkt. Er beobachtet mich dabei ganz genau aus den Augenwinkeln, der elendige Sauhund. Aber ich lass mir nix anmerken, hebe genauso langsam mein Wasser und nehme einen kräftigen Schluck, so dass das Glas gleich leer ist. Dazu rülpse ich genüsslich und mache ein zufriedenes Gesicht, obwohl ich in dem Moment dem Reindl lieber in seine selbstgefällige Fresse hauen würde.

»Und, wann hast eine neue Verabredung, Reindl?«

»Gleich heute Abend, Dimpfelmoser. Stell dir vor, in einem der Partnervermittlungsportale, bei denen ich angemeldet bin, habe ich heute meine Traumfrau kennengelernt. Und heute Abend führe ich sie in Regensburg aus. Ich bin mir sicher, diesmal ist es die Richtige.«

Er zückt ein Bild, das er ausgedruckt hat, und hält es mir selig unter die Nase. Ich werfe einen kurzen Blick darauf und verschlucke mich gleich an der Bratwurst, an der ich gerade gekaut habe.

»Rattenscharf ist die, das sage ich dir. Da verschluckst dich gleich bei so viel Schönheit auf einmal.«

Rattenscharf und wunderschön, da hat er recht, der Reindl. Aber deswegen hab ich mich nicht verschluckt. Ich kenne die Dame auf dem Bild nur zu gut. Aber wie soll ich das dem Reindl erklären, was das für eine ist? Immer wenn er glaubt, er hat endlich seine Traumfrau gefunden, und wenn er dann in so einem Zustand der Euphorie ist, dann hört und sieht er nichts mehr, sondern ist völlig verblendet und blind für die Realität. Seine Hormone spielen völlig verrückt, das habe ich inzwischen immer wieder erlebt. Trotzdem muss ich es zumindest versuchen. Nicht dass er mir hinterher vorwirft, ich hätte ihn nicht gewarnt. Aber da ist Diplomatie gefragt, nicht dass er gleich wieder wie eine beleidigte Leberwurst reagiert.

»Du, die kenn ich, Reindl. Da musst vorsichtig sein.«

»Du kennst die Dame?«, fragt er versonnen und glotzt weiter auf das Bild.

»Reindl, die war im Gefängnis wegen schwerer Körperverletzung und illegalem Drogenbesitz. Ich war dabei, wie sie die Kollegen festgenommen haben. Eine wahre Furie, sag ich nur.«

»Du wieder, Dimpfelmoser. Bist neidisch, weil sie so gut aussieht? Die brauchst mir nicht schlechtreden, und überhaupt verwechselst du die. Sie hat geschrieben, dass sie erst vor einer Woche nach Regensburg gezogen und so einsam ist.«

Die lügt wie gedruckt, aber es war ja klar, dass der Reindl bei der ihrem Anblick völlig durchdreht. Die hat ihren letzten Liebhaber unter Drogeneinfluss krankenhausreif geschlagen, weil sie sich so dermaßen in einen Eifersuchtswahn reingesteigert hat. Ihr Liebhaber hat nach ihrer Verhaftung beteuert, dass er absolut treu war, aber wenn er auch nur eine andere angeschaut hat, ist sie schon ausgerastet und hat ihn geschlagen, den armen Hund. Und das würde ich dem Reindl gerne ersparen. Also setze ich noch mal an, um ihn zu warnen.

Genau in diesem Moment bricht an der Eingangstüre ein Höllenspektakel los. Mir fällt vor Schreck die ganze Ladung Kraut auf den Boden, die ich mir gerade in den Mund schieben wollte. Ich starre nach vorne, und da bleibt mir doch das Maul offen stehen. Langsam lasse ich die Gabel sinken, und wie in Zeitlupe stehe ich auf.

Vorne ist inzwischen die Frau, die polternd mit der ganzen Türe in die Gaststube gefallen ist, wieder aufgestanden. Alle Wirtshausbesucher glotzen sie an, als wär sie eine Außerirdische. Besonders ansehnlich ist sie wirklich nicht. Ihre Hose und die Jacke sind verdreckt, und irgendwie schaut sie völlig verwahrlost aus. Die Haare stehen kreuz und quer von ihrem Kopf weg, und über ihr ausgemergeltes Gesicht läuft die Wimpertusche in schwarzen Rinnsalen herunter. Da könntest richtig Angst kriegen, und dementsprechend hat es auch allen im Wirtshaus die Sprache verschlagen.

»Xaver ...«

»Marianne, wie schaust du denn aus?«, ist das Einzige, was mir einfällt, während ich wie in Zeitlupe auf sie zugehe.

Alle Augenpaare wandern zwischen ihr und mir hin und her. Noch bevor ich bei ihr bin, verdreht sie plötzlich die Augen und bricht dann direkt vor mir zusammen. Mir bleibt die Luft weg, und das ganze Wirtshaus erstarrt kurzzeitig. Zum Glück fange ich mich gleich wieder und laufe die letzten Meter zu ihr hin.

»Holt's einen Notarzt, schnell!«, schreie ich die Gaffer an, während ich die Vitalfunktionen von meiner Schwester überprüfe. Zum Glück atmet sie noch. Ihr Puls flackert zwar etwas, ist aber deutlich zu spüren.

Ich will sie in die stabile Seitenlage drehen, da fängt sie an zu würgen. Ich springe gerade noch rechtzeitig auf die Seite, bevor sie auf den Boden kotzt. Sofort breitet sich ein scharfer Geruch im Gastraum aus. Jetzt kommt endlich Bewegung in die Gäste. Der Schorsch reißt das Telefon von der Ladestation und ruft den Notarzt an, und einige öffnen schleunigst die Fenster und die Türen. Die Heidi kommt mit dem Putzlappen und wischt um die Marianne rum. Ich setze mich zur Marianne auf den Boden. Vorsichtig streiche ich ihr über den Kopf.

»Kennst die?«, fragt mich der Schorsch neugierig, während mich alle sensationslüstern anstarren.

»Des ist meine verschollene Schwester, die Marianne«, murmle ich.

Bevor noch einer weiterfragen kann, stürmt der Notarzt mit zwei Sanitätern herein. Irgendwie kriege ich den ganzen Tumult um mich herum gar nicht mit. Erst als mich der Rindenacher, einer der Sanitäter, sanft von der Marianne wegzieht, erwache ich wieder aus meiner Erstarrung.

»Lass sie halt los und uns ran, wir können doch sonst gar nicht unsere Arbeit machen«, redet er auf mich ein, als wäre ich ein kleines Kind.

Aber so fühle ich mich momentan auch. Ganz langsam dringt es in mein Bewusstsein, was hier gerade los ist. Meine Schwester, von der ich seit Jahren nichts mehr gehört und gesehen habe, liegt hier vor mir völlig verwahrlost und ausgemergelt am Wirtshausboden. Wie ich sie da so sehe, gibt es mir einen Stich, und die alten Bilder tauchen auf, wie sie sich immer gekrümmt hat unter den Schlägen vom erleuchteten Erwin, dem Sektenguru. Da ist sie danach auch immer so zusammengekauert und leblos am Boden gelegen und hat sich nicht mehr gerührt. Ich schiebe die Schatten der Vergangenheit schnell zur Seite, die kann ich im Moment gar nicht gebrauchen. Inzwischen ist im Wirtshaus ein Höllenspektakel ausgebrochen. Alle schreien und diskutieren wild durcheinander, während der Doktor seelenruhig seine Untersuchungen durchführt.

»Kennst du die Frau, Dimpfelmoser?«

»Des ist meine Schwester.«

»Oha, deine Schwester also. Weißt schon, dass die total auf Drogen ist.«

Plötzlich ist es wieder totenstill im Wirtshaus. Der sensationslüsterne Mob hält sich ganz ruhig, um ja nichts zu verpassen.

»Drogensüchtig ...? Ja was ...«

Mir verschlägt es vollends die Sprache, was mir normalerweise so gut wie nie passiert.

»Da schau, lauter Einstichstellen hat's in den Armbeugen, und die sind richtig entzündet. Des kann fast nur vom Drogenspritzen kommen, so wie des ausschaut. Und wenn ich mir ihren Allgemeinzustand so anschaue, dann ist alles klar.«

Ich kann nur stumm nicken.

»Fahrt's sie gleich ins Klinikum nach Regensburg, die sind auf so was besser vorbereitet als unser Krankenhaus«, weist er die Sanitäter an. »Und du fährst am besten gleich mit, Dimpfelmoser.«

»Ich fahr mit dem Polizeiauto hinterher, ich hab Bereitschaftsdienst. Reindl, bring mir den Wagen her, aber dalli.«

Der Reindl setzt sich in Bewegung und rast aus dem Gastraum rüber zur Polizeistation, während die Sanitäter die Marianne in den Krankenwagen verfrachten. Keine Minute später steht das Auto vor der Türe.

»Kümmer du dich um deine Schwester, ich halte hier die Stellung. Hier ist ja eh nie was los. Und wenn ein Einsatz reinkommt, dann melde ich mich über das Diensthandy, Dimpfelmoser.«

Auf den Reindl ist halt Verlass, wenn es darauf ankommt.

Mit Blaulicht und Sirene geht es ab nach Regensburg und in die Notaufnahme. Der Sanitäter rast wie ein Geisteskranker über die Autobahn, und ich bleibe ihm dicht auf den Fersen. Normalerweise wäre das ein pfundiger Einsatz, ich würde die Scheibe mit der Helene Fischer in den CD-Player schieben und auf volle Lautstärke aufdrehen. Aber heute bleibt es stumm im Auto. Ich spüre nur Angst in dem gähnenden Abgrund, der sich in mir aufgetan hat. Hoffentlich stirbt sie nicht, die Marianne. Meine Gedanken kehren zurück zu jener Zeit, als sie unsere Heimatstadt verlassen hat. Gerade mal siebzehn Jahre war sie, als sie hier alles hinter sich gelassen hat – die Erinnerungen an unsere beschissene Kindheit in der Sekte unserer Eltern, die Erinnerungen an die Schläge, an die Gehirnwäsche und vor allem die Erinnerung an die Zeit im Keller mit den Toten, wo sie uns zurückgelassen haben, als sie alle nach Indien abgehauen sind. Die Marianne hat es von uns allen am schlechtesten verarbeitet. Auch nach Jahren war sie still und in sich gekehrt. Sie wollte dann raus aus dem Kleinstadtmief und ein neues Leben jenseits aller Erinnerungen beginnen. Am Anfang hat sie sich noch manchmal gemeldet und immer so getan, als würde es ihr richtig gutgehen, aber ich hab ihr das nie wirklich geglaubt. Und jetzt ist sie plötzlich wieder hier und vollgepumpt mit irgendwelchen Drogen.

Inzwischen haben wir die Zufahrt zur Notaufnahme erreicht. Ich springe aus dem Auto und laufe zum Krankenwagen, aus dem die Sanitäter gerade die Trage mit meiner Schwester darauf herausheben.

»Sie kommt gerade zu Bewusstsein, Dimpfelmoser«, erklärt mir der Rindenacher.

Ich nehme ihre Hand, während ihre Augenlider flackern und sie mich dann mit großen, glasigen Augen anstarrt.

»Xaver … Da bist du ja endlich«, lächelt sie schwach.

Mir fällt ein Stein vom Herzen. Sie lebt, und sie erkennt mich, das ist doch in Anbetracht der Umstände zumindest schon mal was. Ich lächle zurück und drücke vorsichtig ihre Hand. Sagen kann ich gar nichts, und so laufe ich nur neben der Trage her, die die Sanitäter in die Notaufnahme bringen.

»Ich hab dich gesucht, Xaver. Jetzt bist du ja da, jetzt wird alles gut«, murmelt sie, während ein Zittern durch ihren Körper geht, dass du meinst, sie wäre am Erfrieren.

»Marianne, wie ... Was machst ... Gesucht?«

Ich kann keinen einzigen vernünftigen Satz formulieren. Wie ich sie da so hilflos auf der Liege sehe, ausgemergelt und völlig fertig, da zerreißt es mir fast das Herz. Endlich sind wir in der Notaufnahme angekommen. Die Sanitäter heben die Marianne vorsichtig in einen Rollstuhl, dann geht es gleich weiter durch die Krankenhausgänge. Ich laufe einfach orientierungslos mit und halte weiter ihre Hand.

Endlich schiebt der Rindenacher den Rollstuhl in ein Behandlungszimmer, und wir legen die Marianne auf die Behandlungsliege.

»Der Arzt kommt gleich und macht eine Eingangsuntersuchung. Ich muss dann wieder los, Dimpfelmoser, viel Glück«, verabschiedet sich der Rindenacher, und dann bin ich mit meiner Schwester alleine. Wir schauen uns zunächst nur an, und keiner spricht ein Wort. Ein Gemisch aus unterschiedlichsten Gefühlen und alten Erinnerungen bricht über mich herein, da brauch ich erst wieder einen klaren Kopf. Also atme ich ein paar Mal tief durch und verdränge alle Gedanken an früher. Das kann ich gut, das habe ich im Laufe der Jahre gelernt, wie ich den ganzen Mist in mir gut wegsperren kann.

»Marianne, du hast mich gesucht? Brauchst Hilfe, so wie du ausschaust? Und die Einstichstellen ...?«

»Xaver, ich hab nicht freiwillig Heroin gespritzt. Die haben mich dazu gezwungen. Ich wollte das nicht.«

»Heroin? Wie lange pumpst das Zeug schon in dich rein?«

»Seit einem halben Jahr, da hat das alles angefangen.«

Ihr Körper beginnt zu zittern, und ihre Augen verdrehen sich wieder so komisch. Da geht zum Glück die Türe auf, und ein Arzt betritt mit einer Krankenschwester den Raum. Er ist mir vom ersten Moment an unsympathisch, der saubere Herr Doktor. Der hat doch tatsächlich so ein Gel in den Haaren, und irgendwie schaut er aus, als wäre der feine Herr auch noch leicht geschminkt. Er wirft nur einen kurzen Blick auf die Marianne, und ohne sie überhaupt zu untersuchen, dreht er sich zu mir um.

»Eine Verwandte von Ihnen?«

»Meine Schwester, ja. Und Sie sind ...?«

Er schaut mich nur angewidert an, als wäre ich ein lästiges Insekt, bevor er den Raum wieder verlassen will.

»Veranlassen Sie eine Blutentnahme, damit wir wissen, was sich dieses Subjekt gespritzt hat.«

Sofort läuft die Krankenschwester los.

»Das ist nun wirklich unter meinem Niveau«, murmelt der Doktor und will tatsächlich einfach wieder verschwinden.

Aber da kennt er mich schlecht. Ich greif in seinen Gelschopf und ziehe ihn unsanft zurück in den Raum.

»Und jetzt machst eine gescheite Untersuchung, sonst lernst mich richtig kennen, aber dalli.«

Er will sich mir entwinden, aber ich fasse noch fester zu, so dass es ihm seine geschminkten Augen gleich aus den Höhlen drückt.

»Das ist eine polizeiliche Anordnung, verstehst des, du affektierter Depp?«

Vorsichtshalber halte ich ihm noch schnell meinen Dienstausweis unter die Nase, aber er hat schon verstanden, dass mit mir nicht zu spaßen ist.

»Ich werde diese Frau unter Protest untersuchen und mich dann über Sie beschweren, da können Sie sich darauf verlassen.«

»Beschwer dich, wennst meinst. Aber jetzt an die Arbeit, sonst passiert was, hast des endlich kapiert?«

Ich ziehe noch so nebenbei meine Dienstwaffe und spiele ein bisschen damit herum. Plötzlich wird er schnell, der saubere Herr Doktor. Er packt sein Stethoskop und hört die Marianne ab, fühlt den Puls und überprüft die Reflexe, so wie sich das gehört für eine vernünftige Untersuchung.

»Sie ist stabil. Keine akute Gefahr mehr. Die Frau braucht Ruhe und dann eine Entgiftung. Sie ist körperlich in einem schlechten Zustand, aber das sehen Sie ja selbst. Das ist bei Drogenabhängigen der Normalzustand. Wenn ich die Blutwerte habe, dann veranlasse ich die nötigen Schritte, um sie zu stabilisieren, und dann braucht diese Frau einen Entzug. Da sollten Sie sich schnellstmöglich darum kümmern.«

»Geht doch, warum nicht gleich so?«, grinse ich ihn an.

»Und jetzt nehmen Sie endlich Ihre Waffe runter, und lassen Sie mich gehen, ich habe noch mehr zu tun, als mich um Ihre verwahrloste Schwester zu kümmern. Es müsste gleich jemand für die Blutentnahme kommen.«

Ich mache ihm also den Weg frei und lass ihn raus aus dem Zimmer. Die Marianne wirkt inzwischen wieder etwas wacher.

»Xaver, ich erklär dir alles, wenn Zeit dazu ist. Jetzt brauch ich erst einmal dringend deine Hilfe. Ich bin nicht alleine hier, und meine Bekannte, die steckt in ernsthaften Schwierigkeiten. Da müsstest mir unbedingt helfen.«

Noch bevor ich etwas erwidern kann, geht die Türe auf, und ein anderer Arzt kommt herein. Als die Marianne ihn sieht, reißt sie die Augen auf und springt mit einem Affenzahn von der Liege, das hätte ich ihr in ihrem Zustand gar nicht zugetraut. Aus den Augenwinkeln sehe ich etwas Metallisches aufblitzen. Reflexartig drehe ich mich um und schaue geradewegs in den Lauf einer Pistole, die der Arzt auf mich gerichtet hat. Blitzschnell schieße ich nach vorne und ramme dem Arzt mein Knie mit voller Wucht zwischen die Beine. Er schreit auf vor Schmerzen und lässt seine blöde Pistole fallen, während er zu Boden geht. Ich schubse die Waffe mit einem Fuß weg und stürze mich dann erneut auf den Arzt, der sich schon wieder aufrappeln will. Er ist wie eine Furie und haut wild um sich. Als ich endlich einen Arm zu fassen kriege, da beißt mich der tollwütige Hund doch tatsächlich in die Hand, so dass ich ihn wieder loslassen muss. Er nutzt den Moment schamlos aus und rennt einfach davon, der elendige Feigling. Ich rapple mich auf und will ihm hinterher, aber als ich auf den Gang spurte, ist von ihm weit und breit nichts mehr zu sehen. Gerade kommen zwei Krankenschwestern ums Eck, vielleicht haben die ihn bemerkt.

»Habt's ihr gerade einen Arzt davonlaufen sehen?«

Sie schauen mich nur verständnislos an und schütteln den Kopf.

»Lassen Sie sich mal Ihre Hand verbinden, Sie bluten ja den ganzen Gang voll.«

Erst jetzt bemerke ich, dass der Biss des Arztes tatsächlich eine tiefe Wunde in meiner Hand hinterlassen hat und ich wie wild blute. Aber dafür hab ich keine Zeit. Ich wickle schnell mein Taschentuch darum und laufe zurück in den Behandlungsraum, um mich um die Marianne zu kümmern. Den falschen Arzt muss ich momentan wohl laufen lassen. Im Zimmer bemerke ich, dass auch meine Schwester verschwunden ist. Ich suche alles ab, aber sie ist wie vom Erdboden verschluckt. Auch die Pistole ist weg, und nichts deutet mehr auf die Ereignisse von gerade eben hin. Panik erfasst mich. Wo ist sie nur hin, die Marianne? Und hat sie die Pistole mitgenommen? Sie hatte jedenfalls Angst vor dem falschen Arzt, und das wohl zu Recht. Wenn der mit einer scharfen Pistole hier herumfuchtelt, dann muss die Lage wirklich ernst sein. Wo hat sie sich da nur hineingeritten? Hoffentlich entdeckt sie der Mann nicht vor mir, wer weiß, was der dann mit ihr macht. Ich muss sie einfach so schnell wie möglich finden und eine Fahndung nach dem Arzt einleiten, damit nicht noch ein Unglück passiert. Also rufe ich die Kollegen von der Bereitschaft in Regensburg an und schildere ihnen den Fall.

Sie versprechen, sofort zwei Kollegen vorbeizuschicken.

Kapitel 2

Die beiden Kollegen, die nach zehn Minuten aufgetaucht sind, schauen mich misstrauisch an.

»Also, jetzt schilderst noch einmal genau, was passiert ist, Dimpfelmoser.«

»Ja zefix, ich hab's euch Hornochsen doch schon erklärt! Ein falscher Arzt hat mit einer Pistole meine Schwester bedroht. Er wollte sie wahrscheinlich umbringen. Und als ich dazwischen gegangen bin, hat er mich in die Hand gebissen und ist abgehauen. Und dann war auch meine Schwester plötzlich verschwunden. Und jetzt unternehmt's endlich was. Wir müssen das ganze Krankenhaus durchsuchen und alle Leute befragen. Irgendwer muss den falschen Arzt und meine Schwester ja gesehen haben.«

Die zwei Hornochsen schauen sich skeptisch an.

»Dimpfelmoser, das ist ein wirklich schlechter Aprilscherz. Du beorderst uns hierher und erzählst uns so eine abenteuerliche Geschichte? Hast irgendwelche Zeugen, die das bestätigen können?«

»Ja fragt's halt in der Anmeldung, die können bestätigen, dass meine Schwester hier eingeliefert wurde.«

Einer der beiden zieht kopfschüttelnd ab, um sich zu erkundigen, ob meine Angaben stimmen.

»Dimpfelmoser, wennst uns verarschst, dann hat das dienstliche Konsequenzen für dich, das garantier ich dir. Wir kennen dich schon und deine fragwürdigen Methoden.«

»Gar nicht kennt's ihr mich. Wir hatten bisher noch nicht das zweifelhafte Vergnügen zusammenzuarbeiten. Fragt's doch den Huber, euren Chef, der kann euch bestätigen, dass ich nicht dazu neige zu lügen.«

»Genau der hat ja der ganzen Regensburger Polizei von deinen Alleingängen und Verfehlungen erzählt und uns alle gewarnt, dass wir uns vor dir in Acht nehmen sollen.«

Ja ich glaub's einfach nicht. Der Huber sollte wirklich einfach einmal sein Maul halten, anstatt mich so anzuschwärzen. Das nächste Mal, wenn er wieder meine Hilfe braucht, dann kann er mich mal, der Trottel. Mobbing nennt man so was, was der Huber da betreibt. Inzwischen ist der Kollege von der Anmeldung zurück.

»Deine Schwester ist hier eingeliefert worden, das stimmt, Dimpfelmoser. Aber warum hast uns verschwiegen, dass die drogensüchtig ist und einen Zusammenbruch hatte?«

»Ihr lasst's mich ja nicht fertigreden, Kollegen«, brause ich auf, aber die beiden winken nur müde lächelnd ab.

»War es nicht so, dass deine Schwester in ihrem Rauschzustand dich gebissen hat und dann abgehauen ist, weil sie dringend wieder Drogen braucht? Wollte sie sich dem Klinikaufenthalt einfach entziehen?«

»Ja seid's narrisch, ihr zwei Volldeppen? Es war genauso, wie ich es gesagt hab.«

»April, April. Und dass du einen Arzt bedroht hast, des hast uns einfach mal verschwiegen, Dimpfelmoser? Da kannst froh sein, wenn der dich nicht anzeigt. Wir gehen jedenfalls wieder. Wir haben wirklich was Besseres zu tun, als uns hier von dir auf so eine bescheuerte Art in den April schicken zu lassen. Und wir überlegen uns noch, ob wir da eine offizielle Meldung machen. So schnell schaust gar nicht, dann bist deine Dienststelle wieder los, und deine Beförderung zum Hauptkommissar ist dahin.«

In mir kocht die Wut auf einen neuen Höchststand hoch, aber als ich mich auf die zwei Deppen stürzen will, da besinne ich mich gerade noch und bleibe einfach stehen. Von denen kann ich keine Hilfe erwarten, und ich hab was Wichtigeres zu tun, als mich mit denen zu streiten. Mein Hirn rattert auf Hochtouren. Ich rufe zuerst den Reindl an, dass er mir den Oberberger und den Viereck schicken soll. Die sitzen sicher im Jägerstüberl, spielen Schafkopf und schütten literweise Weißbier in sich hinein, so wie sie es halt jeden Sonntag machen. Aber um diese Zeit habe ich vielleicht noch Glück und sie sind noch einigermaßen nüchtern. Sie sind vielleicht nicht die hellsten im Kopf, aber auf die kann ich mich wenigstens verlassen. Als Nächstes rufe ich noch mal bei der Bereitschaft an, um meine Schwester als vermisst zu melden und den vermeintlichen Arzt zur Fahndung auszuschreiben.

»Ich weiß, dass das offiziell erst nach 48 Stunden geht. Aber dann mach halt für einen Kollegen eine Ausnahme. Es geht schließlich um meine Schwester, und ich weiß schon, was ich tue.«

»Nix gibt's Dimpfelmoser«, erklärt mir der diensthabende Beamte. »Für dich gelten immer noch dieselben Gesetze wie für alle anderen auch. Deine Schwester taucht schon wieder auf. Man weiß ja, wie das bei Junkies ist. Wenn sie sich den nächsten Schuss gesetzt haben und wieder neuen Stoff brauchen, dann kriechen sie aus ihren Löchern und setzen Himmel und Hölle in Bewegung, um an das Zeug ranzukommen. Aber das brauch ich dir ja nicht zu erzählen, wennst eine drogenabhängige Schwester hast.«

»Hast mir eigentlich zugehört? Ich hab sie heute das erste Mal nach zig Jahren wieder gesehen. Ich hab nicht gewusst, dass sie Drogen nimmt.«

»Auf jeden Fall kommst in 48 Stunden wieder, wenn sie bis dahin nicht aufgetaucht ist. Dann können wir sie in die Vermisstendatei aufnehmen. Und eine Fahndung nach einem Phantom, das außer dir keiner gesehen hat, da mach ich nicht mit. Da verbrenn ich mir nicht die Finger, das klärst mit dem Huber ab. Und jetzt lass mich endlich in Ruhe. Geh heim, und genieß den Sonntag, Dimpfelmoser.«

Ja bin ich deppert oder was? Das kann doch nicht sein, dass ich von lauter Ignoranten umgeben bin. Ich beende das Telefonat, da klingelt schon wieder mein Handy.

»Reindl, hast den Oberberger und den Viereck erreicht und hergeschickt?«

»Tut mir leid, Dimpfelmoser. Die gehen beide nicht an ihr Handy. Ich probier es weiter, aber momentan kann ich sie nicht erreichen.«

Dann muss ich halt in den sauren Apfel beißen und den Huber um Hilfe bitten. Der muss mir einfach helfen, auch wenn er so einen Schmarrn über mich verbreitet. Ich hab nach der letzten Aktion, bei der ich ihm und dem Landrat Hinterbirner den Arsch gerettet habe, einfach noch was gut. Also rufe ich den Huber an. Der geht zum Glück an sein Handy, ist aber ziemlich ungehalten, als er meine Stimme hört.

»Beeilen Sie sich, Dimpfelmoser. Ich muss in fünf Minuten wieder auf dem Golfplatz sein. Sie müssen wissen, ich bin mit dem Landrat Hinterbirner und der ganzen Politprominenz in der Angermühle heraußen. Wir haben eine wichtige Konferenz hier auf dem Golfplatz.«

»Auf dem Golfplatz?«, entfleucht es mir. »Da spielt man meines Wissens Golf, Huber.«

»Das tun wir natürlich auch, Dimpfelmoser. Bei so einem Spiel lässt es sich gleichzeitig vorzüglich beraten, aber davon haben Sie eh keine Ahnung. Wir besprechen eine schärfere Vorgehensweise gegen die Drogenkriminalität. Das geht ja so nicht mehr weiter. Überall lungern Junkies rum, und der Markt wird überschwemmt mit dem Zeug. Sie glauben gar nicht, wie viele Beschwerden ich von anständigen Bürgern auf dem Tisch liegen habe, die Angst um ihr Leben haben. Nicht dass da so ein Junkie noch jemandem etwas antut, das müssen wir im Keim ersticken. Aber was wollen'S jetzt eigentlich von mir?«

Ich schildere ihm den Fall, aber anstatt mir seine Hilfe anzubieten, ist er ziemlich ungehalten.

»Haben'S schon im Dienst getrunken, Dimpfelmoser? Oder haben'S vielleicht Halluzinationen, weil Ihre Schwester aufgetaucht ist? Drogenabhängig, sagen Sie? Da sind'S ja quasi in einem Loyalitätskonflikt, so privat und als Polizist. Da müssen'S gleich zum Psychologen gehen.«

Ich bin erst einmal sprachlos über so viel Ignoranz vom Huber.

»Ich trinke nicht, wenn ich Bereitschaft habe oder im Dienst bin, des sollten'S eigentlich wissen, und ich …«

Die paar Halbe, die ich am Sonntag bisher auch immer getrunken habe, wenn ich Bereitschaft hab, die lasse ich vorsichtshalber unerwähnt. Das ist halt bei uns ganz normal, wir sind ja schließlich in Bayern. Da ist das so, wie wenn die woanders Mineralwasser trinken. Und im Übrigen stimmt es ja momentan sogar, dass ich gar nix trinke.

»Mir ist schon zu Ohren gekommen, dass Sie mit Verdächtigen in Ihrem Dienstzimmer Prosecco trinken, da brauchen'S jetzt nicht so tun, als ob Sie nie was trinken würden.«

Oha, hat der Oberberger oder der Viereck nach unserem letzten Fall mal wieder das Maul nicht halten können. Das ist zwar schon ein paar Monate her, aber dabei war es gar nicht ich, sondern der Viereck, der meinen ganzen sauteuren Prosecco ausgesoffen hat. Da muss ich mit den beiden mal wieder ein ernstes Wort reden. Was die mir schon für Probleme gemacht haben, weil sie wie zwei alte Waschweiber einfach nix für sich behalten können. Kaum haben sie acht oder neun halbe Bier intus, sind die nicht mehr zu bremsen. Da brauchst keine Nachrichten mehr, weil da erfährst dann einfach alle Interna und Dienstgeheimnisse quasi aus erster Hand.

»Ich bin vollkommen nüchtern, zefix. Huber, jetzt schicken'S mir ein paar Leute, dann nehmen mia das Krankenhaus auseinander. Des stinkt doch zum Himmel.«

»Nix gibt es, Dimpfelmoser. Sie gehen jetzt erst einmal nach Hause und beruhigen sich. Sie glauben doch nicht im Ernst, dass ich den ganzen Polizeiapparat in

Bewegung setze wegen Ihrer Privatangelegenheiten, und jetzt lassen Sie mich in Ruhe, ich habe schließlich noch wichtige Besprechungen hier.«

Er legt einfach auf, das Arschloch. Ich koche innerlich vor Wut und merke, wie sich Angst und Sorge um meine Schwester in meinem Gehirn festfressen.

Dann muss ich halt selber handeln, wenn ich keine offizielle Unterstützung kriege. Ich überlege noch einmal, wen ich noch um Hilfe bitten könnte, und greife erneut zum Telefon.

»Servus Heulerich, hast auch Bereitschaft, oder bist zu Hause?«

Er schweigt erst einmal lauernd. Er weiß, dass ich nach seinem Patzer bei unserem letzten gemeinsamen Einsatz noch was guthabe und er mir einen Gefallen schuldet, weil ich da großzügig darüber weggesehen und ihn nicht hingehängt habe.

»Ich bin daheim, Dimpfelmoser, und ich hab Rufbereitschaft. Aber was willst du am Sonntag von mir? Sicher nicht mit mir plaudern.«

»Ich brauch dringend deine Hilfe, und zwar sofort. Du musst mit ein paar Leuten ins Klinikum kommen und mir helfen, meine Schwester zu finden.«

»Ins Klinikum? Wie stellst dir das vor? Sollen wir da einfach reinmarschieren und alles durchsuchen? Weißt du eigentlich, wie groß das ist? Und wer hat den Einsatzbefehl dazu erteilt?«

»Brauchen wir nicht. Es ist Gefahr in Verzug, das nehm ich auf meine Kappe, Heulerich. Und jetzt komm her, bevor noch mehr Zeit verstreicht.«

Tatsächlich erklärt er sich bereit, mit ein paar seiner Leute von seinem Sondereinsatzkommando zu kommen und mir bei der Suche nach meiner Schwester zu helfen. Weit kann sie in ihrem Zustand ja nicht gekommen sein. Ich kann mir beim besten Willen nicht vorstellen, dass die es schafft, alleine das Klinikum zu verlassen. Wahrscheinlich hat sie das Auftauchen des bewaffneten Arztes so verstört, dass sie sich mit letzter Kraft ein Versteck gesucht hat und dort hilflos im Koma liegt. Ich muss sie einfach schnellstmöglich finden, nicht dass sie mir noch stirbt in ihrem desolaten Zustand. Also fange ich schon einmal alleine an, einen Raum nach dem anderen zu durchsuchen und alle Ärzte, Patienten, Pfleger und Krankenschwestern, die mir begegnen, zu befragen.

Als ich gerade wieder auf dem Gang stehe, höre ich schon den Tumult im Eingangsbereich der Notaufnahme. Dass der Heulerich nicht einfach unauffällig und ohne großes Aufsehen hier aufmarschiert, das hätte ich mir eigentlich denken können. Also laufe ich in die Eingangshalle, da steht er doch tatsächlich in voller Kampfmontur, und hinter ihm zwanzig seiner Männer, die betreten zu Boden schauen, während sich der Heulerich lautstark mit einem Arzt und der Empfangsdame streitet. Das ist ja wieder typisch, immer muss er es gleich so übertreiben. Der Heulerich steht da wie ein aufgeblähter Gockel mit aufgestelltem Kamm, aber der Arzt und die Empfangsdame sind nicht weniger in Kampfeslaune. Mit hochrotem Gesicht stehen sie sich gegenüber.

»Das ist ein Krankenhaus und kein Schießplatz, Sie tollwütiger Trottel.«

Die Empfangsdame ist zugegebenermaßen zu Recht aufgebracht, so wie der Heulerich sich wieder aufführt.

»Ich muss hier alles durchsuchen, und wenn ich Ihnen sage, es ist Gefahr in Verzug, dann kann ich das einfach machen. Da brauche ich nichts weiter, und jetzt lassen Sie mich meine Arbeit machen, sonst verhafte ich Sie wegen Behinderung eines Polizeieinsatzes.«

»Verlassen Sie sofort das Klinikum, ansonsten rufe ich die Polizei. Sie sind doch vollkommen irre.«

Oha, da muss ich schnell eingreifen, bevor das Ganze vollkommen aus dem Ruder läuft. Wenn der Heulerich beleidigt wird, dann verliert er nur allzu schnell jegliche Beherrschung und benimmt sich wie eine Bestie, das habe ich schon mehrmals erleben müssen. Also gehe ich schnell dazwischen, bevor noch ernsthaft etwas passiert. Inzwischen sind immer mehr Menschen auf den Radau aufmerksam geworden, und es versammelt sich eine schnell wachsende Schar Schaulustiger neugierig um die Gruppe.

»Heulerich, du gehst erst einmal mit deinen Männern raus und ziehst deine Kampfmontur wieder aus. Ich brauche euch sozusagen inkognito hier. Des musst doch verstehen, dass du da nicht Rambo spielen kannst.«

Er ist für einen Moment so perplex, dass er gar nicht reagieren kann. Ich nutze den Moment aus und schiebe ihn nach draußen.

»Dimpfelmoser, wenn ich dir schon helfen soll, dann machen wir das auf meine Art, ist das klar? Ansonsten kannst gleich alleine deine verschollene Person suchen.«

»Heulerich, jetzt fahr halt einmal drei Gänge runter. Des musst doch selbst du einsehen, dass mia hier diplomatisch vorgehen müssen. Hast des nicht gelernt, wie man sich sozusagen unerkannt in fremdem Gebiet bewegt? Des ist doch die Herausforderung hier, dass mia möglichst unauffällig, ohne Aufsehen zu erregen, das Gebäude durchkämmen. Du bist doch ein richtiger Stratege, da wird dir doch was einfallen, wie mia des umsetzen können, oder täusch ich mich da in dir?«

Gott sei Dank erreicht das sein völlig übersteigertes Ego genau an der richtigen Stelle. Seine Gesichtszüge entspannen sich jedenfalls, und er setzt ein breites Grinsen auf.

»Das, lieber Dimpfelmoser, ist sozusagen unsere Spezialität. Unerkannt hinter den feindlichen Linien agieren und arbeiten, das haben wir natürlich gelernt. Und wenn du mir diese uneinsichtigen Wachhunde da drinnen vom Hals hältst, dann zeigen wir dir einmal, wie unauffällig wir sein können.«

Na also, geht doch. Während sie sich in ihren Einsatzfahrzeugen, die sie direkt vor dem Eingang der Notaufnahme geparkt haben, umziehen, erkläre ich dem Heulerich kurz, um was es geht.

»Oha, Dimpfelmoser, eine Privatangelegenheit sozusagen. Da wird der Huber aber nicht begeistert sein, wenn er davon erfahren sollte. Aber wir werden unerkannt durch die Hallen wandeln, da wirst staunen. Da kriegt keiner was mit.«

Wenn er das nur von Anfang an gemacht hätte. Sein Auftritt eben macht mir schon etwas Sorgen.

»Ich kümmere mich um die zwei da drinnen, dass die dich in Ruhe arbeiten lassen. Ihr fahrt's eure Fahrzeuge hier weg, als ob ihr abziehen würdet, und dann kommt's durch einen Nebeneingang und fangt's einfach an. Du weißt ja selber, was du tun musst.«

»Dimpfelmoser, du hast es mit einem Spezialisten

zu tun, da brauchst dir keine Sorgen mehr machen. Wenn deine Schwester da irgendwo ist, dann finden wir die.«

Die Empfangsdame und der Arzt sind dabei, die aufgeregten Menschen um sich herum zu beruhigen. So haben sie noch keine Zeit gehabt, irgendjemanden anzurufen oder den Vorfall weiterzumelden.

»Leute, geht's weiter jetzt. Hier gibt es nichts mehr zu sehen. Das Ganze war ein Missverständnis. Alles falscher Alarm! Die Einsatztruppe wurde versehentlich hierherbeordert.«

Zum Glück verschwinden in diesem Moment die Einsatzfahrzeuge, und die Versammlung löst sich auf.

»Kann ich kurz mit Ihnen in Ruhe reden? Ich bin der Hauptkommissar Dimpfelmoser und möchte mich für das Verhalten von meinem Kollegen eben entschuldigen.«

Der Arzt schaut weiter böse, aber die Empfangsdame, die ich unterwürfig anschmachte, springt gleich darauf an und lächelt.

»Gott sei Dank sind nicht alle Menschen solche ungehobelten Klötze wie Ihr Kollege eben.«

Sie wirft mir einen koketten Blick zu, den ich natürlich mit einem Augenaufschlag und meinem besten Dackelblick beantworte.

»Brauchst mich noch, Rosalie?«, stört da der Arzt unsere kleine Romanze und schaut übertrieben auf seine Uhr. »Ich müsste dann wieder los, ich habe noch Patienten, die auf mich warten.«

»Ich regle das schon, Ewald. Geh du wieder an deine Arbeit, ich kümmere mich um den Vorfall.«

Sie schaut mir weiter schmachtend in die Augen, nimmt mich an der Hand und schiebt mich in ein Zimmer neben dem Empfang.

»Maria, übernimmst du kurz den Empfang, ich hab hier was mit dem Herrn zu klären.«

Die Maria, die im Zimmer mit einer Tasse Kaffee und einer Zeitschrift sitzt, wirkt nicht besonders begeistert, aber sie zieht los, und wir sind alleine im Raum. Die Rosalie schiebt mir ihren zugegebenermaßen prächtigen Busen entgegen und kommt ganz nahe zu mir her.

»Ich wäre ja bereit, unter gewissen Bedingungen den ganzen Vorfall einfach zu vergessen, Herr Hauptkommissar. Wie heißt du denn eigentlich mit Vornamen, du Hübscher?«

Oha, auf was habe ich mich da wieder eingelassen? Da krieg ich gleich Schweißausbrüche. Ich weiche etwas zurück, aber leider bremst die Wand hinter mir meinen Fluchtversuch. Sie rückt immer näher zu mir, bis sich unsere Körper fast berühren und ihr wirklich hübsches Gesicht und ihr wundervoll geschwungener Mund an meinem Ohr angelangt sind. Tatsächlich knabbert sie kurz an meinem Ohrläppchen und schleckt mir mit ihrer Zunge übers Ohr, so dass ich gänzlich erstarre. Da habe ich so meine Probleme, wenn mir eine Frau so nahekommt, besonders eine, die ich noch nicht einmal kenne.

»Xaver heiß ich«, krächze ich mit heiserer Stimme. »Rosalie, mach einmal langsam, ich bin keiner von der schnellen Truppe«, kann ich noch hinterherschieben, bevor mir die Stimme gänzlich versagt.

Zum Glück weicht sie wieder etwas zurück und lächelt mich überrascht und glückselig an.

»Ein schüchternes Exemplar von Mann, ja das findet man heutzutage nicht mehr oft. Das ist ja wunderbar. Also wann hast Zeit für mich, Xaver? Wir zwei treffen uns, und dann ist der ganze Vorfall vergessen. Ansonsten müsste ich halt eine offizielle Meldung machen«, gurrt sie.

Oha, das würde ich als eine glatte Erpressung bezeichnen! Die Rosalie nutzt meine Zwangslage schamlos aus, aber weil mein Hirn eh in eine komatöse Starre gefallen ist aufgrund ihrer Annäherung, fällt mir nix ein, wie ich aus der Situation anders rauskomme.

»Morgen Abend, da hätt ich Zeit.«

»Dann kommst gleich zu mir, Xaver. Morgen um 20.00 Uhr. Wir wollen ja nicht die kostbare Zeit mit Nebensächlichkeiten verschwenden. Wenn du schon ein Schüchterner bist, dann zeig ich dir, wie du richtig in Fahrt kommst.«

Sie schreibt mir ihre Adresse auf, haut mir eine auf meinen Allerwertesten und schiebt mich dann aus dem Zimmer. Ich flüchte mich erst einmal auf die Toilette. Der Schweiß rinnt mir in Strömen runter, und ich brauche ein paar Minuten, bis mein Verstand wieder einsetzt und seine Arbeit aufnimmt. Ja sauber, da hab ich ein ernsthaftes Problem am Hals. Wie soll ich aus der Sache unbeschadet wieder rauskommen? Zu der liebestollen Rosalie kann ich keinesfalls gehen, da krieg ich einen Herzinfarkt. Aufgrund meiner Erlebnisse in meiner Kindheit habe ich da wohl einen Sprung in der Schüssel, zumindest hat das mal ein Psychologe so behauptet. Aber dafür ist keine Zeit, darum kann ich mich später kümmern. Ich muss erst einmal meine Schwester finden, alles andere muss hinten anstehen. Also mache ich mich auf den Weg zurück zu dem Zimmer, wo sie vorhin verschwunden ist, und suche von hier aus weiter nach ihr.

Ich kriege schon richtige Wahnvorstellungen vor lauter Stress, da sehe ich doch tatsächlich einen über den Gang huschen, der schaut genauso aus wie der Oberberger. Ich lauf ihm hinterher, vielleicht hat sie der Reindl ja erreicht, und sie sind hier, um bei der Suche zu helfen, aber der Mann ist schon wieder verschwunden. Da muss ich mich wohl getäuscht haben. Also suche ich weiter. Zwischendurch meldet sich der Heulerich per Telefon. Sie sind dabei, die angrenzenden Gebäudekomplexe zu durchkämmen, haben aber bisher keine Spur von meiner Schwester gefunden. Ich versuche, möglichst ruhig zu bleiben und einfach so professionell wie möglich weiterzusuchen, was mir aber nicht leichtfällt. Immer wieder tauchen Bilder von der Marianne vor mir auf, wie sie im Wirtshaus zusammenbricht, von den Einstichen in ihren Armen und von ihrem ausgemergelten, verwahrlosten Zustand. Und all das vermischt sich mit den Bildern und Gefühlen aus unserer Kindheit. Normalerweise kann ich all das gut wegschieben und in eine dunkle Kammer in meinem Hirn wegsperren, aber nach den heutigen Ereignissen gelingt mir das gar nicht, und ich werde überflutet von all den traumatischen Geschehnissen. Meine Sehnsucht nach einer Maß Bier wächst ins Unermessliche. Das würde mich sicherlich beruhigen, und spätestens nach der vierten oder fünften hätte ich mich wieder völlig im Griff. Aber den Gefallen tue ich dem Reindl selbst jetzt in meinem desolaten Zustand nicht. Ich kehre noch mal in das Zimmer zurück, in dem meine Schwester und ich vorhin waren und auf den Arzt gewartet haben, und untersuche alles akribisch, weil mir nix Besseres mehr einfällt. Vielleicht haben ja meine Schwester oder der falsche Arzt irgendwas bei dem ganzen Tumult vorhin verloren. Also krieche ich über den Boden, und tatsächlich finde ich einen abgebrochenen Fingernagel an der Stelle, an der mich der Depp vorhin gebissen hat. Vielleicht ist der ja von ihm. Da das Zimmer ansonsten absolut sauber ist, besteht zumindest die Hoffnung. Da muss ich hernach gleich rüber ins Labor und einen DNA-Test veranlassen. Nachdem der Mühlbauer, unser Spurensicherer und absolutes Ass, was Analysen angeht, ein krankes Arbeitstier ist, besteht Hoffnung, dass ich den auch am Sonntag antreffe.

Kapitel 3

Sonntag, 19.00 Uhr

Gerade als ich mein Handy aus der Hosentasche hole, um den Heulerich anzurufen und nach dem Stand der Dinge zu fragen, legt das Teil los, dass es mir vor Schreck fast aus der Hand fällt.

»Xaver, wo bleibst denn? Der Kaffee ist schon wieder kalt geworden, und der Opa und ich warten auf dich«, brüllt mir die Oma ins Ohr.

Die hab ich bei der ganzen Aufregung komplett vergessen.

»Oma, des tut mir leid, da kann ich heut nicht kommen. Ich stecke in ganz schwierigen Ermittlungen.«

»Gibt's wieder mal einen Mord?«

Die Oma ist ganz narrisch nach Mord und Totschlag, da wird sie immer ganz aufgeregt.

»Kein Mord, Oma, die ganze Sachlage ist noch sehr nebulös, aber es geht um die Drogenmafia und um versuchten Mord«, lüge ich ein bisschen, damit sie zufrieden ist und Ruhe gibt.

»Du Xaver, da musst aber bald kommen und uns alles erzählen, gell. Dann essen mia den Kuchen halt heut alleine.«

»Du, Oma, ich muss weitermachen. Ich bin voll einge-spannt mit dem Ermitteln. Des kann spät werden heut. Ich meld mich morgen bei euch, versprochen.«

Ich beende das Gespräch, da geht das verflixte Handy schon wieder los. Wie sollst da vernünftig arbeiten und dich konzentrieren können?

»Dimpfelmoser ...«, schnaubt es ins Telefon, als wäre ein Walross am anderen Ende der Leitung, gefolgt von theatralischem Schnaufen.

Mir ist gleich klar, wer das ist, und mir schwant nichts Gutes.

»Huber, was wollen jetzt Sie auf einmal?«

»Dimpfelmoser, Sie müssen sofort herkommen«, kreischt er ins Telefon. »Lassen'S alles liegen und stehen, und kommen'S sofort raus zur Angermühle.«

»Brauchen'S Hilfe bei Ihren wichtigen Gesprächen, Huber? Die sollten'S schon alleine führen können.«

Das hat mir gerade noch gefehlt, wenn ich da raus-fahren soll, dann ist der Sonntag wieder einmal ganz ge-laufen, und ich hab keine Zeit mehr, um weiter nach meiner Schwester zu suchen.

»Huber, des schaffen'S schon alleine, da brauchen'S nicht gleich den ganzen Staatsapparat in Bewegung set-zen, bloß weil Sie mit Ihren Freunden Gespräche führen.«

»Ich brauch Sie hier als Polizist, Dimpfelmoser«, kreischt er weiter. »Hier liegt eine Leiche im Weinkeller, da müssen'S gleich ermitteln, und zwar unauffällig. Bis-her haben die Herrschaften zum Glück noch nichts be-merkt, und das soll auch so bleiben, nicht dass dem An-gerer sein Ruf geschädigt wird. Da müssen wir schon Rücksicht nehmen. Was meinen Sie, was das für einen Skandal gibt, wenn sich rumspricht, dass in der Angermühle Leichen im Keller liegen! Noch dazu, während gleichzeitig wichtige politische Gespräche über die Bekämpfung der Rauschgiftkriminalität geführt werden. Da ist dem Angerer sein Laden gleich in Verruf, und das wirkt sich negativ auf's Geschäft aus, Dimpfelmoser.«

Oha, eine Leiche. Und natürlich geht es wieder um den Ruf und das Ansehen seiner Politspezis. Hat er also aus unserem letzten Fall nichts dazugelernt, der saubere Huber.

»Hat einer von Ihren Freunden zu viel getrunken, dass er daran gleich stirbt? Direkt aus dem Weinfass etwa? Da sollten'S dann vielleicht gleich den Amtsarzt rufen.«

»Jetzt lassen'S halt Ihre blöden Sprüche, Dimpfelmoser. Hier sind lauter Ehrenmänner und keine verwahrlosten Alkoholiker. Der Tote gehört nicht zu unserer Runde und hat zudem ein Loch im Kopf. Einen sauberen Einschuss mitten ins Hirn, verstehen'S. Da brauche ich Sie, den besten Ermittler weit und breit.«

Wenn der Huber so anfängt, dann komm ich da nicht raus, das hat die Vergangenheit immer wieder bewiesen. Wir mögen uns halt aufgrund unserer grundlegend verschiedenen Charaktere nicht besonders. Er - der Schleimer und Arschkriecher, und ich - na ja so bin ich jedenfalls nicht.

»Packen'S den Reindl ein, und dann kommen'S so schnell wie möglich her, aber dalli. Und wenn'S da sind, dann rufen'S mich an, dann komme ich gleich und zeig Ihnen, wo der Tote liegt. Und kein Wort zu irgendjemanden, da hab ich mich hoffentlich klar und deutlich ausgedrückt, Dimpfelmoser.«

»Wie wollen'S des geheim halten vor Ihren Freunden, wenn mia da auftauchen? Wir müssen bei einem Mord alle Anwesenden befragen, des ist Ihnen schon klar, Huber?«

»Nix wird befragt hier. Ich lege für alle anwesenden Männer meine Hand ins Feuer. Aber jetzt reden'S halt nicht, und kommen'S einfach her. Alles Weitere klären wir dann vor Ort.«

»Des dauert aber, Huber. Ich bin noch in Regensburg im Klinikum. Sie wissen schon, die Sache mit meiner Schwester.«

Kurzzeitig hat es ihm die Sprache verschlagen, jedenfalls schnauft er nur wieder, dass du meinst, er ist mit anderen Dingen beschäftigt.

»Kommen'S einfach so schnell es geht, ich verlass mich da auf Sie, gell.«

Also rufe ich den Reindl an, dass der sich bereithält, und mach mich dann auf die Suche nach dem Heulerich. Der steht wild fuchtelnd und gestikulierend im Eingangsbereich des Klinikums und diskutiert schon wieder lauthals mit einer drallen Krankenschwester. Um die beiden hat sich wie beim letzten Mal eine ganze Meute versammelt, das hört heute irgendwie gar nicht mehr auf. Ich bahne mir einen Weg durch die Menschen, die ihren Blicken nach zu urteilen nur darauf warten, dass sich die beiden Streithähne aufeinanderstürzen.

»... das werde ich an den Polizeipräsidenten melden, Sie ungehobelter Klotz. Was glauben Sie eigentlich, wo Sie hier sind? Das ist eine Klinik mit lauter kranken Menschen, und die brauchen ihre Ruhe. Da können Sie nicht einfach wie ein wildgewordener Rambo reinmarschieren und das ganze Haus durchsuchen. Sie hätten sich ja zumindest anmelden müssen, und jetzt zeigen Sie mir endlich Ihren Durchsuchungsbeschluss, sonst hol ich die Polizei.«

»Ich bin die Polizei, Sie missratene Schnepfe.«

Da bin ich ja gerade noch rechtzeitig gekommen, bevor noch ein Unglück passiert. Der Heulerich ist puterrot angelaufen, und Schaum hat sich in seinen Mundwinkeln gebildet. Die Krankenschwester steht wie eine Kampfhenne vor ihm, und ihre Augen funkeln und blitzen, da könntest gleich tot umfallen vor Schreck. Aber bevor noch ernsthaft etwas passiert, gehe ich dazwischen.

»Schluss jetzt«, kommandiere ich und schiebe die beiden auseinander. »Der Mann macht nur seine Arbeit, und den Durchsuchungsbeschluss brauchen wir in dem Fall nicht, weil da Gefahr in Verzug ist. Wenn hier in Ihrer Klinik eine Patientin mit einer Pistole bedroht wird, dann sollten'S sich vielleicht eher Gedanken über die Zustände hier machen, anstatt nach einem Durchsuchungsbeschluss zu brüllen. Ist Ihnen des eigentlich klar, dass hier heute eine Frau erschossen worden wäre, wenn ich nicht da gewesen wäre?«

Wie aus einem Luftballon, der ein Loch hat, sackt die dralle Schwester jetzt in sich zusammen. Ihr Blick wandert nervös hin und her, und ihre gerade noch zur Schau gestellte Selbstsicherheit ist wie weggeblasen.

»Wie erschossen ...? Hier bei uns ...? Oh mein Gott!«

Sie dreht sich einfach um, schiebt die Menschenmenge auseinander und verschwindet in eines der Zimmer am Gang. »Ihr könnt's euch alle schleichen, hier gibt es nix mehr zu sehen«, blaffe ich die Menschenmenge an, die sich daraufhin schnell auflöst.

Ich dreh mich zum Heulerich um, der sich inzwischen auch wieder halbwegs beruhigt hat.

»Geht doch, Heulerich. Ein bisserl Diplomatie würde dir auch manchmal ganz guttun, anstatt immer gleich in die Luft zu gehen.«

Das war jetzt irgendwie falsch. Jedenfalls verfärbt sich dem sein Gesicht gleich wieder dunkelrot, und sein Kiefer beginnt zu mahlen. Aber bevor er gleich noch mal explodiert, lege ich ihm beruhigend meine Hand auf die Schulter.

»Danke, dass du mir so unbürokratisch geholfen hast, Heulerich. Da hast was gut bei mir.«

»Wenn das rauskommt, das kann mich meinen Job kosten, Dimpfelmoser, das ist dir hoffentlich klar oder?«

»Ich nehm das auf meine Kappe, da brauchst dir keine Sorgen machen.«

Ganz wohl ist mir gerade auch nicht mehr bei der ganzen Sache. Wir haben weder meine Schwester noch den falschen Arzt gefunden. Aber ich habe immer noch den Fingernagel. Vielleicht haben wir da eine DNA abgespeichert, und wir finden heraus, zu wem der gehört.

»Heulerich, fahrt's heim. Einen Bericht brauchst nicht zu schreiben. Wenn wer nachfragt, dann schick ihn einfach zu mir. Ich muss jetzt auch los zu einem Einsatz.«

Wir verabschieden uns, und ich fahre mit Blaulicht zurück nach Wörth, um den Reindl abzuholen.

Der Reindl steht schon vor der Türe. Wie er mich sieht, sprintet er los und springt ins Auto, als müssten wir einen Geschwindigkeitsrekord aufstellen. Er übertreibt halt immer ein bisserl, aber daran hab ich mich inzwischen gewöhnt. Den Preißn fehlt halt unsere bayerische Gemütlichkeit und der Sinn fürs richtige Tempo. »Des war's dann mit einem gemütlichen Sonntagabend, Reindl.«

»Wem sagst du das, ich musste sogar meine Verabredung absagen wegen dem blöden Mord. Das ärgert mich schon, aber am meisten ärgert mich, dass du recht hattest. Die Dame ist völlig ausgetickt, wie ich ihr gesagt habe, dass ich einen Einsatz habe und nicht komme. Sie hat mich wüst beschimpft und mir unterstellt, ich würde ihr eine andere vorziehen. Stell dir vor, wir kennen uns noch gar nicht, und die führt sich wie eine wildgewordene Furie auf.«

Ich halte lieber meinen Mund, anstatt noch mehr Salz in seine Wunden zu streuen. Stattdessen schalte ich das Blaulicht ein, lege die Helene-Fischer-Scheibe in den CD-Player und fahre mit quietschenden Reifen los. Aber weder bei mir noch beim Reindl wirkt das heute aufmunternd, irgendwie kommt überhaupt keine richtige Einsatzstimmung auf. Der Reindl starrt nur dumpf vor sich hin, und meine Gedanken kreisen immer wieder um meine Schwester. Wo die wohl sein mag? Hoffentlich ist ihr nix passiert. Und dann fällt mir wieder die Rosalie ein und unsere Verabredung morgen, und plötzlich habe ich die Idee, wie ich mich da aus der Affäre ziehen kann und der Reindl wieder bessere Laune bekommt.

»Du, Reindl, ich wüsst da eventuell eine für dich, die ist echt rattenscharf, sag ich dir.«

Sofort ist er ganz Ohr.

»Einen wundervollen Prachtarsch hat die und einen Busen, da kannst drin versinken. Und zudem ist sie ausgesprochen hübsch, die Rosalie. Sie sucht gerade einen Mann. Wärst da interessiert, Reindl? Da könnt ich dir den Kontakt herstellen, und morgen Abend könntest sie treffen.«

»Seit wann bist du so sozial, Dimpfelmoser? So kenn

ich dich ja gar nicht, dass du dich für meine Probleme mit den Frauen interessierst.«

»Ja mei, Reindl, ich kann halt langsam nicht mehr mit anschauen, wie du von einer Pleite in die nächste schlitterst. Und da ist mir die Rosalie eingefallen. Du, des ist eine ganz Nette, da könnt vielleicht einmal mehr daraus werden als nur so eine kurze Affäre, wie du sie immer hast.«

»Meinst echt, Dimpfelmoser? Aber woher weißt du, dass ich der gefalle?«

»Die steht auf ein bisserl Schüchterne, so wie du halt einer bist, Reindl. Da geb ich dir die Adresse, du kaufst ihr ein Grünzeug für die Vase, schmeißt dich in Schale, und dann gehst da morgen Abend hin. Sagst ihr einen schönen Gruß von mir und sie soll sich halt um dich kümmern, dann weiß sie schon, was zu tun ist.«

»Ja dann danke, Dimpfelmoser. Das ist wirklich nett von dir, dass du mir eine neue Verabredung verschaffst, nachdem ich von der anderen Dame so enttäuscht wurde.«

Hoffentlich geht das gut. Aber einen Versuch ist es zumindest wert. Ich ruf die Rosalie morgen kurz vor 20.00 Uhr an und sag ihr, dass ich beruflich leider verhindert bin, und bevor sie überhaupt wütend werden kann, steht der Reindl mit den Blumen vor der Türe. Da geb ich ihm noch so eine Grußkarte mit, in der ich mich entschuldige. Vielleicht begnügt sie sich ja auch mit dem Reindl und vergisst trotzdem die ganze Sache mit dem Heulerich. Meine Laune ist gleich bedeutend besser, und auch der Reindl pfeift leise bei der Helene mit.

Endlich erreichen wir die Angermühle. Ich schalte vorsichtshalber das Blaulicht und die Sirene aus, nicht dass sich der Huber gleich beschweren kann, wir wären nicht unauffällig genug. Wir haben ja nicht einmal das Polizeiauto genommen, sondern den unauffälligen grauen Dienstwagen, also sind wir sozusagen wirklich inkognito da.

Der Junior hat das alte Wirtshaus, in dem sich früher die ganzen Bierdimpfel des Landkreises tagtäglich zum kollektiven Komasaufen getroffen haben, zu einem erstklassigen Wellness- und Golfhotel umgebaut, was man so hört. Schon bei der Zufahrt zum Hotel- und Tagungsgebäude kommt uns der Huber wild fuchtelnd entgegengelaufen und reißt die Fahrertüre auf, dass ich fast aus dem Auto falle, noch bevor ich überhaupt den Motor ausstellen kann.

»Nicht so stürmisch, Huber. Mia san ja da und kümmern uns gleich um Ihre Leiche.«

»Das wurde auch langsam Zeit. Ich wurde schon gefragt, ob ich krank bin, weil ich so nervös wirke. Aber wie soll man mit dem Wissen, dass ein Stockwerk tiefer ein Toter liegt, auch ruhig bleiben.«

Na ja, er ist lang genug Polizist, dass er da eine professionelle Distanz aufbauen hätte können, aber der Huber hat halt immer schon so seine Eigenheiten gehabt. Ich kenn ihn ja ...

»Seien'S bloß anständig, nicht dass Sie wieder unangenehm auffallen, Dimpfelmoser. Sie sind sozusagen gar nicht da, und ich erwarte völlige Diskretion und Fingerspitzengefühl von Ihnen, da habe ich mich ja bereits klar und deutlich ausgedrückt.«

»Ja wenn ich genauso diskret sein soll wie Sie, Huber,

dann wird's schwierig«, kann ich mir dann doch nicht verkneifen.

»Wie meinen'S das, Dimpfelmoser?«

»Sie machen mich zum Gespött der Regensburger Polizei und erzählen irgendwelche Geschichten über mich, wie mir zu Ohren gekommen ist. Da könnt ich eine interne Dienstaufsichtsbeschwerde anleiern, Huber. Mobbing ist des, was Sie da betreiben, wenn Sie Ihr Maul nicht halten und so einen Schmarrn über mich erzählen.«

Das ist ihm irgendwie doch peinlich. Jedenfalls stiert er nervös auf den Boden, und er hört endlich auf, wie ein Rumpelstilzchen rumzuspringen.

»Da kommen'S nächste Woche einmal zu mir, dann klären wir das unter Männern, mein lieber Dimpfelmoser. Da brauchen wir keine Dienstaufsicht, das gibt nur unnötig Ärger.«

Hat er also tatsächlich ein schlechtes Gewissen, der alte Pharisäer.

»Bringen'S uns zur Leiche, Huber. Nicht dass uns noch wer sieht, wenn mia schon gar nicht da sind.«

Der Huber läuft voraus und führt uns durch einen Seiteneingang in die Kellergewölbe. Selbst hier strotzt alles vor lauter Prunk und Luxus. Wir durchschreiten einen riesigen Gewölbekeller, in dem große Weinfässer lagern, und kommen endlich am Ende der Halle zu einer Türe, die mit einem modernen Sicherheitsschloss versehen ist, wie meinem fachmännischen Blick sofort auffällt.

»Da drin liegt der Tote, ganz am Ende des Raumes.«

»Wer hat die Leiche eigentlich gefunden?«, will der Reindl wissen.

Da schau her, das ist auch ganz neu, dass der von sich aus Fragen stellt und nicht alles mir überlässt.

»Der Landrat Hinterbirner hat einen besonders edlen Tropfen Wein spendiert für uns alle. Da ist der Alois, das ist der Oberkellner, losgegangen, um die Flasche zu holen. Können Sie sich überhaupt vorstellen, was hier für Köstlichkeiten lagern?«

»Wein halt«, brumme ich. »Mir ist ein Bier immer noch lieber. Eine gescheite Maß Bier, das ist die wahre bayerische Köstlichkeit, Huber. Da brauchen'S dann keinen sauteuren Wein.«

»Dass Sie ein Banause sind, was Wein angeht, das hätte ich mir gleich denken können, Dimpfelmoser. Sie haben einfach keine Ahnung, was wirklicher Genuss ist, mein Lieber. Aber so eine Flasche Wein, wie sie hier im Keller lagert, die können Sie sich von Ihrem Beamtengehalt eh nie leisten, Dimpfelmoser. Da ist es wahrscheinlich besser, wenn Sie erst gar nicht auf den Geschmack kommen und stattdessen bei Ihrem Bier bleiben.«

Er wendet sich wichtigtuerisch dem Reindl zu.

»Aber Sie wissen doch einen edlen Tropfen sicher zu schätzen, Reindl?«

»Also mir ist ein gutes Bier auch lieber. Da muss ich dem Kollegen Dimpfelmoser zustimmen. Die bayerische Bier- und Wirtshauskultur, die ist schon etwas ganz Besonderes und nicht zu unterschätzen.«

Ich jubiliere innerlich, und der Reindl ist mir gleich noch sympathischer. Wenn man ihn einmal besser kennt, so wie ich inzwischen, dann ist er ein echter Pfundskerl, der Preiß. Der Huber verzieht stattdessen nur säuerlich sein Gesicht.

»Nun ja, wir sind ja nicht hier, um uns über alkoholische Getränke auszutauschen. Hinter dieser Türe liegt die Leiche.«

Er sperrt uns auf, und wir betreten das Allerheiligste im Weinkeller von der Angermühle.

»Ein alter Gewölbekeller aus Naturziegeln, perfekte Luftfeuchtigkeit und Temperatur, da halten sich solch edle Tropfen besonders gut.«

Hat der Huber nicht eben gesagt, wir sind wegen der Leiche hier?

»Huber, bleiben wir halt professionell und sachlich. Über die Weine können'S ja mit Ihren Freunden weiter philosophieren, wenn wir den Fall aufgeklärt haben. Zeigen'S uns lieber, wo der Tote liegt.«

»Da hinten, hinter dem letzten Regal hat man ihn abgelegt.«

Ich durchschreite mit dem Reindl den Keller. An den Wänden und in der Mitte des Gewölbes sind in Holzregalen Hunderte von Weinflaschen gelagert.

»Seien'S vorsichtig, das ist wie in einem Tresor«, ruft uns der Huber von der Türe aus zu. »Hier sind Weine im Wert von über 500.000 Euro gelagert.«

Ich wundere mich noch, warum der Huber nicht mit in den Keller kommt, aber da stehen wir schon vor der Leiche. Sie liegt mit ausgebreiteten Armen auf dem Ziegelboden, und in der Mitte des Kopfes, genau zwischen den Augen, ist tatsächlich ein Einschussloch.

»Huber, haben'S was angerührt oder verändert?«, rufe ich zur Türe zurück, in der immer noch der Huber wie angewurzelt steht.

»Ich war noch gar nicht in dem Raum«, ruft er her.

»Ja wie, Sie haben sich gar nicht selber davon überzeugt, dass hier tatsächlich ein Mord vorliegt?«

Der Huber hüstelt und druckst herum. Ich bin fassungslos.

»Echt jetzt, Huber? Ja warum haben'S denn nicht wenigstens einen Blick auf den Toten geworfen, wenn'S schon hier sind, Sie als Polizist?«

»Ichhhh, hm … Ich … Mir wird ganz schlecht, wenn ich einen Toten sehe, da muss ich mich immer übergeben«, rückt er schließlich raus.

Der Reindl fängt schallend zu lachen an, was sich in dem Gewölbe richtig gruselig anhört, während ich nur sprachlos den Kopf schütteln kann. Warum der Reindl das so lustig findet, ist mir ein Rätsel. Bei unserem letzten großen Fall hat er noch wüst rumgekotzt, sobald er einen Toten gesehen hat. Aber wahrscheinlich findet er genau das so lustig, dass es auch noch andere Polizisten gibt, denen es so geht wie ihm damals. Jetzt scheint ihm der Tote gar nichts mehr auszumachen, jedenfalls zieht er seine Latexhandschuhe lässig aus der Tasche, streift sie sich über und untersucht vorsichtig den Erschossenen.

»Mausetot ist der«, erklärt er und strahlt mich an.

»Da schaust, Dimpfelmoser. Mir macht das gar nichts mehr aus, ganz im Gegenteil zum Kollegen Huber.«

Ich nicke anerkennend.

»Wie hast des geschafft, Kollege?«

»Ich habe einen Abhärtungskurs durchlaufen, Dimpfelmoser. Erinnerst du dich noch an die hübsche Praktikantin in der Pathologie bei unserem letzten Fall? Ich habe sie mehrmals besucht zwischen ihren Leichen. Da konnte ich mir ja keine Blöße geben, ich wollte sie ja davon überzeugen, dass sie mit mir ausgeht. Daraus ist leider nichts geworden, sie ist standhaft geblieben. Aber ich habe meinen Widerwillen gegen die Toten völlig verloren.«

Der Reindl ist wirklich für Überraschungen gut. Ich muss mir eingestehen, dass ich ihn tatsächlich unterschätzt habe.

»Schaut nach Mord aus«, kommentiert er trocken.

Er hat sicher recht, der Reindl. Der Tote hält keine Pistole in der Hand, und in seinem Umfeld befindet sich auch keine Waffe, also können wir Selbstmord fast ausschließen, außer jemand hätte die Waffe nachträglich an sich genommen.

Ich gehe mit dem Reindl zurück zum Huber, der uns unsicher anschaut.

»Ich verlasse mich auf Sie, dass Sie das für sich behalten. Das wäre mir wirklich peinlich, wenn jemand von meiner Leichenphobie erfahren würde. Da würde ich mich ja vor allen zum Gespött machen, ich als hochrangiger Polizist.«

Wir nicken nur. Wer weiß, das kleine Geheimnis kann man sicherlich irgendwann einmal brauchen, wenn ich den Huber um einen Gefallen bitten muss. Vorerst jedenfalls werden wir schweigen wie ein Grab.

»Wie haben'S sich des vorgestellt, wie mia hier unauffällig ermitteln sollen, Huber? Wir brauchen die Spurensicherung und den Pathologen, und dann müssen wir alle Anwesenden befragen, das ist Ihnen schon klar, oder? Hier geht es schließlich um einen Mord, den mia aufklären müssen.«

»Niemand wird hier befragt, damit das klar ist, Dimpfelmoser. Das untersage ich Ihnen strikt. Hier wird weder ein Gast noch ein Angestellter befragt, weil hier ist alles topseriös. Sie können die Spurensicherung und den Pathologen anfordern. Natürlich müssen auch die absolute Verschwiegenheit zusichern, da bestehe ich drauf.

Sollte einer der Kollegen sich nicht daran halten, dann wird das dienstrechtliche Konsequenzen haben.«

»Reindl, kümmer dich darum, dass der Kreithmeier und der Mühlbauer schleunigst hier auflaufen, und sag ihnen, dass der Huber sie eigenhändig umbringt und sie vom Dienst suspendiert, wenn sie nicht in absoluter Verschwiegenheit und praktisch unsichtbar hierherkommen und ihre Arbeit erledigen.«

»Dimpfelmoser, übertreiben'S halt nicht so.«

»Der Einzige, der hier maßlos übertreibt, des sind Sie, Huber. Dafür übernehmen'S aber selber die Verantwortung, wenn mia nicht vernünftig ermitteln dürfen und deswegen irgendwas nicht aufgeklärt werden kann.«

»Ich übernehme die volle Verantwortung, Dimpfelmoser. Für meine Freunde hier lege ich beide Hände ins Feuer, und heute sind außer uns keine anderen Gäste anwesend. Das ist sozusagen ein geheimes Treffen, da hätten wir ansonsten ja Personenschutz gebraucht. Stellen Sie sich vor, sogar der Herr Meier-Höllrieser ist da.«

»Muss man den kennen?«

»Dimpfelmoser, das ist der stellvertretende bayerische Innenminister, den müssen'S doch kennen. Das ist ja so was wie Ihr zweithöchster Vorgesetzter nach dem Innenminister.«

»Ja, jetzt wo Sie es sagen. Aber den Alois, den Oberkellner, den darf ich schon befragen, wenn der den Toten gefunden hat?«

»Ich frage den Herrn Angerer, ob er damit einverstanden ist.«

Der Huber verschwindet und lässt uns einfach stehen.

»Der hat doch nicht mehr alle Tassen im Schrank«,

kommentiert der Reindl trocken, nachdem er seine Telefonate beendet hat.

Noch ein Pluspunkt für den Reindl, das hört heute ja gar nicht mehr auf. Um uns die Zeit zu vertreiben, stöbern wir ein bisschen in den Weinregalen herum, natürlich nur in sicherer Entfernung zur Leiche, nicht dass wir da irgendwelche Spuren verwischen. Ich nehm eine verstaubte Flasche heraus und versuche im Dämmerlicht, das Etikett zu lesen.

»Dimpfelmoser, immer ein Vergnügen, dich zu sehen.«

Der Kreithmeier brüllt so laut, dass ich vor Schreck die Flasche fallen lasse und die in tausend Scherben zerbricht, während sich der Inhalt über den Boden ergießt.

»Das darf doch nicht wahr sein, das war eine 500 Euro teure Flasche!«, kreischt der Angerer auf, der im selben Moment den Weinkeller betritt, dicht gefolgt vom Oberkellner und dem Mühlbauer und seinem Spurensicherungsteam.

»Ja seid's ihr alle deppert?«, schreit der auch noch los. »Raus aus dem Tatort, ihr vernichtet's ja alle Spuren.«

Mit ihm ist nicht zu spaßen, wie ich aus den vergangenen Begegnungen an einem Tatort weiß. Also schiebe ich den Reindl, den Huber, den Angerer und den Oberkellner Alois aus dem Raum und überlasse dem Kreithmeier, unserem Pathologen und dem Mühlbauer mit seinen Männern das Feld.

»Servus, Sigi. Lang nicht mehr gesehen.«

Der Angerer schaut mich feindselig an und nickt nur leicht mit dem Kopf.

»Bist immer noch sauer auf mich wegen damals oder wegen der Flasche jetzt?«

»Wie kommst darauf? Wieso sollte ich immer noch sauer auf dich sein, Xaver? Der Spaß hat mich damals fast 20.000 Euro gekostet, um ihn reparieren zu lassen, aber ich hab's ja. Also brauchst keine Angst haben, dass ich da nachtragend bin. Da ist die Flasche von gerade eben doch nichts dagegen.«

Ich versteh bis heute nicht, warum der damals so wütend auf mich war. Es war ja schließlich seine Schwester, die seinen nagelneuen Porsche ein bisschen gegen den Baum gesetzt hat, und nicht ich. Ich war bloß der Beifahrer. Sternhagelvoll, das gebe ich zu. Aber trotzdem hat sich seine Schwester das Auto heimlich ausgeliehen. Ich hab mit ihr gewettet, dass sie sich das nie traut, das war vielleicht ein Fehler. Aber an dem Unfall war ich gänzlich unschuldig.

Die anderen schauen uns etwas fragend an, aber wir haben hier einen Mord aufzuklären, da haben wir keine Zeit für Privatangelegenheiten.

»Also, Sigi, darf ich jetzt den Alois befragen?«

Der Sigi nickt säuerlich, und ich wende mich dem Alois zu.

»Dann erzähl mal. Wie hast die Leiche gefunden?«

»Ja ich bin halt in den Keller gegangen, weil der Herr Hinterbirner eine Flasche Wein springen hat lassen.« »Übrigens so eine, wie du sie gerade zerdeppert hast«, wirft der Angerer ein.

»Und da sehe ich hinter dem letzten Regal einen Fuß. Ich also hinter, und da liegt der Tote. Ich hab sofort dem Chef und dem Herrn Huber Bescheid gegeben, damit die was unternehmen.«

»Und du hast den Toten nicht angerührt, oder?«

Er schüttelt nur den Kopf.

»Kennst den vielleicht, oder kannst dir erklären, wie der hierhergekommen ist?«

»Ich hab den Mann noch nie gesehen.«.

»Und du, Sigi, kennst du den?«

»Nie gesehen. Und wie der hier reingekommen ist, das versteh ich überhaupt nicht, weil für den Keller mit den teuren Raritäten hab nur ich einen Schlüssel. Da darf außer dem Alois und mir sonst keiner von meinen Angestellten rein. Der Alois muss sich bei mir den Schlüssel holen und sofort wieder abgeben, wenn er einen Wein aus dem Keller geholt hat.«

Er zieht einen Schlüsselbund aus seiner Tasche und hält mir seinen Schlüssel unter die Nase.

»Und hast den Schlüssel heute dem Alois nur ein Mal gegeben, damit er den Wein holen kann?«

»Nur das eine Mal, ja. Und der Alois ist ja ein ganz zuverlässiger, der hat den Schlüssel danach sofort wieder abgeliefert.«

»Und du hast den Schlüssel ansonsten immer bei dir? Auch in der Nacht?«

»Da kommt er in meinen Tresor oben im Büro. Aber da hab auch nur ich Zugriff. Die Kombination kenn nur ich, nicht einmal meine Gattin weiß die, da bin ich ganz vorsichtig, was das angeht. Man weiß ja nie, was für Gesindel einem heutzutage über den Weg läuft.«

Was das Gesindel mit seiner Gattin zu tun hat, das verstehe ich momentan nicht, ist aber wahrscheinlich auch nicht so wichtig.

»Gibt es noch einen zweiten Schlüssel?«

»Ja, den gibt es, aber der ist immer in meinem Tresor.«

»Kannst mir den trotzdem zeigen, Sigi? Nur dass mia sicher sein können, dass den niemand anders hat.«

»Wenn der Herr Angerer das sagt, dann können wir ihm das glauben, da müssen'S nicht gleich so übertreiben, Dimpfelmoser«, mischt sich der Huber ein.

»Lass nur, Huber. Wir können doch froh sein, dass der Xaver seine Arbeit so gewissenhaft macht. Das hätte ich gar nicht erwartet, so wie ich ihn von früher her kenne.«

Ich überlege, ob ich ihm eine langen soll, lasse es dann aber doch lieber in Anbetracht der Umstände. Also marschieren wir nach oben in dem Angerer sein Büro. Er öffnet seinen Tresor und präsentiert uns den zweiten Schlüssel. Der Reindl überprüft, ob es auch derselbe ist, aber da gibt es keinen Zweifel. Irgendwas ist da oberfaul. Wie ist der Tote dann in den Keller gekommen, wenn ihn nicht der Angerer oder der Alois reingelegt hat?

»Sigi, bist dir ganz sicher, dass es da nicht noch einen Schlüssel gibt?«, frage ich vorsichtshalber noch einmal nach.

»Ganz sicher, Xaver«, beteuert er.

»Und wie kommt der Tote dann in deinen Keller? Wenn nur du den Schlüssel hast, dann stehen wir vor einem Rätsel. Der wird ja kaum durch Wände gehen können, auch als Lebendiger nicht.«

»Vielleicht hat jemand das Sicherheitsschloss geknackt?«, vermutet der Angerer.

»Reindl, lauf runter zum Mühlbauer, dass der des gleich überprüft, ob da an dem Schloss manipuliert worden ist.«

Der spurtet los, während der Angerer, der Huber und ich schweigend warten. Dem Angerer ist das sichtlich unangenehm, wie ich zufrieden feststelle. Seine Augen flackern nervös, er weiß nicht so recht, wohin mit seinen

Händen, und auf seinem Schädel haben sich Schweiß-spuren gebildet.

»Warum bist so nervös? Des wird sich schon alles auf-klären. Oder verschweigst mir was, Sigi?«

»Du hast halt keine Ahnung, was da für mich auf dem Spiel steht, Xaver. Du kannst dir wahrscheinlich gar nicht vorstellen, was der Laden hier an Kosten verur-sacht. Da darf nichts passieren, was dem Geschäft scha-det. Und so ein Toter im Keller, noch dazu ein Ermor-deter, das schadet dem Ruf gewaltig, wenn das an die Öffentlichkeit kommt.«

»Bist knapp bei Kasse?«, frage ich so ins Blaue hinein.

Volltreffer, registriere ich. Er wird gleich noch nervö-ser und versucht panisch, sich unter Kontrolle zu halten. Da müssen wir den Sigi mal überprüfen, wenn dem das Wasser bis zum Hals steht.

»Der Mühlbauer sagt, dass am Schloss keinerlei Spu-ren einer Manipulation festzustellen sind«, erklärt der Reindl, der inzwischen wieder aufgetaucht ist.

»Also kann nur mit deinem Schlüssel aufgesperrt worden sein, Sigi. Da hast jetzt ein echtes Problem. Weil, wenn nur du den Schlüssel hast und du den nur dem Alois gibst, dann kannst auch nur du oder der Alois auf-gesperrt haben. Und dann seid's ihr zwei ja quasi auf ei-nen Schlag unsere Hauptverdächtigen, wennst keine bessere Erklärung findest.«

»Xaver ...«, fängt er an, aber der Huber plustert sich auf wie ein pubertierender Hahn und fährt dazwischen.

»Jetzt machen'S einmal halblang, Dimpfelmoser. Wieso hätte der Alois oder der Herr Angerer mir dann Be-scheid gegeben, dass da eine Leiche liegt, wenn einer von den beiden sie selbst da hineingeschafft hätte? Das entbehrt doch jeglicher Logik.«

»Da haben'S schon recht, Huber, aber der Schlüssel lässt sich nicht wegdiskutieren. Entweder wissen der Sigi und der Alois nicht, wer sonst noch an den Schlüssel rangeht, oder einer von den beiden muss den Keller geöffnet und die Leiche dort deponiert haben. Das ist aber schon logisch, oder? Sigi, wenn ich schon nicht vernünftig ermitteln und niemanden hier befragen darf, dann musst halt du Nachforschungen anstellen, wer da wie in deinen heiligen Keller gekommen ist. Da musst halt schau'n, wie du das plausibel erklären kannst, gell.«

»Chef, natürlich hätte da heute jemand anders auch den Schlüssel nehmen können«, meldet sich der Alois aufgeregt noch mal zu Wort. »Deine Jacke ist fast den ganzen Tag vorne an der Garderobe gehangen. Ich habe sie dir doch vorhin erst gebracht, weil du gesagt hast, dass da der Schlüssel drin ist.«

Der Angerer schaut den Alois böse an, anstatt dass er sich freut, dass der eine plausible Erklärung geliefert hat, dass doch auch jemand anders an den Schlüssel rankonnte.

»Also hätte theoretisch jeder den Schlüssel nehmen und in den Weinkeller gehen können. Nimmst des immer so genau mit der Aufbewahrung von deinem Schlüssel, Sigi?«

Der schaut nur weiter grimmig. Wahrscheinlich ist er angepisst, weil es halt doch nicht so weit her ist mit seiner sicheren Schlüsselverwahrung.

Der Reindl und ich verabschieden uns erst einmal und gehen wieder in den Keller, wo der Kreithmeier gerade seine Tasche packt.

»Den kannst gleich zu mir in die Pathologie bringen lassen, ich bin fertig hier.«

»Hast was für uns, was uns weiterhilft?«

»Nur das Loch im Kopf, ansonsten kann ich nix Auffälliges feststellen. Aber du weißt ja, wie es läuft. Genaue Aussagen erst nach der Obduktion. Und jetzt servus, ich geh ins Bett. Mir langt's für heute. Immer so ein Stress am Sonntag, da kriegst noch lauter graue Haare.«

»Von welchen Haaren reden'S da, Herr Kreithmeier?«, wirft der Reindl trocken ein. »Am Kopf haben'S ja keine mehr.«

Dem Kreithmeier entgleisen seine Gesichtszüge, und er starrt den Reindl mit großen Augen an. Mich zerreißt es fast, und ich muss mich schier zusammenreißen, um nicht lauthals loszubrüllen.

»Fangen Sie auch noch an mit so saudummen Sprüchen, Reindl? Es reicht doch vollkommen, wenn der Xaver immer so einen Schmarrn daherredet, des müssen'S sich nicht zum Vorbild nehmen.«

Ich schnappe mir noch den Mühlbauer, um ihn unbürokratisch um Hilfe für meinen Fund aus dem Klinikum zu bitten.

»Mühlbauer, kannst da eine DNA-Analyse veranlassen, und zwar am besten gleich noch heute Nacht?«

Ich übergebe ihm den Fingernagel, den ich im Klinikum gefunden habe.

»Hast den hier gefunden?«

»Du des ist ein bisserl kompliziert, Mühlbauer. Der Fingernagel gehört nicht direkt zu dem Fall hier. Da bräucht ich quasi ein inoffizielles Ergebnis.«

»Du wieder, ermittelst nebenbei mal wieder in privaten Angelegenheiten?«

»Eine Voruntersuchung sozusagen. Noch ist es nicht offiziell, aber es wäre wirklich dringend, Mühlbauer.«

»Dann meld dich halt morgen, ich schau, was sich machen lässt.«

Auf den Mühlbauer kann man sich halt verlassen. Der hilft völlig unbürokratisch, ohne großes Geschiss, so wie es der Huber immer macht.

Nachdem uns auch der Mühlbauer mit verwertbaren Ergebnissen vom hiesigen Leichenfundort auf morgen vertröstet, lasse ich die Leiche unauffällig abtransportieren und fahre mit dem Reindl zurück nach Wörth in unsere Dienststelle. Inzwischen ist es 23.00 Uhr. Ich rufe noch schnell den Heulerich an, ob die noch was gefunden haben, aber die haben die Suche im Klinikum ergebnislos abgebrochen. Weder vom pistolenschwingenden Arzt noch von meiner Schwester gibt es irgendeine Spur.

»Du Reindl, du kennst dich doch mit dem Computer aus. Weil mia müssten noch eine Fahndung rausgeben und meine Schwester in die Vermisstendatei eintragen, und zwar an oberster Stelle.«

»Kein Problem, Dimpfelmoser. Des haben wir gleich.«

Er schwingt die Tasten und loggt sich zunächst in die Vermisstendatei ein. Ich geb ihm eine genaue Personenbeschreibung meiner Schwester mit allen notwendigen Daten, und fünf Minuten später taucht sie an erster Stelle in der Datei auf, gekennzeichnet mit oberster Priorität.

Ganz wohl ist mir nicht dabei, weil das kriegen sowohl der Huber als auch die Kollegen mit, mit denen ich heute zu tun hatte. Aber was bleibt mir anderes übrig bei so viel Ignoranz und Unfähigkeit? Als Nächstes liefere ich dem Reindl eine Personenbeschreibung von dem Arzt, und kurze Zeit später ist auch der zur Fahndung ausgeschrieben.

»Dimpfelmoser, vielleicht solltest doch auch einmal so einen internen Computerkurs machen. Dann könntest so was auch selber machen und bräuchtest nicht immer mich für deine illegalen Aktivitäten«, grinst mir der Reindl noch her.

Noch vor gar nicht langer Zeit hätte er sich über so viel Unkorrektheit mokiert, aber inzwischen ist er richtig locker. Wir hören dann auch auf für heute und gehen nach Hause.

Als ich die Haustüre aufsperre und die Wohnung betrete, kommt sofort die Eva durch die Verbindungstüre unserer gemeinsamen Wohnungen geschwebt. Sie sieht selbst für diese Tageszeit umwerfend aus.

»Xaver, da bist ja endlich! Hast schon was gegessen, ich hätt noch eine Brotzeit für dich im Kühlschrank.«

Sie klimpert mit ihren Augendeckeln und schaut mich mit ihren schönen Augen durchdringend an.

»Eva, Hunger hätt ich schon noch. Und dann muss ich dir noch was erzählen. Du glaubst gar nicht, was heut passiert ist.«

Sie stellt mir den Teller mit einer pfundigen Brotzeit her, zusammen mit einem Mineralwasser.

»Dann stimmt es also, was die Leut erzählen. War es die Marianne, die heute aufgetaucht und zusammengebrochen ist?«

»Ja, sie ist im Wirtshaus aufgetaucht. Sie spritzt scheinbar Heroin. Und im Klinikum ist dann ein Arzt mit einer

Pistole erschienen, der wollte sie wohl erschießen. Da ist die Marianne abgehauen und seitdem verschwunden.«

»Ach du heilige Scheiße«, entfleucht es ihr, und sie rückt ganz nahe an mich heran.

Wir sind damals als Kinder mit unseren Eltern in einer Sekte gewesen, und da haben sich alle Drogen reingepfiffen, damit sie schneller erleuchtet werden. Dabei sind dann zwei gestorben, und daraufhin hat uns der Guru zu dritt in einem Keller mit den zwei Leichen eingesperrt, und die ganze Bande ist nach Indien abgehauen, inklusive unserer Eltern. Mein Opa, der damals noch Polizist war, hat uns dann gefunden und befreit. Das hat bei uns allen Spuren hinterlassen. So sitzen wir eine Zeitlang schweigend da und hängen unseren Erinnerungen nach. Ich esse die wunderbare Brotzeit, dann gehen wir ins Bett. Die Eva schläft heute bei mir, so haben wir das schon immer gemacht, wenn die bösen Geister der Vergangenheit wieder zum Leben erwachen. Das sind die seltenen Momente, in denen ich die Eva näher an mich heranlassen kann, ohne dass in mir gleich die ganze Welt zusammenbricht.

Kapitel 4

Montag, 9.00 Uhr

Am nächsten Morgen rufe ich den Reindl, den Oberberger und den Viereck zu einer internen Dienstbespre-
chung zusammen, um das weitere Vorgehen zu besprechen, sowohl was den Mordfall in der Angermühle
betrifft als auch die Suche nach der Marianne.

»Du, der Viereck, der ist krank, der kommt heute
nicht«, begrüßt mich der Oberberger, der heute ganz entgegen seinen sonstigen montäglichen Gepflogenheiten
gar nicht nach Schnaps riecht.

»Hat er sich wieder ins Delirium gesoffen, der Viereck?«

»Xaver, halt einfach dein Maul. Er ist halt auch einmal krank.«

Soweit ich mich erinnere, hat der Viereck zwar schon
oft den regulären Dienstbeginn aufgrund seiner Wirts-
hausaktivitäten verpasst, aber dass der krank ist, das ist
noch nie passiert. Der Reindl kommt gerade reinmarschiert, und ich belasse es dabei, da kann ich mich später
darum kümmern. Also erklären wir dem Oberberger
erst einmal, um was es geht.

»Wir haben zwei Fälle, einen inkognito vom Huber

und einen eigentlich privaten von mir. Also offiziell gar keinen Fall, da darfst nichts an die große Glocke hängen, da verlass ich mich darauf.«

Abwechselnd schildern der Reindl und ich die Vorfälle des gestrigen Tages. Der Oberberger hört interessiert und konzentriert zu, auch ganz was Neues.

»Wer hat eine Idee oder einen Vorschlag, wie mia da weiter vorgehen?«

»Ich frag im Umfeld vom Wirtshaus die Leute, vielleicht hat irgendwer was gesehen, was uns weiterhilft«, schlägt der Oberberger vor.

»Und ich recherchiere mal im Computer, ob ich was über deine Schwester finde und über das Umfeld vom Herrn Angerer«, meint der Reindl. »Solange wir keine Ergebnisse der Obduktion und der Spurensicherung haben, sind wir in beiden Fällen ziemlich aufgeschmissen.«

Da hat er recht. Der Reindl geht gleich in sein Zimmer, und auch der Oberberger will sich auf den Weg machen.

»Oberberger, wart einmal kurz. Warum seid's ihr gestern eigentlich nicht ans Telefon gegangen, du und der Viereck? Der Reindl hat versucht, euch zu erreichen.«

»Xaver, mia haben keinen Dienst gehabt, und da müssen mia auch nicht erreichbar sein. Des solltest eigentlich wissen.«

Aha, jetzt wird er tatsächlich schon wieder pampig. Derweil habe ich doch nur eine Frage gestellt und bin ihm gar nicht blöd gekommen.

»Des ist mir schon klar, um des geht's doch gar nicht. Ich wollte ja nur wissen, ob alles in Ordnung ist bei euch, weil des hat es halt noch nie gegeben, dass ihr zwei Nasen nicht erreichbar seid's. Und dass der Viereck krank ist ...«

»Ja, jetzt gibt es des halt schon einmal, gell Xaver. Und frag halt nicht so saudumm, du musst doch nicht alles aus unserem Privatleben wissen.«

Aha, dann halt nicht. Da willst schon einmal höflich sein und interessierst dich für deine Mitarbeiter, und wieder ist es falsch.

»Warst gestern eigentlich im Klinikum?«, rutscht es mir noch schnell raus.

Er schluckt und schaut mich nur böse an, aber statt einer Antwort dreht er sich um und knallt hinter sich die Türe zu, so dass es mir fast das Trommelfell zerreißt. Ich versteh langsam gar nix mehr. Warum sind nur alle so komisch, warum verhalten sich alle um mich herum nicht einfach so wie immer? Nachdenklich geh ich zur Eva rüber. Wir wollen gemeinsam zur Oma und zum Opa rausfahren und ihnen das mit der Marianne schonend beibringen. Nicht dass sie es von jemand anders erfahren, nachdem die halbe Stadt durch das Spektakel gestern im Wirtshaus Bescheid weiß und sich sicherlich schon das Maul zerreißt. Solche Sachen sprechen sich hier in Überschallgeschwindigkeit herum, und so schnell kannst du gar nicht schauen, wie daraus die wundersamsten Geschichten entstehen, die nur noch selten etwas mit den Tatsachen zu tun haben.

Die Eva wartet schon auf mich.

»Eva, dann bringen wir es hinter uns. Wir erzählen ihnen die Geschichte, und du bleibst bei den beiden, weil die das sicher ganz schön aufwühlt, nach all den Jahren.«

Sie nickt nur geistesabwesend. Wahrscheinlich fühlt sie sich genauso beschissen wie ich gerade. Das Auftauchen von der Marianne reißt halt alles wieder auf, und da wird einem klar, dass da auch die Zeit zwar alles leichter macht, aber die alten Wunden halt doch nicht von alleine heilt. Gerade als wir die Wohnung verlassen wollen, klingelt mein blödes Diensthandy.

»Dimpfelmoser, du musst sofort wieder rüberkommen«, erklärt mir der Reindl. Er wirkt ganz aufgeregt, und seine Stimme zittert.

»Du des ist ganz schlecht. Ich bin mit der Eva auf dem Weg ...«

Weiter komme ich nicht, weil im Hintergrund eine unangenehm schneidende Stimme zu hören ist.

»Sofort, machen Sie das Ihrem Kollegen klar. Wir warten nicht gerne.«

»Du, da sind welche vom BKA, die wollen uns den Fall wegnehmen.«

»Wie ... BKA ... Fall wegnehmen?«

Ich bin etwas verwirrt.

»Reindl, der 1. April war gestern, da brauchst mich nicht einen Tag danach noch verarschen, gell. Ist des der Oberberger im Hintergrund, der seine Stimme verstellt?«

Nach einem kurzen Tumult meldet sich die andere Stimme, die mir sofort abgrundtief unsympathisch ist.

»Sind Sie der Herr Dimpfelmoser, der Leiter dieser sogenannten Dienststelle?«

»Ja, wer will das wissen?«

»Hauptkommissar Riebel vom BKA. Wir übernehmen Ihre Ermittlungen, also kommen Sie sofort her, damit wir alle Details besprechen können.«

Oha, das scheint ernst zu sein.

»Eva, es gibt Probleme in der Dienststelle, ich muss da

sofort hin. Da musst leider alleine rausfahren. Ich komm so schnell wie möglich nach.«

Ich erwarte schon einen der üblichen Zornesausbrüche von der Eva, aber sie nickt nur, drückt mir einen Schmatz auf die Backe und verschwindet.

Ich laufe rüber zur Dienststelle, reiße die Türe zu meinem Büro auf und bleibe abrupt stehen.

»Sie, des ist mein Schreibtisch, an dem Sie sitzen. Da schleichen'S sich ganz schnell, sonst werd ich ungemütlich, da verstehe ich überhaupt keinen Spaß.«

»Sie müssen Herr Dimpfelmoser sein, genauso wurden Sie mir beschrieben. Erst einmal draufhauen, ohne nachzudenken. Aber da müssen Sie ein paar Gänge zurückschalten, da wir vom BKA jetzt übernehmen.«

»Was wollen'S übernehmen, wir haben gar keinen offiziellen Fall?«

»Der Tote in der Angermühle, um den kümmern wir uns ab sofort. Das ist schon mit Ihrem Vorgesetzten, dem Herrn Huber, abgestimmt. Er hat vollstes Vertrauen in mich und meine Männer.«

Aha, der Huber wieder. Hat er auch noch bei fremden BKA-Männern weiter über mich Geschichten erzählt und mich gemobbt. Jetzt ist die Maß aber voll, Verzeihung, das Maß aber voll. Vor meinem inneren Auge taucht tatsächlich ein voller Maßkrug auf, und ich kann das Bier fast riechen. Meine alkoholfreie Phase macht mir wohl immer mehr zu schaffen, wenn ich schon in vollen Maßeinheiten denke. Ich schnappe mir mein Telefon und rufe den Huber an, während meine Türe aufgeht und zwei Hünen hereinschlendern. Sie stellen sich nicht einmal vor, sondern lassen sich einfach in mein Sofa sinken, ohne mich auch nur eines Blickes zu würdigen. Das ist zu viel für meine überstrapazierten Nerven.

»Ja zefix, ihr Deppen, ihr blöden. Raus aus meinem Sofa, sonst lang ich euch eine.«

»Dimpfelmoser, mäßigen Sie sich«, weist mich der Huber zurecht, der inzwischen das Gespräch am Telefon angenommen hat, ohne dass ich es bemerkt hätte.

»Huber, Sie kommen mir grad recht. Wenn'S nicht aufhören, Geschichten über mich zu erzählen, dann leg ich eine Dienstaufsichtsbeschwerde ein, dass des klar ist. Und stimmt des, dass den Fall, der gar keiner ist, das BKA übernimmt?«

»So ist es, und des mit der Dienstaufsichtsbeschwerde, des überlegen'S sich noch einmal. Weil da steht dann Wort gegen Wort, und dass meins mehr zählt als Ihres, des können'S mir getrost glauben.«

Da hat er wahrscheinlich recht, aber das ist mir momentan ziemlich egal. Für was hab ich eigentlich eine eigene Dienststelle, wenn ich eh nix zu melden hab und ein jeder macht, was er will, ohne mich überhaupt zu fragen?

»Reden'S mit dem Herrn Riebel, das ist ein ganz netter Kollege aus Frankfurt. Der wird Ihnen alles erklären. Und Sie sind mit Ihren Männern während der Ermittlungen dem Herrn Riebel unterstellt, das muss klar sein, Dimpfelmoser. Keine Alleingänge, das verbiete ich Ihnen. Sie machen ab sofort genau das, was Ihnen der Kollege sagt.«

Ich knall den Hörer auf die Gabel. Die drei Herren fläzen immer noch in meinen Sitzgelegenheiten, aber ich belasse es erst einmal dabei.

»Also, ich höre.«

»Der Tote war ein Killer von der Frankfurter Drogenmafia«, erklärt der Riebel mit einer lehrerhaften Stimme von oben herab, da wird er mir gleich noch unsympathischer. »Wir sind dem Drogenring schon lange auf der Spur und stehen kurz davor, die ganze Bande auffliegen zu lassen. Der Tote ist in Ihrem Zuständigkeitsbereich gefunden worden, aber Sie verstehen sicher, dass es da Profis braucht, damit unsere jahrelange Ermittlungsarbeit nicht von ein paar Dorfpolizisten zunichtegemacht wird.«

Die beiden Pferdegesichter auf meiner Couch setzen ein breites Grinsen auf. Hätte ich einen Maßkrug zur Hand, ich würd ihnen damit ihr dümmliches Grinsen mit ein paar gezielten Schlägen schon austreiben. Aber etwas in mir ist auch erleichtert. Meine innere Stimme flüstert mir zu, dass ich dann meine ganze Energie in die Suche nach der Marianne stecken kann, wenn ich mich um den Toten nicht mehr kümmern muss. Also halte ich mich diplomatisch zurück und unterlasse jegliche Handgreiflichkeiten.

»Was heißt des, was erwarten'S dann von mir und meinen Männern?«

»Sie halten sich einfach komplett raus. Wenn Ihnen irgendetwas zu Ohren kommt, das mit dem Fall zu tun hat, dann berichten Sie mir das sofort persönlich. Falls ich gerade nicht da bin, dann reden Sie mit meinen Kollegen. Keine Alleingänge, absolute Diskretion. Das machen Sie bitte auch Ihren Kollegen klar. Da wurden mir schon Schauergeschichten berichtet. Zwei Ihrer Männer sollen nicht die hellsten sein.«

»Zumindest können die reden, im Gegensatz zu Ihren Kollegen da.«

Ich schau die zwei Sofafurzer böse an, aber die haben

mir anscheinend noch nicht einmal zugehört, oder sie haben sich vollkommen im Griff. Jedenfalls zeigen sie keinerlei Reaktion und schweigen weiter, während sie gelangweilt ins Leere starren.

»Und wir benutzen für die Zeit der Ermittlungen Ihr Büro als Einsatzzentrale. Da suchen Sie sich einen Platz bei Ihren Kollegen, solange wir hier sind.«

Kurz überlege ich, ob ich ihm nicht doch gleich in seine blöde Fresse haue, aber dann lasse ich es, drehe mich einfach um und verlasse den Raum. Sollen sie sich doch breitmachen in meinem Zimmer. Eine Zusammenarbeit jedenfalls kann das Arschloch vergessen. Ich ziehe vorübergehend zum Reindl, da ist noch ein Schreibtisch frei, und dann ermitteln wir ungestört weiter die Sache mit der Marianne. Und natürlich auch unauffällig weiter in der Angelegenheit mit dem Erschossenen. Sollen sich die Deppen doch alleine um diese Drogenbande kümmern. Der Tote jedenfalls ist in meinem Zuständigkeitsbereich ermordet worden, so wie ich das bisher sehe, und damit bin auch ich zuständig, BKA und Drogenmafia hin oder her.

»Reindl, schau nicht so blöd. Ich zieh vorübergehend zu dir.«

»Hast menschlich ein Problem mit dem Herrn Riebel, Dimpfelmoser? Das habe ich gleich befürchtet, wie der hier aufgetaucht ist. Du hättest ihn sehen sollen. Wie Cäsar mit seiner Leibgarde hinter sich ist er hier reinmarschiert. Weder er noch seine Männer hatten es nötig, sich vorzustellen. Da habe ich mir erst einmal dem seinen Dienstausweis zeigen lassen. Da könnte ja jeder dahergelaufene Trottel kommen und behaupten, er sei vom

BKA. Jedenfalls will ich nichts mit denen zu tun haben, wenn das nicht unbedingt notwendig ist. So muss ich mich wirklich nicht behandeln lassen.«

Das war eine lange Rede. Da schau her, der Reindl ist auch angefressen wegen dem Riebel. Keine Arschkriecherei, wie er es noch vor kurzem gemacht hätte.

»Ich hab dem Oberberger Bescheid gesagt, dass der gleich kommt. Nicht dass der denen auf den Leim geht.«

Der kommt gerade mit hochrotem Kopf zur Türe herein.

»Du, wenn die dableiben, dann kannst vergessen, dass ich hierher auf die Dienststelle komm.«

»Hast auch schon eine Begegnung gehabt mit dem Herrn Riebel?«

»Begegnung stell ich mir anders vor. Er hat mich gesehen und mich einfach zur Sau gemacht. Ich soll meinen Mund halten und ansonsten alles, was ich weiß, sofort ihm erzählen, hat er gesagt. Er hat mit mir geredet, als wär ich ein minderbemittelter Depp. Und seine zwei Gorillas, die sind anscheinend stumm, jedenfalls reden die gar nix.«

Ich liebe sie, meine Männer. Wenn's darauf ankommt, dann verstehen wir uns halt einfach prächtig und sind einer Meinung. Und während des Belagerungszustandes weichen wir mit unserem Hauptquartier zum Schorsch-Wirt aus, beschließen wir. Sollen die Herren vom BKA doch machen, was sie wollen. Genau das tun wir ab sofort auch, weil uns so blöd keiner kommen braucht.

Also schicke ich den Oberberger wieder los, damit sich der weiter umhört. Der Reindl bleibt noch am Computer und recherchiert weiter. Und ich fahre der Eva hinterher zum Opa und zur Oma. Am Nachmittag wollen wir uns erstmals beim Schorsch-Wirt treffen und die nächste Besprechung abhalten.

»Xaver, des ist ja furchtbar, du musst die Marianne unbedingt finden. Der müssen mia doch helfen«, kreischt die Oma, wie sie mich sieht, und fällt mir um den Hals.

Sie drückt mich an sich, so wie sie es schon immer gemacht hat, und mir bleibt auch heute noch die Luft weg.

»Servus beieinander«, quetsche ich gerade noch heraus, bevor mir vollends die Luft zwischen der Oma ihrem Busen ausgeht und ich fast ersticke. Heute will sie mich gar nicht mehr loslassen.

»Geh Oma, lass halt den Bub los«, kommt mir zum Glück der Opa zu Hilfe.

»Hat euch die Eva schon alles erzählt? Eine ganz schöne Scheiße ist des.«

Die Oma rast in die Küche und stellt mir einen Schweinsbraten mit Semmelknödel vor die Nase, da ist dann die Welt kurzzeitig wieder in Ordnung, weil da fühlst dich halt wie im Himmel, bei so einem Duft. Also esse ich erst einmal und höre den anderen zu, wie sie sich in die wüstesten Spekulationen bezüglich der Marianne reinsteigern.

»Des war gut, Oma. Du machst einfach den besten Schweinsbraten weit und breit.«

Ich rülpse noch lautstark zur Bekräftigung, und die Oma lacht endlich einmal, anstatt nur mit Sorgenfalten im Gesicht dazusitzen.

»Nicht dass du mir noch vom Fleisch fällst, gell Xaver. Weil auf so ein dürres Krüsperl, da steht dann keine Frau mehr. Was meinst du da dazu, Eva?«

Die Eva lächelt mich wie ein Engel an und drückt mir schon wieder ein Busserl auf die Backe.

»Der Xaver, der ist grad recht, so wie er ist. Da ist nix zu viel oder zu wenig. Des ist ein Mannsbild, da kannst dich als junge Frau schon verlieben.«

Die Oma und der Opa schauen mich erwartungsvoll und lauernd an. Mir wird ganz heiß und kalt, weil wie meint die Eva des jetzt? Redet die von sich selber? Da muss schnell wieder eine sachliche Ebene her, nicht dass das noch in eine Richtung ausufert, die ich nicht im Griff hab.

»Die Marianne ist immer noch verschwunden, und wir haben keine Spur von ihr. Und stellt's euch vor, da sind heute drei so Deppen vom BKA aufgetaucht, und die haben sich in meiner Dienststelle breitgemacht. Die übernehmen den Fall von dem Erschossenen draußen in der Angermühle, aber des dürft's keinesfalls weitererzählen. Der Mord ist sozusagen inkognito wegen dem Ruf vom Angerer seinem Laden.«

Die Oma lässt sich zum Glück ablenken. Mord und Totschlag sind sozusagen ihr Lieblingsthema, ein Hobby. Da ist sie immer Feuer und Flamme und steigert sich rein. Ganz narrisch wird sie und will jedes kleinste Detail wissen. Der Opa hört sich zunächst alles schweigend an, so wie er das immer schon getan hat. Er ist schon seit einigen Jahren pensioniert. Der Opa war früher der Stadtpolizist in Wörth und hat quasi vor mir hier für Recht und Ordnung gesorgt.

»Hast dir schon überlegt, was der Tote hier bei uns zu suchen hat?«, wirft er in meine Erzählungen ein. »Des ist doch sicher kein Zufall, dass der grad bei uns in der Gegend erschossen wird und dann beim Angerer landet.

Ich würd mich da einmal in der lokalen Drogenszene umhören, vielleicht weiß da jemand was.«

»Mia ham hier aber keine lokale Drogenszene im großen Stil, zumindest ist mir da nix bekannt. Ein paar Kiffer, ab und zu verhaften mia jemand mit Ecstasy. Aber in den letzten Jahren wüsst ich ansonsten von keinem größeren oder schwereren Rauschgiftdelikt und von keinem einzigen Fall, der was mit Heroin zu tun hat.«

»Geh Xaver, in welcher Welt lebst denn du?«, fragt der Opa kopfschüttelnd. »Da merkt man gleich, dass du nicht auf der Straße als Streifenpolizist unterwegs bist. Frag einmal den Oberberger und den Viereck, die tagtäglich mit den Leuten draußen zu tun haben und nicht nur wie du als Kriminalist unterwegs sind. Die können dir da sicher einiges erzählen, was nicht bis zu dir durchdringt. Und überhaupt, findest es nicht verdächtig, dass gleichzeitig deine Schwester hier auftaucht, die drogenabhängig sein soll, während ein Mitglied von der Frankfurter Drogenmafia hier erschossen wird? Xaver, da musst einfach einmal der Realität ins Auge schau'n. Wir sind hier nicht auf der Insel der Glückseligen. Hier wird genauso wie überall gesoffen, was das Zeug hält, gekifft und auch harte Drogen konsumiert.«

Wahrscheinlich hat er wieder einmal recht, der Opa. Da muss ich hernach gleich einmal mit dem Oberberger reden. Der ist täglich draußen beim Volk, und der erfährt einfach alles, weil er genauso wie der Viereck den Großteil seiner Dienstzeit damit verbringt, zu ratschen und zu tratschen. Dadurch liefern sie halt immer wieder wertvolle Informationen und wichtige Ermittlungshinweise, die wir ansonsten nicht bekommen würden.

»Opa, Oma, hört's euch auch einfach um. Vielleicht

erfahrt's ja irgendwas wegen der Marianne, das uns helfen könnte. Ich mach mir halt narrisch Sorgen, dass der was zustößt, so schlecht wie die beieinander ist. Da müssen mia einfach schau'n, dass mia sie so schnell wie möglich finden, damit mia ihr helfen können.«

Die beiden versprechen, sich gleich an das Telefon zu hängen. Sie kennen ja auch alle Nasen im Umkreis von 50 Kilometern, vielleicht ergibt sich da was Brauchbares.

»Ich muss wieder los«, verabschiede ich mich. »Mia haben eine Besprechung beim Schorsch-Wirt, damit mia in Ruhe ohne den blöden Riebel und seine Männer ermitteln können.«

Bevor ich aber zum Schorsch-Wirt gehe, muss ich noch schnell zum Doktor Sattler, weil der hat mich ja zu sich beordert wegen meinen Leberwerten. Ich hasse Arztbesuche und verstehe eigentlich gar nicht, was ich da soll. Ich fühle mich gesund wie immer, und bloß weil so ein paar blöde Blutwerte nicht in Ordnung sind, da braucht man doch nicht gleich so einen Aufstand machen. Aber der Amtsarzt, bei dem ich vor zwei Wochen zur alljährlichen Untersuchung war, hat mich halt vor ein paar Tagen angerufen und darauf bestanden, dass ich das abklären lasse, weil alles darauf hindeutet, dass ich zu viel saufen würde, und das würd halt gar nicht gehen für einen Hauptkommissar. Da frage ich mich, wie der Oberberger und der Viereck ihre alljährliche Amtsarztuntersuchung hinkriegen, ohne sofort suspendiert zu werden.

»Dimpfelmoser, da musst was tun. Lass halt einfach einmal ein paar Maß weg, und dann schau'n wir einmal, wie sich die Leberwerte entwickeln.«

»Sattler, da hab ich kein Problem damit, weil ich bin grad völlig abstinent. Keinen Tropfen trink ich.«

»Dann kommst in zwei Wochen wieder, und wir nehmen dir noch einmal Blut ab.«

Er schreibt was auf und schaut mich fragend an, weil ich sitzen bleibe und nervös rumrutsche.

»Ist noch was, Dimpfelmoser?«

»Hm, Sattler. Ich hätt da noch ein Problem. Des ist mir aber irgendwie peinlich.«

»Dimpfelmoser, raus damit, ich bin Arzt. Ich hör hier jeden Tag irgendwelche Dramen und Geschichten, da wird dein Problem nicht so schlimm sein.«

Ich überlege, ob ich nicht doch lieber gleich die Flucht ergreife, aber jetzt bin ich schon einmal hier. Also gebe ich mir einen Ruck und hole tief Luft.

»Eine Pille bräucht ich, Sattler.«

»Eine Pille? Du? Geh Dimpfelmoser, die brauchen doch bloß die Frauen, wenn's verhüten wollen. Oder brauchst die für die Eva? Hat sie es endlich geschafft, und ihr seid ein Paar?«

»Geh Sattler, nicht zum Verhüten. Aber schon wegen der Eva und überhaupt wegen den Weibern braucht ich was. Weil ich da anscheinend so ein Geruchshormon ausdünste, dass die immer alle ganz wild werden, wenn ich in ihre Nähe komm. Du kannst dir gar nicht vorstellen, wie anstrengend des ist, Sattler. Weil ich will halt einfach meine Ruhe haben. Genau dafür bräucht ich eine Pille, dass das einfach aufhört.«

Der Sattler schaut mich an, als hätte er einen Geisteskranken vor sich sitzen.

»Dimpfelmoser«, erklärt er dann milde, »da gibt es leider keine Pille dafür. Da hast ein wirkliches Problem, und da kann ich dir leider nicht helfen. Da gehst am besten zu einem Psychologen.«

Aha, jetzt fängt der auch noch an. Ich habe schon einen Termin, weil mich die Eva dazu gezwungen hat. Und genau das will ich unbedingt vermeiden. Weil ich hab ja keinen Sprung in der Schüssel, bloß weil ich halt so ein Geruchshormon ausdünste, oder was weiß ich, was es sonst ist.

»Danke, Sattler. Bist wieder eine große Hilfe«, verabschiede ich mich und stehe wieder auf der Straße.

Jetzt wird es aber höchste Zeit für unsere Besprechung. Beim Schorsch-Wirt ist am Montagnachmittag nix los, da sind wir völlig ungestört. Eigentlich hat er ja Ruhetag, aber für uns macht er da eine Ausnahme.

»Hast deine Dienststelle wieder einmal geflutet?«, begrüßt mich der Schorsch-Wirt in Anspielung an die alte Geschichte, wie ich auf Rattenjagd gegangen bin und dabei die Hauptwasserleitung der alten Polizeistation durchlöchert habe.

»Brauchst nicht immer auf die alten Geschichten anspielen, Schorsch. Ich hab das BKA am Hals, und der Chef von denen ist ein Arschloch. Drum samma hier, und solange der Riebel sich in meiner Dienststelle breitmacht, kemma zu dir zu unseren Besprechungen.«

»Ist des der Lackaffe im schwarzen Anzug und mit der Sonnenbrille auf dem Kopf? Der war vorhin schon hier. Ja so ein Rindvieh, hat sich nicht vorgestellt und groß rumgetönt, dass wenn ich was weiß von wegen Drogen und so, dann soll ich ihm das sagen. Da wird der sich ein paar saubere Schieflinge einziehen, wenn der alle hier so behandelt. Des mögen mia halt gar nicht, aber des weißt ja selber.«

Hat der Riebel also schon angefangen, sich bei den Leuten unbeliebt zu machen. Da wird er nicht weit kommen mit seinen Ermittlungen, wenn er so weitermacht. Weil da sind hier alle ganz allergisch gegen so ein blödes Getue, wie es der Riebel an den Tag legt.

Inzwischen sind der Reindl und der Oberberger eingetroffen.

»Was wollt's trinken? Weil ganz umsonst braucht's meine ehrwürdige Halle hier nicht benutzen, gell.«

»Ein Mineralwasser, groß«, bestelle ich.

»Eine Apfelsaftschorle, auch groß«, bestellt der Reindl.

»Ein Spezi, groß«, sagt der Oberberger.

»Ja, seid's unter die Weicheier gegangen?«, schüttelt der Schorsch erstaunt seinen Kopf. »Dass der Reindl kein Bier will, klar. Dass du so eine blöde Wette verlierst, Dimpfelmoser, selber schuld. Aber du, Oberberger? Bist krank oder was? Ein Spezi willst haben? Du hast doch schon als Säugling das Bier in dich hineingezogen. Weißt überhaupt, wie so ein komisches Getränk schmeckt?«

»Bring's einfach, Schorsch, und lass mich in Ruhe«, brummt der Oberberger.

Der Reindl und ich starren ihn auch mit offenem Mund an.

»Ja schaut's halt nicht so blöd. Man wird ja wohl noch ein Spezi trinken dürfen, ohne dass gleich alle meinen, ich wär krank oder so einen Scheiß. Mir geht es gut. Können wir endlich mit der Besprechung anfangen, ich hab ja noch mehr zu tun, als mich mit euch über meine Trinkgewohnheiten zu unterhalten.«

Wir belassen es erst einmal dabei, und so nuckeln wir alle an unseren Getränken, die uns der Schorsch immer noch kopfschüttelnd gebracht hat.

»Also, hast was rausgefunden, Oberberger?«

»Nicht viel, Xaver. Ich hab alle im Umfeld vom Schorsch-Wirt befragt. Aber nur die alte Frau Meindl, die genau gegenüber vom Wirtshaus im ersten Stock wohnt, hat die Marianne kommen sehen. Sie sagt, dass die plötzlich aus der Seitenstraße aufgetaucht und geradewegs ins Wirtshaus gelaufen ist.«

»Des hilft uns auch nicht weiter«, werfe ich ein. So was hab ich schon befürchtet.

»Lass mich halt ausreden. Sie sagt, dass der Marianne in einigem Abstand ein schwarzer Wagen gefolgt ist, der kurz vor dem Schorsch-Wirt angehalten hat. Sie behauptet, dass da ein Mann ausgestiegen und zum Eingang hin ist. Der ist aber gleich wieder davon, wie drinnen der Tumult losgegangen ist, und ist dann mit dem Wagen verschwunden.«

»Ein schwarzer Wagen also. Kann sie den Mann beschreiben?«, frage ich hoffnungsvoll.

»Er hat keine Haare am Kopf, hat sie gesagt. Aber es ist viel, viel besser, Xaver. Die Frau Meindl sitzt ja den ganzen Tag am Fenster, weil die hat ja ansonsten nicht viel zu tun. Und da hat sie so ein Fernglas stehen, und durch das hat sie geistesgegenwärtig geschaut, weil ihr das alles komisch vorgekommen ist. Und sie hat sich den ersten Teil der Autonummer aufgeschrieben. F-XX, die Zahlen hat sie leider nicht mehr gesehen, da war das Auto schon weg.«

»Und die Marke?«, wirft der Reindl hoffnungsvoll ein.

»Ein Mercedes, sagt sie«, grinst der Oberberger uns an.

»Des ist doch was, oder Reindl? Kannst damit was anfangen? Kannst da am Computer recherchieren?«

»Wenn wir Glück haben, dann gibt es nicht viele schwarze Mercedes mit der doch etwas außergewöhnlichen Buchstabenfolge XX in Frankfurt. Da muss ich hernach gleich rüber und nachschauen.«

»Saubere Arbeit«, lobe ich den Oberberger. »Du, und bevor ich es vergesse, weißt du eigentlich was über eine lokale Drogenszene hier bei uns?«

»Im Morgenstern draußen, da treffen sich alle, wenn es um Haschisch und Tabletten geht.«

Ich verschlucke mich gleich vor Überraschung an meinem Mineralwasser und spucke es quer über den Tisch.

»Was spuckst so? Des weiß doch jeder. Wennst bei uns irgendwelche illegalen Drogen, Aufputschmittel oder sonst was brauchst, dann gehst in den Morgenstern. Da kriegst des alles. Kein Heroin oder so was, aber alles, was da immer so als weiche Droge bezeichnet wird, des kannst da kaufen.«

»Die Disco, draußen an der Donau?«

»Kennst sonst noch einen Morgenstern bei uns? Ich nicht.«

»Seit wann ...?« Jetzt bin ich erst einmal sprachlos und schnappe nach Luft.

»Ja immer schon, des solltest schon wissen als Kriminaler in unserer Stadt, Dimpfelmoser.«

»Oberberger, du erzählst mir ernsthaft, dass du seit Jahren von einem Drogenhandel im Morgenstern weißt? Und hast dir keine Gedanken gemacht, dass du als Polizist da was machen müsstest? Warum hast da bisher nix gesagt? Da hätten mia eine pfundige Razzia gemacht und die ganze Saubande verhaftet. Des wär als Staatsbediensteter schon deine Pflicht gewesen. Da muss ich mir überlegen, ob des nicht Konsequenzen für dich hat.«

»Dimpfelmoser, halt doch einfach einmal dein Maul«, fährt er mich an und schaut mich mit einem Blick an, da könntest glatt Angst kriegen vor dem. »Du hast echt überhaupt keine Ahnung mehr von dem, was an der Einsatzfront vor sich geht. Wenn mia die ganzen Leute verhaften würden, bloß weil die mal einen Joint rauchen oder zu viel trinken, woher sollten mia dann unsere Informationen kriegen, der Viereck und ich? Mia reden hier nicht von harten Drogen, die werden da nicht vertickt. Willst den halben Landkreis verhaften? Des müsstest nämlich tun, wennst es wirklich ernst meinst damit, dass mia da einschreiten müssen. Du hast einen massiven Realitätsverlust, Dimpfelmoser. Vielleicht solltest doch einmal wieder zum Psychologen gehen und dich behandeln lassen. Du bist in letzter Zeit unerträglich, und wie du mit uns umgehst, so geht des nicht mehr weiter. Der Viereck und ich, mia überlegen uns ernsthaft, den Dienst zu quittieren, weil mit dir als Chef, des hält keine alte Sau mehr aus.«

Mir läuft der Speichel aus dem Mund, den ich immer noch offen habe. So eine lange Rede hat der Oberberger noch nie gehalten, seit ich ihn kenne. Da muss er es tatsächlich ernst meinen. Er steht einfach auf und will das Wirtshaus verlassen. Ich merke, wie in mir die Wut hochkocht und ich kurz den Impuls verspüre, ihm nachzulaufen und ihm eine zu langen, aber ich bleibe einfach sitzen und schlucke die Wut runter. Seit ich keinen Alkohol mehr trinke, bin ich gar nicht mehr ich selber. Da könntest dir schon Sorgen machen. Vielleicht hat er ja recht, der Oberberger, und ich sollte mich tatsächlich behandeln lassen.

»Das war nicht besonders diplomatisch, Dimpfelmoser«, wirft der Reindl trocken ein. »Lauf ihm nach, den brauchen wir für unsere Undercover-Ermittlungen, ansonsten wird es schwierig, wenn der Oberberger nicht mehr mitmacht.«

Da hat er recht, der Reindl, also laufe ich dem Oberberger hinterher.

»Wart halt einmal, Oberberger. Ich hab's doch nicht so gemeint. Es tut mir leid. Ich weiß es wirklich zu schätzen, dass du so gut mit den Leuten hier kannst. Ich steh halt gewaltig unter Druck wegen meiner Schwester.«

»Du stehst immer unter Druck, Dimpfelmoser. Da musst dir echt was einfallen lassen, wennst nicht alle vergraulen willst.«

Zum Glück macht er kehrt und geht wieder mit mir ins Wirtshaus. Ich entschuldige mich noch mal bei ihm, und er entspannt sich wieder.

»Du, und wenn mia schon dabei sind, unser Verhältnis zu klären, magst mir nicht doch sagen, wo der Viereck abgeblieben ist?«

»Der kommt die nächsten Wochen erst einmal nicht mehr«, brummt er mich an und fuchtelt dann mit seinen Armen herum, als wäre ich ein lästiges Insekt, dass er vertreiben will.

»Krankgeschrieben?«

»Auf Entzug geht er halt. Der hat sich doch am Wochenende so dermaßen niedergesoffen, dass er eingeliefert worden ist.«

Plötzlich wird mir alles klar. Dann war das am Sonntag doch der Oberberger im Klinikum, den ich gesehen hab. Er hat den Viereck begleitet, und ich Depp hab ihn so zur Sau gemacht. Vielleicht hab ich wirklich ein Problem. Irgendwie entgleitet mir gerade alles.

Meine Mitarbeiter werden aufmüpfig und haben keinen Respekt mehr vor mir, die Eva versteh ich eh nicht mehr, und was um mich herum in meiner Stadt passiert, des krieg ich anscheinend auch nicht mehr mit. Ich verspüre ein unbändiges Verlangen nach einem Bier, am besten gleich eine ganze Maß, aber da bin ich eisern.

»Kann ich da irgendwie helfen?«, frage ich kleinlaut. Dass es um den Viereck schon so schlimm steht, hab ich überhaupt nicht mitbekommen.

»Besuch ihn halt einmal, da würde er sich narrisch freuen. Aber da kannst dir deine blöden Sprüche sparen, des muss dir schon klar sein.«

»Ist der noch in Regensburg im Klinikum?«

»Noch ein paar Tage, da entgiftet er grad. Und dann kommt er in so eine Spezialklinik, hat der Arzt gesagt. Außer er überlegt es sich wieder anders. Aber da kannst dich darauf verlassen, dass ich ihn da persönlich hinschleife, wenn er nicht will. Weil ich schau nicht zu, wie sich mein bester Freund langsam zu Tode säuft.«

»Ich fahr hernach gleich bei ihm vorbei, wennst meinst, dass das hilfreich ist, Oberberger.«

Der nickt und gibt mir die Zimmernummer vom Viereck. Aber zuerst müssen wir mit unserer Besprechung weitermachen.

»Und du Reindl, hast was rausgefunden bei deiner Recherche?«

»Tja, Dimpfelmoser, das ist ziemlich mysteriös. Ich habe versucht, deine Schwester in den Melderegistern ausfindig zu machen. Bis vor drei Jahren kann man ihren Weg verfolgen. Sie ist mehrmals umgezogen, hat sich überall an- und wieder abgemeldet und war bis vor drei Jahren in München gemeldet. Da hat sie sich auch noch abgemeldet, und dann verliert sich jede Spur von ihr. Sie taucht nirgendwo mehr auf. Sie war bis dahin auch nicht auffällig. Es gibt keinerlei Eintragungen über sie. Aber mit ihrer Abmeldung verschwindet sie gänzlich, es ist gerade so, als würde es sie seitdem nicht mehr geben. Ich kann nicht einmal mehr ein Bankkonto oder irgendetwas finden.«

»Des ist aber eher ungewöhnlich, dass du gar keine Spuren mehr von jemand findest, oder?«

»Allerdings, Dimpfelmoser. Du kennst mich ja, am Computer macht mir keiner was vor. Ich habe alle Register gezogen und mich in Datenbanken eingeloggt, wo du normalerweise nicht hinkommst. Aber nichts, absolut nichts.«

»Und hast die Finanzen vom Angerer überprüft?«

»Hab ich, aber der hat keine Geldprobleme. Der hat ein paar Millionen auf seinen Konten. Da ist nichts zu finden, dass der verschuldet wäre.«

»Da kommen wir also nicht weiter. Ich schlage vor, du gehst wieder rüber in die Dienststelle und überprüfst das Autokennzeichen, Reindl. Wenn der Riebel fragt, wo mia anderen sind, erzählst ihnen was von wichtigen lokalen Angelegenheiten, da fällt dir schon was ein. Du, Oberberger, hörst dich weiter um bei den Leuten und erzählst allen, dass sie keinesfalls mit dem Riebel und dem seinen Schergen reden sollen, wenn ihnen was auffällt. Die sollen unbedingt zu uns kommen, nicht dass uns da wichtige Informationen durch die Lappen gehen und der Riebel die bekommt. Und ich fahr nach Regensburg und schau, was der Kreithmeier und der Mühlbauer für uns haben. Wenn keiner mehr irgendwelche Ideen und Vorschläge hat, dann weiß jeder, was er zu tun hat.«

Wir verlassen den Schorsch-Wirt, und ich schleiche mich an meiner Dienststelle vorbei, damit mich ja der Riebel nicht sieht. Nicht dass der noch was mitkriegt von unseren geheimen Aktivitäten. Leise schwinge ich mich in meinen Dienstwagen, der hinter dem Gebäude parkt, und lasse den Motor an. Gerade in dem Moment kommt der Riebel schon wild fuchtelnd rausgelaufen. Ich tue so, als würd ich ihn nicht sehen und gebe Vollgas. Er muss auf die Seite springen, damit er nicht vom Kotflügel erfasst wird. Im Rückspiegel sehe ich noch, wie er mir mit der Faust droht, dann bin ich schon um die Ecke und hab endlich Zeit, in Ruhe über alles nachzudenken. Aber irgendwie kann ich keinen klaren Gedanken fassen. Alles wirbelt wild in meinem Kopf durcheinander. Dann halt nicht, dann schau ich halt, ob die Regensburger schon was für mich haben. Besonders brennend interessiert mich natürlich der Fingernagel. Vielleicht hilft uns der weiter.

»Tut mir leid, Dimpfelmoser. Ich hatte noch keine Zeit, deine Leiche zu untersuchen. Wir haben hier gerade Hochbetrieb, weil da gestern noch zwei Tote von einem Banküberfall eingeliefert wurden. Hast es nicht im Radio gehört? Eine wilde Schießerei und eine Verfolgungsjagd hat es letzte Nacht gegeben, und die ganze Angelegenheit hat oberste Priorität, damit wir der Öffentlichkeit Ergebnisse präsentieren können.«

»Sagt der Huber?«

»Nein, des kommt direkt vom Polizeipräsidenten.«

»Dann kannst mir gar nicht weiterhelfen?«

»Morgen, Dimpfelmoser. Bis morgen kann ich dir deine Leiche obduzieren. Aber die Ergebnisse darf ich dir eigentlich eh nicht geben, des weißt schon, oder?«

»Geh so ein Schmarrn, wieso darfst mir die nicht geben?«

»Anordnung vom Huber. Ich soll alles schnellstens zu dem Herrn Riebel weiterleiten, weil du ja gar nicht ermitteln darfst, hat er gesagt.«

»Kreithmeier ...«

»Ja, schon klar, ich schau, was sich machen lässt.«

Nachdem ich schon im Klinikum bin, beschließe ich, den Viereck zu besuchen. Also mache ich mich auf den Weg zur Rezeption, um zu erfragen, wo dem sein Zimmer ist. Zum Glück ist die Rosalie weit und breit nicht zu sehen. Also wage ich mich zu der blonden Dame an der Information, und dann bin ich auch schon im Aufzug und auf dem Weg in den vierten Stock, wo der Viereck liegt. Im dritten Stock hält der blöde Aufzug, die Türe geht auf, und ich erstarre vor Schreck. Geradewegs marschiert die Rosalie in den Aufzug. Zum Glück ist sie nicht alleine. Der unsympathische Arzt von gestern begleitet sie.

»Ja Xaver, mein Lieber. Hast mich gesucht?«, flötet sie und streichelt mir über die Backe, dass ich gleich eine Gesichtslähmung kriege.

»Du warst nicht am Empfang ...«, stottere ich.

Zum Glück hält der Aufzug, und wir haben den vierten Stock erreicht. Ich sprinte auf den Gang.

»Wir sehen uns später, mein Lieber«, ruft sie mir noch hinterher, dann schließen sich die Türen, und ich bin gerettet.

Schweißgebadet suche ich das Zimmer vom Viereck. Mir ist ganz komisch zumute, und die Worte vom Oberberger kreisen durch meinen Kopf. Zaghaft klopfe ich an und betrete den Raum. Der Viereck liegt in seinem Bett und stiert die Decke an. Als er mich sieht, reißt es ihn kurz. Damit hat er nicht gerechnet, dass ich bei ihm auftauche.

»Dimpfelmoser, was machst du hier? Woher weißt überhaupt, wo ich bin?«

»Servus, Viereck, des hat mir der Oberberger verraten. Er wollte nicht damit rausrücken, aber du kennst mich und meinen kriminalistischen Spürsinn ja. Aber was machst jetzt du für Sachen? Legst dich einfach einmal ins Krankenhaus und lässt uns die ganze Arbeit alleine machen.«

»Dimpfelmoser, es tut mir leid. Da musst eine Zeitlang auf mich verzichten, so wie des ausschaut.«

Ich muss mich wirklich zusammenreißen und mehrmals schlucken, damit der Kloß in meinem Hals sich nicht verselbständigt.

»Viereck, mach dir bloß keinen Kopf, und schau, dass du wieder auf deine krummen Haxen kommst.«

»Die Leber, hat der Arzt gesagt. Wenn ich weitersaufe, dann ist sie hinüber.«

»So schlimm?«

»Scheint so.«

Ich nehme wie ferngesteuert seine Hand und drücke sie. Dem Viereck rinnt tatsächlich eine Träne aus dem Augenwinkel.

»Weißt Dimpfelmoser, wenn es des jetzt gewesen ist mit mir, dann ist des eine richtige Scheiße. Weil ich hab halt immer nur gesoffen. Ich hätt halt auch noch gern jemanden in meinem Leben, der mich mag, so wie dich die Eva.«

Oha, jetzt fängt der auch noch an mit der Eva.

»Viereck, des wird schon«, lenke ich schnell ab. »Da machst einen sauberen Entzug, und mia helfen dir dann, dass deine Leber nicht noch die Grätsche macht. Selbst der Oberberger hat heut ein Spezi getrunken.«

In dem Moment klingelt mein Handy, und im selben Moment kommt eine Krankenschwester herein.

»Sie, können'S nicht lesen? Hier ist Handyverbot. Der arme Herr Viereck soll sich erholen, also wenn'S telefonieren wollen, dann raus hier«, blafft sie mich wütend an.

Ich verabschiede mich schnell und gehe auf den Gang.

»Wo sind Sie, Dimpfelmoser? Ich brauche Sie hier, und zwar sofort. Ihre seltsame Bevölkerung hier, die redet ja nicht mit mir und meinen Leuten.«

»Riebel, servus. Sie, ich bin noch in dringenden dienstlichen Angelegenheiten unterwegs, da kann ich Ihnen grad gar nicht helfen. Da müssen'S halt freundlich sein zu den Menschen, dann reden die schon mit Ihnen.«

Ich lege einfach auf und freue mich riesig. Auf die Wörther ist halt Verlass, wenn es um so was geht. Da könnte ja jeder dahergelaufene, arrogante Schnösel daherkommen und so tun, als wären wir alle Deppen hier. Aber da hat er sich halt getäuscht, der saubere Herr Riebel. Während mein Handy gleich noch mal wie wild röhrt, gehe ich gemächlich zu meinem Auto und fahr rüber zu den heiligen Hallen vom Mühlbauer.

»Und, hast du was Brauchbares, oder darfst auch nicht mehr mit mir reden?«

»Dimpfelmoser, ich hab gar nix. Wir haben keine verwertbaren Spuren für dich. Das dürfte ich dir tatsächlich gar nicht mitteilen, wenn es nach dem Riebel geht. Da hast dir ja einen eingefangen mit dem.«

Der verscheißt es sich wirklich mit jedem, aber da wird er schon sehen, was er davon hat. Für seine Ermittlungen ist das jedenfalls nicht besonders hilfreich.

»Der Fingernagel? Wie schaut's mit dem aus?«

»Ja, der Fingernagel, Dimpfelmoser. Ein Glanzpunkt der Kriminalistik, würde ich sagen.«

Dann schweigt er und schaut mich lauernd an. Ich weiß ja, dass er erwartet, dass ich ganz interessiert tue und ihm signalisiere, was er doch für ein Hund ist. Derweil war ich es doch, der den Fingernagel gefunden hat. Aber ich tue ihm den Gefallen und spiele mit. Nicht dass er auch noch wütend auf mich wird, dann muss ich ihm jede Information einzeln aus der Nase ziehen.

»Bist halt ein Hund, Mühlbauer, aber des weißt ja selber. Also wie ist des mit dem Fingernagel?«

»Wir haben die DNA gespeichert. Es handelt sich um einen Mann, der in Frankfurt für ein Drogenkartell die Drecksarbeit erledigt. Schau einmal im Dienstcomputer nach. Der Mann heißt Jürgen Holler, Spitzname Todesholler.«

»Da hast was gut bei mir, Mühlbauer. Danke erst einmal für deine Hilfe. Hast du nicht auch so viel zu tun wie der Kreithmeier nach dem Überfall heute Nacht?«

»Doch, aber ich muss halt Prioritäten setzen. So ein DNA-Test im Schnellverfahren, des geht ja praktisch von alleine heutzutage. Mit meiner Technik ist das kein Problem. Und ich helf dir ja gerne, des weißt ja.«

Wir verabschieden uns, und ich rufe den Reindl an, dass der gleich im Computer alles zusammensucht, was er über den Todesholler finden kann. Dann fahre ich zurück nach Wörth, um mich mal in der Dienststelle blicken zu lassen.

Der Riebel ist nicht da, aber seine zwei Hilfssheriffs sitzen schon wieder auf meinem Sofa, oder vielleicht immer noch?

Sie nicken nur kurz, kriegen aber ansonsten ihr Maul nicht auf. Wo der Riebel ist, wissen sie auch nicht. Also geh ich rüber zum Reindl. Der sitzt immer noch konzentriert am Computer.

»Du, Reindl, solltest nicht langsam Schluss machen und dich für die Rosalie in Schale werfen?«

»Ja hast des ernst gemeint, Dimpfelmoser? Da bin ich gar nicht darauf vorbereitet, weil ich geglaubt habe, du machst einen von deinen schlechten Aprilscherzen.«

»Mit der Liebe mach ich keine Späße«, erkläre ich und bin selber ganz gerührt von meinen pathetischen Worten. »Nein wirklich, Reindl, das war kein Spaß. Ich fahr dich hernach hin zur Rosalie, die wird eine Mordsfreude mit dir haben. Aber bevor du gehst, hast was gefunden im Computer?«

»Ja freilich. Du, da scheinen wir es mit einem richtig großen Drogenring zu tun zu haben. Jedenfalls gibt es zu dem Todesholler eine ganze Akte. Der war schon so oft angeklagt, ist aber bisher immer freigekommen, weil er immer von dem besten und teuersten Anwalt in Frankfurt vertreten wird. Ein Herr Doktor Doktor Philipp Gräfling hat ihn jedes Mal rausgeholt. Man geht davon aus, dass der auch Verbindungen zur Mafia und zur gesamten Frankfurter Unterwelt pflegt. Aber zurück zu dem Todesholler. Der gehört faktisch zur Frankfurter Drogenmafia. Wenn deine Schwester wirklich irgendwas mit denen zu tun hat, dann hat sie sich definitiv mit den falschen Leuten eingelassen. Die sind richtig gefährlich, eiskalt und skrupellos. Die kontrollieren den gesamten Drogenmarkt im Großraum Frankfurt, und die fackeln nicht lange, wenn ihnen jemand in die Quere kommt.«

»Oha, da könnten mia hier ganz schnell ein Problem bekommen, wenn die mitkriegen, dass einer von ihren Männern hier tot rumliegt. Und noch dazu keines natürlichen Todes gestorben ist.«

»Vielleicht sollten wir die ganze Angelegenheit wirklich dem BKA überlassen, Dimpfelmoser. Vielleicht ist das eine Nummer zu groß für uns.«

»Wenn da tatsächlich irgendeine Verbindung zu meiner Schwester besteht, dann ist die Marianne in höchster Lebensgefahr, Reindl. Da muss ich quasi aus ganz persönlichen Gründen ermitteln, des verstehst doch. Ich kann ja nicht einfach tatenlos rumsitzen und warten, dass da irgendein dahergelaufener Drogenfuzzi meine Schwester kaltmacht.«

»Mir ist nicht wohl bei der Sache, Dimpfelmoser. Aber du kannst zu hundert Prozent auf mich zählen. Ich bin dabei und helfe dir. Und für den Oberberger ist das auch Ehrensache, auch wenn er momentan etwas durch den Wind ist. Aber er macht sich halt Sorgen um den Viereck, das ist nun einmal sein bester Freund.«

Während wir in unser Gespräch vertieft sind, poltert laut schimpfend der Riebel in die Polizeistation. Ich gehe auf den Gang, um nachzuschauen, was der für ein Problem hat.

»Lauter Provinzdeppen, das kann doch wohl nicht wahr sein«, fährt er mich an. »Die tun alle so, als wüssten sie nichts, als könnten sie nichts sehen und nichts hören.«

Da hat der Oberberger ganze Arbeit geleistet, freue ich mich.

»Redet keiner mit Ihnen, Riebel?«, frage ich scheinheilig. »Da brauchen'S sich nix denken, die Leute sind hier so. Bis die zu Fremden Vertrauen fassen, des kann schon dauern. Und so lange sind sie halt sehr verschlossen.«

»Das habe ich bereits bemerkt, Dimpfelmoser. Wie halten Sie das bloß aus mit solchen Betonköpfen? Respekt vor der Obrigkeit ist hier anscheinend ein Fremdwort.«

»Ja, leicht haben wir es hier nicht. Aber da müssen'S halt erst recht ein richtig guter Kriminaler sein, gell.«

Er schaut mich skeptisch an und überlegt, ob ich ihn verarschen will, dann kommt er ganz nahe zu mir her.

»Dimpfelmoser, wenn Sie mir irgendwelche Informationen vorenthalten, dann sorge ich persönlich dafür, dass Sie zukünftig als Streifenpolizist unterwegs sind. Sie sind mir unterstellt, und ich rate Ihnen dringend an, mit mir zusammenzuarbeiten.«

»Ja Riebel, was glauben'S denn, was ich tue? Wenn ich was erfahre, was für Ihren Fall wichtig ist, dann sind Sie der Erste, der es erfährt. Aber jetzt muss ich weg, ich habe noch eine dienstliche Aufgabe zu erledigen, die hat gar nix mit Ihrem Fall zu tun.«

Ich drehe mich um und gehe wieder zum Reindl rüber. Bevor ich die Türe öffne, kann ich es mir dann doch nicht verkneifen, ihm noch eins reinzuwürgen.

»Übrigens, Herr Riebel, wenn Sie so viel Wert auf eine gute Zusammenarbeit legen, dann sollten'S aber vielleicht auch mir und meinen Kollegen die relevanten Informationen nicht verwehren. Was sollen mia denn ermitteln, wenn mia noch nicht einmal Einblick in ein Obduktionsergebnis bekommen oder in den Bericht von der Spurensicherung. Des wär vielleicht auch ganz hilfreich für uns und unsere Arbeit.«

Sein Gesicht läuft an wie ein Pavianarsch, aber bevor er noch was erwidern kann, gehe ich zum Reindl und knalle die Türe zu.

»So, Reindl, Schluss jetzt für heute. Du gehst heim und ziehst dich um, und ich hol dich in einer halben Stunde ab.«

Freudestrahlend zieht er ab. Ich schleiche mich derweil leise zu meiner Türe und lausche. Vielleicht krieg ich ja noch was Wichtiges mit. Aber zu meinem Erstaunen reden der Riebel und seine Männer kein Wort miteinander. Ich werfe einen Blick durch das Schlüsselloch und wundere mich noch mehr. Der Riebel nimmt grad mit zittrigen Fingern irgendwelche Tabletten. Kasweiß ist er, und dann sitzt er mit gesenktem Kopf an meinem Schreibtisch, während seine Schergen es sich immer noch auf dem Sofa bequem machen. Seltsame Ermittlungsmethoden haben die Herren vom BKA, aber die werden schon wissen, was sie tun. Ich jedenfalls weiß, was ich zu tun habe. Aber jetzt gilt es erst einmal, die leidige Sache mit der Rosalie aus der Welt zu schaffen.

Ich gehe zu meinem Dienstwagen und fahre rüber zum Reindl, der tatsächlich schon im Smoking mit einem Strauß roter Rosen vor der Tür wartet.

»Ja mei, Reindl, da wird die Rosalie dahinschmelzen, wenn sie dich in dem Aufzug sieht.«

Er schaut wirklich gut aus, wie er so dasteht und etwas nervös vor sich hin grinst. Während der Fahrt nach Regensburg hören wir die Helene Fischer an. Nach einer halben Stunde halte ich vor dem Haus, in dem die Rosalie wohnt.

»Also, Reindl, viel Glück und einen schönen Abend wünsch ich dir. Und denk dran, was ich dir gesagt hab. Du richtest ihr zunächst einen schönen Gruß von mir aus und entschuldigst dich in meinem Namen, dass mir was dazwischengekommen ist. Und dann sagst ihr, dass du sozusagen da bist, damit sie nicht enttäuscht ist und wenn sie will, du ihr den Abend versüßen willst. Und dann läuft alles von allein, da kannst dir sicher sein.«

»Und wenn sie mich doch nicht will, was dann?«

»Reindl, keine Sorge. Ich wart hier eine Viertelstunde auf dich, und wennst später Probleme kriegst mit ihr, dann rufst mich an. Ich komm dann gleich vorbei und hol dich ab, versprochen.«

Der Reindl lässt sich zum Glück nicht lumpen. Die Aussicht auf eine Frau, die wirkt bei ihm immer, und so geht er zielstrebig zur Haustüre und läutet. Kurz darauf verschwindet er, und nachdem er auch nach einer Viertelstunde nicht wieder auftaucht, werfe ich den Motor an und fahre langsam zurück nach Wörth. Ganz wohl ist mir nicht, aber wenn ich die Rosalie richtig einschätze, dann müsste das schon gutgehen, und die zwei haben einen schönen Abend miteinander. Dann wäre wenigstens das Problem gelöst, und der Reindl müsste auch nicht mehr die ganze Zeit in seinen Partnervermittlungsportalen rumhängen. Weil das nervt manchmal schon gewaltig, wenn er vor lauter Hormonen in seinen Lenden während der Dienstzeit auf Frauensuche geht. Eigentlich tut er mir richtig leid. Weil er ein Pfundskerl ist, auf den ich mich inzwischen zu hundert Prozent verlassen kann, und bloß weil er ein Preiß ist, heißt das ja noch lange nicht, dass er bei uns keine Frau findet. Hier gibt es außerdem neben den Einheimischen auch genügend Zugezogene, aber irgendwie hat er da einfach kein Glück, der Reindl.

Kapitel 5

Montag, 21.00 Uhr

Als ich die Türe zu meiner Wohnung aufsperre, erwartet mich eine Überraschung. In meinem Wohnzimmer sitzen die Eva und die Marianne.

»Mia haben schon gedacht, du kommst nicht mehr«, begrüßt mich die Eva und fällt mir um den Hals.

Die Marianne sitzt zitternd da und schüttet sich ein Glas Schnaps rein.

»Ja sauber!« Mehr fällt mir momentan nicht dazu ein.

Damit hab ich jetzt wirklich nicht gerechnet, dass ich die Marianne ausgerechnet in meiner Wohnung finde.

»Servus, Xaver. Schön, dass du da bist. Ich brauch ganz dringend Hilfe«, flüstert sie mit zittriger Stimme.

»Des glaub ich auch, dass du dringend Hilfe brauchst. Wie kommst überhaupt hierher? Hat dich hoffentlich keiner gesehen, weil da sind wohl mehrere auf der Suche nach dir.«

»Ich hab aufgepasst, Xaver. Des wäre lebensgefährlich, wenn mich wer finden würd.«

»Marianne, erzähl einmal, in was bist du da nur hineingeraten? Ich hab mir solche Sorgen um dich gemacht, seit du im Krankenhaus verschwunden bist und der angebliche Arzt auch spurlos verschwunden ist. Der wollte dich umbringen, ist dir des eigentlich klar?«

»Xaver, drum brauch ich dringend deine Hilfe. Weil die mich wirklich umbringen wollen. Oder wieder zurückbringen, aber des können die vergessen. Ich geh da nicht mehr zurück.«

»Marianne, wer sind die? Und wer will dich wohin zurückbringen? Und seit wann spritzt du dir Heroin?«

Sie schüttet sich mit zittrigen Fingern noch einen Schnaps ein, dann beginnt sie zu erzählen.

»Ich bin vor einem Jahr nach Frankfurt gezogen, Xaver, weil ich mich verliebt hab. Ich hab die Frau meines Lebens getroffen.«

»Frau? Wie meinst des?«, frage ich deppert, bevor mir ein Licht aufgeht.

»Ja, ich steh halt nicht auf Männer, Xaver. Da hast hoffentlich kein Problem damit.«

Ich kann nur hilflos den Kopf schütteln. Ich habe wirklich kein Problem damit, auch wenn ich mir das nur schwer vorstellen kann. Aber ich habe ja schon Probleme mit einer normalen Beziehung, da bin ich halt ziemlich verkorkst.

»Und wo warst, seit du aus München weg bist vor drei Jahren? Du bist seitdem nirgends mehr gemeldet, hast kein Bankkonto mehr und scheinst völlig abgetaucht zu sein?«

Sie schaut mich irritiert an, macht aber keinerlei Anstalten, mir meine Frage zu beantworten. Irgendwie habe ich das Gefühl, dass mir die Marianne nicht die Wahrheit erzählt, sondern eine faustdicke Lügengeschichte. »Jedenfalls bin ich nach Frankfurt, und am Anfang fühlte ich mich wie im siebten Himmel. Zum ersten Mal war ich glücklich und konnte ohne Angst schlafen. Ich hab wirklich geglaubt, dass ich die ganze Scheiße aus unserer Kindheit hinter mir gelassen hätte. Aber dann ist die Juliane plötzlich verschwunden. Zuerst habe ich gedacht, dass sie mich verlassen hat. Aber dann ist ein Anruf gekommen von ihr, dass sie jemand entführt hat, und wenn ich sie wiedersehen will, dann muss ich für ihre Entführer ein Päckchen aus Amsterdam holen. Mir war gleich klar, dass es sich dabei um Drogen handelt, aber was hätte ich machen sollen? Ich war so blind vor Angst um die Juliane, da bin ich losgefahren und hab das Päckchen geholt. Bei der Übergabe haben die mich dann überrumpelt und mir Heroin in den Arm gespritzt. Die haben mich dann mitgenommen und mir in den folgenden Tagen immer wieder Heroin gespritzt. Ich war innerhalb kürzester Zeit total abhängig von dem Zeug, und weil ich kein Geld hatte, habe ich für die das Heroin weiter aus Amsterdam geholt. Die Juliane habe ich nicht mehr gesehen. Wir durften ein paarmal miteinander telefonieren, und sie haben mir gedroht, dass sie sie umbringen, wenn ich nicht mache, was sie sagen.«

Die Eva klammert sich mit schweißnassen Händen an mich und bringt kein einziges Wort heraus, während die Marianne erzählt. Auch mir hat es die Sprache gänzlich verschlagen. Ich spüre nur eine unbändige, ohnmächtige Wut in mir. Ich habe mich bis zu ihrem Weggang hier aus Wörth immer für die Marianne verantwortlich gefühlt, und wie ich sie jetzt so dasitzen sehe und sie ihre traurige Geschichte erzählt, da habe ich das Gefühl, dass ich sie einfach nicht beschützen konnte, und das zerreißt mich fast, so weh tut das, zu sehen, was aus ihr geworden ist.

»Aber wie bist dann hierhergekommen?«, frage ich leise.

»Ich habe nicht aufgehört, die Juliane zu suchen. Und dann hab ich sie vor einer Woche gefunden. Sie haben sie auf den Strich geschickt. Ich habe sie da rausgeholt, und wir sind abgehauen. Und weil wir nicht wussten, wohin, haben wir uns auf den Weg zu dir gemacht, Xaver. Wo hätten wir denn hinsollen?«

Wieder meldet sich mein Bauchgefühl, das die Geschichten, die mir die Marianne erzählt, anzweifelt.

»Warum seid's denn nicht zur Frankfurter Polizei? Die hätten euch doch sicher geholfen.«

Die Marianne lacht nur schrill und wird gleich wieder ganz ernst.

»Die Frankfurter Polizei schaut auch nur weg. Die glauben doch zwei Heroinabhängigen kein Wort. Die hätten uns einfach rausgeschmissen. Xaver, wir haben es bis hierher geschafft, die Juliane und ich. Aber plötzlich sind ein paar Männer von der Frankfurter Drogenmafia aufgetaucht. Sie haben die Juliane wieder eingefangen. Ich bin ihnen gerade noch entkommen und bin zum Schorsch-Wirt.«

»Haben die so einen schwarzen Mercedes?«

»Genau, damit sind sie mir hinterher. Aber ich hab sie abgehängt, hab ich geglaubt.«

»Die sind beim Schorsch-Wirt gewesen, wie du drinnen warst, Marianne. Die hast nicht wirklich abgehängt gehabt. Und der Todesholler war einer von denen.«

»Ich habe ihn sofort erkannt, Xaver. Er ist einer von den ganz Schlimmen. Der hat mir in Frankfurt am Anfang immer die Heroinspritzen verpasst. Wie ich den gesehen habe mit seiner Pistole, da war mir sofort klar, dass der mich umlegen will. Ich weiß einfach zu viel über die, und da glauben die halt, dass ich ihnen gefährlich werden könnte, wenn ich gegen die Mafia aussage. Da fackeln die gar nicht lange. Da wirst einfach umgebracht, und das Problem ist gelöst.«

»Marianne, mia haben gestern einen Toten gefunden, der hat ein Loch im Kopf. Und unsere Recherche hat ergeben, dass der Mann ein Killer von der Frankfurter Mafia ist.«

Ich zeige ihr das Bild, das ich von dem Mann dabeihabe.

»Kennst den auch?«

»Jeder kennt den, der was mit denen zu tun hat. Und der hat ein Loch im Kopf? Das hat er verdient, das Schwein. Weißt du, wie viele Menschen der schon auf dem Gewissen hat? Der bringt die Frauen, die sie auf den Strich schicken, einfach um, wenn die nicht spuren. An der Juliane hat er sich auch schon vergriffen und ihr gedroht, dass er sie umbringt, wenn sie nicht genug Geld ranschafft.«

Die Marianne redet inzwischen immer undeutlicher, und sie zittert am ganzen Körper. Auch der Schnaps hilft nichts mehr. Ihre Augen flackern hin und her, und sie schwitzt, wie wenn sie in der Sauna sitzen würde.

»Eva, ruf beim Doktor Sattler an. Sag ihm, dass ich dringend seine Hilfe brauche und ich in fünf Minuten bei ihm bin.«

»Nnnneinnn ...«, bringt die Marianne noch gequält heraus, dann wird sie wieder ohnmächtig.

Ich werfe sie mir über die Schulter, laufe mit ihr zum Auto, lege sie auf die Rücksitzbank und fahre los zum Doktor Sattler. Zum Glück ist es schon lange dunkel, so dass uns niemand sieht. Ich krieg schon eine richtige Paranoia und schaue die ganze Zeit in den Rückspiegel, ob uns jemand verfolgt, aber zum Glück ist niemand zu sehen, und so erreichen wir kurz darauf die Praxis vom Doktor Sattler.

»Xaver, was willst du mitten in der Nacht?«, fragt er wenig erfreut über meinen Besuch.

»Red nicht lang rum, Sattler. Hilf mir lieber. Ich hab meine Schwester im Auto, und die ist gerade komplett aus den Latschen gekippt.«

Gemeinsam tragen wir die Marianne in seinen Behandlungsraum. Er untersucht sie kurz und schaut mich dann ernst an.

»Da hast ein ernsthaftes Problem, Xaver. Deine Schwester ist auf Entzug, und ihr Kreislauf ist völlig im Keller. Die muss dringend in ein Krankenhaus.«

»Des geht nicht, Sattler. Ich muss die Marianne verstecken, weil hinter der sind ein paar Mörder her. Die machen da kurzen Prozess, und gestern im Klinikum wäre sie schon beinahe umgebracht worden.«

»Da musst aber selber die Verantwortung übernehmen, dass des klar ist, Dimpfelmoser. Deine Schwester hat massive Entzugserscheinungen, und der Kreislauf ist instabil. Des kann ganz schnell richtig kippen und richtig gefährlich für deine Schwester werden. Lebensgefährlich, Dimpfelmoser.«

»Hilft nix, Sattler. Darum bin ich ja hier bei dir, weil dir fällt doch sicher irgendwas ein, was mia tun können, um sie zu stabilisieren. Erst muss ich die Mörder fangen, und bis dahin muss ich die Marianne verstecken. Nicht dass die sie noch finden, und dann ist es vorbei mit ihr.«

»Methadon wäre vielleicht eine Möglichkeit, Dimpfelmoser. Aber da komm selbst ich nicht einfach so dran. Weil da gibt es Vorschriften, wer das Zeug bekommen darf und wer nicht.«

»Warum sagst es dann, wenn's eh nicht geht?«

Er schaut sich verstohlen um, dann beugt er sich zu mir rüber.

»Ich hätte da noch eine Packung rumliegen«, flüstert er. »Die würde für eine Woche reichen. Damit könnten wir deine Schwester vorübergehend stabil kriegen. Aber offiziell dürfte ich das gar nicht haben.«

»Sattler, du weißt, ich kann schweigen wie ein Grab. Und wennst mir hilfst, dann hast was gut bei mir.«

Er ziert sich noch ein bisschen, aber schließlich nickt er zustimmend.

»Also gut, Dimpfelmoser. Aber dir ist klar, dass mich das meine Approbation als Arzt kosten kann, wenn das rauskommt.«

»Gib her das Zeug, und sag mir, wie man es dosieren muss.«

Er verschwindet in seinem Keller und kommt kurz darauf mit einer Packung ohne Aufschrift zurück.

»Da gibst ihr täglich einen Becher, so wie es in der Gebrauchsanleitung steht. Dann hat sie keine körperlichen Entzugserscheinungen. Aber der Suchtdruck, der bleibt trotzdem, weil das Gefühl, das sich die Junkies mit den Drogen holen, das kriegst damit nicht. Da musst gut auf deine Schwester aufpassen, dass die keinen Blödsinn macht.«

»Alles klar, und kannst ihr noch was geben, damit sie wieder zu Bewusstsein kommt und sich ihr Kreislauf stabilisiert?«

Wortlos zieht er eine Spritze auf und spritzt ihr so ein gelbliches Zeug in den Arm. Kurze Zeit später wacht die Marianne auf. Der Sattler gibt ihr gleich einen Becher von dem Methadon, und tatsächlich wirkt die Marianne kurz darauf den Umständen entsprechend relativ ruhig und klar.

»Sattler, danke, dann gehen mia wieder. Wo hast des Zeug eigentlich her?«

»Das brauchst du nicht wissen, Dimpfelmoser. Nimm es mit, und halt einfach dein Maul, dann ist alles gut.«

Da schau her, auch der Doktor Sattler hat so seine kleinen Geheimnisse. Aber ich belasse es dabei und verfrachte die Marianne in das Auto.

»Ich bring dich jetzt zur Oma und zum Opa raus, Marianne. Da bleibst erst einmal, bis mia deine Verfolger eingesperrt haben.«

»Xaver, zur Oma und zum Opa? Meinst, des ist eine gute Idee, wenn die mich so sehen?«

»Die wissen eh schon Bescheid. Und was Besseres fällt mir momentan nicht ein, wo du halbwegs in Sicherheit bist. Bei mir kannst nicht bleiben, da werden deine Frankfurter Freunde sicherlich zuerst nach dir suchen.«

Es ist schon fast Mitternacht, als wir bei der Oma und dem Opa ankommen. Ich habe ihnen vorab schon telefonisch unser Kommen angekündigt. Wie sie sich sehen, fallen sie sich wortlos in die Arme, und überall fließen Tränen. Das ist nun rein überhaupt nichts für mich, weil so viel Sentimentalität, das hält ja keiner aus.

»Opa, lass die Frauen einmal, mia müssen reden.«

Er löst sich von der Marianne und wir gehen rüber in sein altes Arbeitszimmer.

»Opa, mia brauchen eine Rundumüberwachung für die Marianne. Die ist in Lebensgefahr, weil hinter der sind ein paar ganz üble Gesellen von der Drogenmafia her.«

»Oha, ist es wirklich so schlimm?«

»Ich befürchte das Allerschlimmste, Opa. Die Marianne hängt da in einer ganz bösen Sache drin, und ich hab gestern im Klinikum grad noch verhindern können, dass sie erschossen wird.«

»Eine Rundumüberwachung ... Hm, wie viele Leute hast denn übrig, Xaver?«

»Opa, eigentlich keinen. Der Viereck ist ausgefallen und kommt so schnell nicht wieder, und den Oberberger und den Reindl brauche ich für die Ermittlungen. Wir arbeiten ja unter besonderen Bedingungen, wie du vielleicht schon gehört hast.«

»Das arrogante Arschloch vom BKA, jaja. Der war heute schon hier.«

»Der Riebel war hier? Was wollte er denn?«

»Der hat sich aufgeführt, wie wenn mia der letzte Dreck wären. Ist einfach reinmarschiert und hat uns unterstellt, mia würden mit Verbrechern zusammenarbeiten und sie decken. Ich hab ihn rausgeschmissen. So weit kommt's noch, dass ich mir so was von so einem blöden Hund in meinem eigenen Haus anhören muss.«

Auf meinen Opa ist halt Verlass. Der weiß, wie man mit solchen Leuten umgehen muss, und als ehemaliger Polizist lässt der sich nicht so schnell einschüchtern.

»Also ich red morgen mit meinen Männern, die helfen sicher mit. Und ich mach auch mit bei der Überwachung, Opa. Aber mia müssen sakrisch vorsichtig sein, dass der blöde Riebel nix merkt. Der ist eh schon misstrauisch. Kannst du nicht ...«

Da leuchten seine Augen auf. Ich kenne ihn halt zu gut und weiß, dass er nur darauf gewartet hat.

»Xaver, logisch springen mia da ein. Ich ruf gleich morgen in der Früh den Sepp und den Peter an. Wenn die hören, um was es geht, dann sind die dabei. Da kann ich mich zu hundert Prozent auf meine alten Kollegen verlassen. Und wie eine gescheite Überwachung geht, des haben wir alle nicht verlernt. Und heut Nacht, da pass ich auf, da brauchst dir keine Sorgen machen. In meinem Alter, da brauch ich fast keinen Schlaf mehr.«

Ich protestiere, aber er will gar nicht mit sich reden lassen. Stur ist er halt, der Opa. Von dem hab ich wahrscheinlich auch meinen Dickschädel geerbt. Von meinem Erleuchtung suchenden, Drogen schluckenden Vater kann der jedenfalls nicht sein. Den Reindl kann ich jedenfalls für heute Nacht nicht herbestellen. Der ist hoffentlich immer noch dabei, die Rosalie zu besänftigen. Also versuche ich mein Glück beim Oberberger. Der geht zu meiner Überraschung sofort ans Telefon. Er wirkt ganz gegen seine bisherigen Gewohnheiten völlig nüchtern. Normalerweise hat der um diese Uhrzeit mindestens vier Maß intus, was man allerdings nur an seiner leicht undeutlichen Sprache merkt. Aber heute ist er klar und erklärt sich sofort bereit, die Überwachung ab drei Uhr in der Früh zu übernehmen.

»Opa, dann lass ich euch die Marianne da heut Nacht. Morgen in der Früh red ich gleich noch mit dem Reindl. Du schaust, dass deine Kumpel mitmachen, und dann passiert der Marianne schon nix. Ich ermittle ja auch noch in dem Fall, da werden mia die Saubande schon rechtzeitig erwischen.«

Plötzlich fällt mir siedend heiß ein, dass die Eva alleine zu Hause ist und sie vielleicht auch in Gefahr schwebt, wenn die tatsächlich auch bei mir zu Hause nach der Marianne suchen sollten. Also verabschiede ich mich von den dreien und fahre so schnell es geht nach Hause. Zum Glück sitzt sie unversehrt in meiner Küche. Mir fällt ein ganzer Berg vom Herz runter, und beinahe hätte ich sie freiwillig umarmt. Aber die Eva kocht vor Wut, und da lass ich es dann doch lieber bleiben, nicht dass die mir in ihrem Zorn noch eine reinhaut oder so.

»Xaver, was hast du bloß für bescheuerte Kollegen!«, schreit sie. »Dieser Riebel, dieses arrogante, überhebliche, großkotzige Arschgesicht mit seinen hässlichen Sauohren, wenn der mir noch mal so saudumm daherkommt, dann vergess ich mich, und dann kannst den im Krankenhaus besuchen, des schwör ich dir.«

Oha, die Eva ist richtig ausfallend, was ein untrügliches Zeichen bei ihr ist, dass sie es wirklich ernst meint!

»Erzähl halt erst einmal, was los war.«

»Der kommt hier einfach mitten in der Nacht her, kurz nachdem du weg warst, und fängt an, in alle Zimmer zu gehen, Schränke aufzumachen und blöde Fragen zu stellen. Ich hab ihm eins mit dem Nudelholz über seinen blöden Schädel gezogen, da wollte er mich verhaften. Ja so weit kommt's noch! Ich hab ihn dann mit dem Nudelholz aus der Wohnung getrieben.«

Das gibt Ärger morgen. Da kann ich mich auf was gefasst machen. Aber auf die Eva bin ich mächtig stolz. Die lässt sich von so einem Deppen nix gefallen. Die weiß, was zu tun ist, wenn ihr einer blöd kommt.

»Der hat vorhin mit seinen zwei Berggorillas auch alle Nachbarn aus den Betten geklingelt und ihnen gedroht, dass er sie alle verhaftet, wenn sie ihm was verheimlichen. Da kannst dir vorstellen, was hier grad vorhin los war.«

Der Riebel schafft es tatsächlich innerhalb eines einzigen Tages, es sich mit allen hier zu verscherzen. Das ist eine wirklich reife Leistung, das hat hier, soweit ich mich erinnern kann, noch keiner geschafft.

»Gut hast des gemacht«, lobe ich die Eva, die sich inzwischen etwas beruhigt hat. Jetzt nehme ich sie doch noch in den Arm, weil ich halt gar so stolz bin auf sie. Aber das war ein Fehler, wie ich gleich merke, weil sie mich gleich so fest zu sich hinzieht, dass mir die Luft wegbleibt. Dann küsst sie mich mitten auf den Mund. Das ist mir entschieden zu viel, weil da krieg ich Zustände. Also reiße ich mich los und flüchte mal wieder in mein Zimmer. Vorsichtshalber sperre ich mich gleich ein, nicht dass die Eva noch auf dumme Gedanken kommt. Bei den Frauen weißt das ja nie so genau, was die sich alles einfallen lassen, da habe ich so meine Erfahrungen. Tatsächlich steht sie kurz darauf vor meiner Türe und ist plötzlich gar nicht mehr nett. Sie drischt mit voller Wucht dagegen, so dass ich schon befürchte, das Teil würde aus den Angeln fliegen.

»Xaver, zefix, du bist so ein elender, mieser, verschissener Feigling«, brüllt sie, dass es in meinen Ohren klingelt. »Eins sag ich dir. Wenn du so weitermachst, dann kannst mich einmal kreuzweise am Arsch lecken, hast mich verstanden?«

Oha, die Eva flippt gleich noch mal komplett aus, so kenne ich sie. Da musst echt Obacht geben, wenn die ordinär wird. Da meint sie es bitterernst, die Eva.

»Und denk an den Termin morgen, du hast es mir versprochen. Wenn du wieder nicht mitkommst, dann zieh ich aus, und du kannst alleine schauen, wie du klarkommst. Des mein ich bitterernst.«

Gut dass sie mich daran erinnert. Natürlich habe ich den morgigen Termin schon wieder vergessen, so wie halt die letzten Wochen auch. Ich hab da halt überhaupt keine Lust darauf, aber weil es der Eva so wichtig ist, habe ich mich in einem sentimentalen Moment rumkriegen lassen, und ich hab ihr versprochen, dass ich mitgehe zu ihrem blöden Psychologen, bei dem sie in Therapie ist. Ich brauche so einen Schmarrn halt einfach nicht. Aber die Eva redet seit Wochen auf mich ein, dass ich mir das doch wenigstens einmal anschauen soll. Und damit sie Ruhe gibt, hab ich halt zugestimmt und es ihr versprochen. Seitdem dreht sie von Woche zu Woche mehr durch, wenn ich den Termin wieder vergesse. Aber morgen, da geh ich lieber hin, nicht dass die Eva wirklich ernst macht und abhaut. Weil da wär ich schon traurig, und ob ich alleine klarkomm im Haushalt, da bin ich mir wirklich nicht so sicher.

Kapitel 6

Dienstag, 9.00 Uhr

Wie ich die Dienststelle betrete, werde ich gleich vom Riebel abgefangen und in mein besetztes Zimmer zitiert. Seinen Verband, den er sich kunstvoll um seinen Schädel gewickelt hat, übersehe ich geflissentlich.

»Dimpfelmoser, Ihre Haushälterin werde ich anzeigen wegen Widerstands gegen die Staatsgewalt, Körperverletzung und Behinderung polizeilicher Ermittlungen, das ist Ihnen hoffentlich klar.«

Jetzt langt es aber tatsächlich. Ich poltere los: »Riebel, gar nix machst, dass des klar ist. Wenn du etwas gegen die Eva unternimmst, dann kastrier ich dich eigenhändig, des garantier ich dir. Du kannst froh sein, wenn ich dich nicht anzeige und die interne Ermittlung einschalte. Wo kemma mia da hin, wenn du einfach in die Wohnung von einem Kollegen reinspazierst und dich aufführst wie bei einer Verbrecherbande?«

»Wenn du deine Schwester vor mir versteckst, Dimpfelmoser, dann musst du mit so etwas auch rechnen. Ich mache nur meine Arbeit und lasse mir doch von ein paar Dorftrotteln nicht vorschreiben, wie ich meine Ermittlungen zu führen habe.«

»Ich hab dich gewarnt, Riebel. Denk an deine Eier.«

Eigentlich hat er es nicht anders verdient, und ich würde ihm jetzt gerne zwischen seine Schweinshaxen treten, als kleine Warnung sozusagen. Aber bevor ich dazu komme, klappt der Riebel zusammen wie ein Taschenmesser und wird schon wieder kasweiß im Gesicht.

»Meine Tabletten, schnell«, röchelt er und deutet auf den Schreibtisch.

Ich hol ihm das Zeug, und er wirft ein paar davon ein, dann kriegt er wieder Farbe im Gesicht und beruhigt sich.

»Das Herz, Dimpfelmoser«, erklärt er. »Ich sollte mich eigentlich überhaupt nicht mehr so aufregen.«

»Bist da eigentlich noch diensttauglich?«

»Natürlich bin ich das, ich lasse mich doch von so einer kleinen Herzschwäche nicht ausbremsen.«

Ich verlasse kopfschüttelnd das Zimmer. Warum führt er sich dann die ganze Zeit so auf, wenn er da gleich kollabiert und dann Tabletten braucht?

Der Reindl sitzt schon pfeifend hinter seinem Computer, wie ich sein Zimmer betrete, und ist bestens gelaunt. Wie er mich sieht, reißt es ihm seine Mundwinkel bis hinter beide Ohren.

»Xaver, ein Rasseweib. Ich habe die schönste Nacht meines Lebens hinter mir. Da bin ich dir wirklich dankbar, da hast du was gut bei mir. Endlich hat die Suche ein Ende, und ich habe meine Traumfrau gefunden.«

Ich lasse ihn in seiner Euphorie, weil so ist er halt, der Reindl. Er übertreibt es jedes Mal gleich gewaltig, und leider ist er damit immer in kürzester Zeit auf sein Maul gefallen. Aber wenn seine Hormone sich gerade in Höhenflügen befinden, dann kannst ihm eh sagen, was du willst, da erreicht ihn nichts mehr. Nachdem auch der Oberberger gerade auftaucht, lenke ich unser Gespräch also auf die dienstliche Ebene.

»Oberberger, wie war deine Nachtschicht? Irgendwas Auffälliges?«

»Nix, Xaver. Es war alles ruhig. Am Morgen hat dann dein Opa die Bewachung übernommen.«

»Männer, mia müssen extrem vorsichtig vorgehen, weil der Riebel langsam völlig durchdreht. Der war gestern in meiner Wohnung, wie ich nicht da war, und wollte alles durchsuchen.«

»Geh Xaver, des darf der nicht«, wirft der Oberberger ein. »Aber da haben sich noch ein paar mehr aus der Stadt beschwert. Der Riebel hat wohl angefangen, alle systematisch zu befragen. Wobei er überall droht, dass er sie einsperrt, wenn sie nicht mit ihm zusammenarbeiten. Die ganze Stadt ist angefressen wegen dem, und natürlich kommen alle Informationen zu mir.«

»Sauber, Oberberger. Des läuft doch prima für uns, da spielt der Riebel uns ja direkt in die Hände. Und du, Reindl? Hast auch was für uns?«

»Xaver, wir kommen tatsächlich nicht an den offiziellen Obduktionsbericht und das Ergebnis der Spurensicherung im Computer. Die beiden Berichte wären heute früh reingekommen, aber der Riebel hat es geschafft, dass sie als streng vertrauliche Dokumente nur ihm zugänglich gemacht wurden.«

Oha, der will sich wirklich richtig mit uns anlegen, aber da kennt er mich schlecht.

»Dann fahr ich gleich nach Regensburg rein und hol mir die Ergebnisse eben mündlich.«

»Brauchst du nicht.«

Der Reindl grinst über beide Ohren.

»Du glaubst doch nicht im Ernst, dass mich so eine interne Zugriffssperre tatsächlich aufhalten kann. Natürlich habe ich mir die Dokumente sofort beschafft.«

Er wedelt freudestrahlend mit seinen Zetteln herum, und seine Mundwinkel sind hinter seinen Ohrwascheln angelangt.

»Du bist a Hund, Reindl«, lobe ich ihn. »Steht was Interessantes drin?«

»Der Tote war tatsächlich eine Größe in der Frankfurter Drogenszene. Er wurde eindeutig identifiziert. Und der Fundort ist sicherlich nicht der Tatort, das steht auch zweifelsfrei fest. Ansonsten steht nichts drin, was uns wirklich weiterhelfen würde.«

Nachdem der Riebel inzwischen im Gang rumort, beschließen wir, erst einmal rüber zum Schorsch-Wirt zu gehen, um in Ruhe das weitere Vorgehen zu besprechen. Aber gerade, als wir die Polizeistation verlassen, klingelt mein Handy. Oha, das ist eine echte Überraschung, dass der Herr Pfarrer mich anruft.

»Servus, Eberdinger, was verschafft mir diese seltene Ehre?«

»Du musst sofort rüber in meine Kirche kommen«, tut er ganz verschwörerisch.

Jedenfalls nuschelt er so, als hätte er eine Maulsperre. Nun zählt der Pfarrer Eberdinger aufgrund unserer früheren Differenzen nicht unbedingt zu meinen besten Freunden. Darum bin ich etwas verwundert, dass er mich so plötzlich sehen will und noch dazu in seiner Kirche, die ich normalerweise konsequent meide.

»Willst mich wieder einmal in deinen Gottesdienst einladen und mich bekehren?«

»Komm einfach, ich brauch dich als Polizist hier. Und beeil dich.«

Oha, da muss er es ernst meinen, weil der würd mich auch nie freiwillig zu sich bitten, wenn es nicht wirklich wichtig wäre. Also lasse ich meine Männer alleine zum Schorsch-Wirt gehen, und ich laufe rüber in die Kirche.

Den Eberdinger finde ich kreidebleich und völlig aufgelöst vor seinem Beichtstuhl sitzen.

»Also Eberdinger, was ist so wichtig, dass du meine Ermittlungsarbeit störst?«, will ich wissen und bemühe mich erst gar nicht um einen freundlichen Ton.

Er deutet nur in den Beichtstuhl. Ich befürchte schon, dass er mir die Beichte abnehmen will, beim Eberdinger weiß man halt einfach nie, was in dem seinem Hirn gerade für eine Schallplatte läuft. Aber neugierig, wie ich nun einmal bin, werfe ich einen Blick in sein Gestühl, und da steht eine große Plastiktüte am Boden.

»Schau nur rein, Dimpfelmoser«, kräht er mir jetzt her. »Die habe ich vorhin gefunden, und wenn mich nicht alles täuscht, sind da Drogen drin.«

Ich schaue vorsichtig in die Tüte, und dann klappt mir die Kinnlade runter. Entweder will da einer dem Eberdinger einen Streich spielen, oder die Tüte ist tatsächlich halb vollgestopft mit Drogen. Jedenfalls schauen die eingeschweißten Plastiktüten mit dem weißen Pulver genauso aus, wie ich es in der letzten Fortbildung zum Thema Drogen gesehen hab. Ich ziehe mir meine Latexhandschuhe an, nicht dass da irgendwelche Fingerabdrücke drauf sind, und hole vorsichtig ein Päckchen heraus. Verwundert stelle ich fest, dass überall in der Tüte Pulverspuren sind, so als hätt einer da schon ein Päckchen aufgemacht und dann rausgenommen.

»Dieses Teufelszeug in meiner Kirche«, jammert der Pfarrer, während ich das Päckchen genauer betrachte. Es schaut tatsächlich aus, als wär da Heroin oder Kokain oder so was drin. Genaueres kann ich da aber erst nach einem Schnelltest sagen, da hab ich jetzt grad aber keinen dabei.

»Eberdinger, bist unter die Dealer gegangen, und hat dich dein schlechtes Gewissen gepackt? Oder woher hast des Zeug?«

Der Eberdinger schüttelt nervös den Kopf.

»Ich habe die Tüte grad vorhin hier gefunden. Ich gehe jeden Morgen hier in meinen Beichtstuhl, um mich zu besinnen und mit Gott zu sprechen, musst du wissen. Und heute steht da diese Tüte. Wer beschmutzt nur auf so schändliche Art mein Gotteshaus?«

Irgendwas stimmt nicht, so wie sich der Pfarrer windet. Sein Blick wandert die ganze Zeit zu seinem Altar und huscht unruhig hin und her. Und in die Augen schauen kann er mir auch nicht.

»Pfarrer, woher weißt jetzt gerade du, dass des hier Drogen sind?«, frage ich meiner untrüglichen Intuition folgend.

Oha, Volltreffer. Jedenfalls wird er gleich noch nervöser, und auf seiner haarlosen Stirn öffnen sich die Poren, so dass trotz der Kühle in der Kirche der Schweiß in Strömen fließt.

»Äh ... ja ... Dimpfelmoser ...«

»Raus damit, hast eins rausgetan und probiert, oder wie kommst grad du drauf, dass des Drogen sind?«

Er stiert wieder zu seinem Altar, dann gibt er sich einen Ruck, erhebt sich und holt ein offenes Päckchen mit dem Zeug unter dem Altar hervor.

»Eberdinger, wer ist hier schändlich? Hast das für den lieben Gott aufgehoben, oder was wolltest damit? Und woher weißt du, dass das Drogen sind?«

»Nachdem du nie in meiner Kirche bist, weißt du auch nicht, dass ich früher in der Drogenszene in München als Streetworker gearbeitet habe. Und da erkenne ich ja wohl noch, was das hier ist. Natürlich habe ich mich vergewissert, sonst hätte ich dich kaum angerufen. So scharf bin ich auch nicht drauf, dich Heiden hier zu sehen, das kannst mir glauben.«

»Wie vergewissert? Dazu brauchst einen Test, Eberdinger. Und was wolltest mit dem Päckchen? Ein bisserl Eigenkonsum, oder wie soll ich mir das vorstellen?«

»Dimpfelmoser, meinen Finger hab ich halt reingehalten und daran geschleckt. Dass das kein Mehl oder Zucker ist, kannst so auch grad noch feststellen. Und die Kirche braucht immer Geld, und da hab ich mir halt gedacht ...«

Ich muss gestehen, das hätte ich selbst dem Eberdinger nicht zugetraut, dass der als Gottesmann ernsthaft daran gedacht hat, das Zeug zu Geld zu machen.

»Es war der Schock, Dimpfelmoser«, versucht er es noch.

»Ich hätt es dir gleich gegeben, aber für einen Moment hat mich der Teufel in Versuchung geführt. Auch das müssen wir als Kirchenmänner ertragen«, tut er mir her und ist wieder ganz der Alte, so wie ich ihn kenne und halt nicht mag.

Seine Arroganz, Überheblichkeit und Scheinheiligkeit stinkt einfach zum Himmel hinauf. Aufgrund der insgesamt angespannten Lage belasse ich es erst einmal dabei. Da komme ich später bei Gelegenheit darauf zurück. Beim Eberdinger ist es nie verkehrt, ein kleines Druckmittel in der Hinterhand zu haben, das hat sich in meinem letzten großen Fall zumindest als sehr hilfreich erwiesen.

»Lassen mia des erst einmal, Eberdinger. Aber jetzt erklär mir, wie kommt des Zeug in deine Kirche?«

»Ich habe keine Ahnung. Ehrlich, Dimpfelmoser. Ich habe die Tüte heute Morgen hier gefunden, und wie die hier reingekommen ist, weiß ich nicht.«

»Ist die Kirche nachts abgeschlossen?«

»Natürlich ist die zu, wo denkst du hin? Wo heutzutage so viel Gesindel unterwegs ist, da müssen auch wir uns schützen. Ich sperre jeden Abend eigenhändig ab.«

»Und wer hat sonst einen Schlüssel?«

»Hm ... der Mesner, die Putzfrau, ein paar Frauen vom Kirchenrat, also insgesamt ungefähr zehn Leute«, überlegt er. »Aber so genau kann ich dir das leider nicht sagen. Ich weiß nur, wer von mir einen Schlüssel hat, seit ich hier als Pfarrer angefangen habe. Mein Vorgänger, der Lindenbeck, der hat es auf seine alten Tage nicht mehr so genau genommen mit solchen Sachen. Jedenfalls gab es keinerlei Aufzeichnungen über die Schlüssel. Ich habe einige zurückbekommen, aber ob das alle waren, weiß ich nicht.«

»Sauber, also kann theoretisch fast jeder rein, weil vielleicht die halbe Stadt irgendeinen alten Schlüssel hat? Hast nie darüber nachgedacht, deine Schlösser auszutauschen?«

»Dimpfelmoser, weißt du eigentlich, was das kostet? Die Kirche hat für solcherlei Dinge kein Geld übrig«, tut er ganz entrüstet und läuft gleichzeitig puterrot an. Wahrscheinlich plagt ihn das schlechte Gewissen, weil er vor lauter Geiz nicht einmal an die einfachsten sicherheitsrelevanten Dinge denkt.

»Also, Eberdinger. Wenn jemand so viele Drogen in deiner Kirche deponiert, dann wird er sie auch wieder abholen. Das Zeug ist so wertvoll, da wird kaum einer auf die Idee gekommen sein, dass er dir und deiner Kirche eine Spende in Form von Drogen macht, da sind wir uns einig?«

Er nickt nur und stiert auf seinen Kirchenboden.

»Also machen mia ab sofort eine Rundumüberwachung von deiner Kirche, und dann kriegen mia den Sauhund.«

Ich habe momentan zwar keine Ahnung, wie wir das machen sollen, nachdem wir schon mit der Bewachung von der Marianne an unsere personellen Grenzen stoßen, aber da fällt uns schon noch was ein.

»Rundumüberwachung? Das ist eine Idee, Dimpfelmoser. Ich bin dabei.«

Seine Augen leuchten plötzlich wie zwei Scheinwerfer, und er springt so schnell auf, dass fast seine Kirchenbank umfällt.

»Eberdinger, des überlässt sauber der Polizei, gell. So was kann gefährlich werden, und da müssen Profis ran. So eine Überwachung ist nix für Laien.«

»Entweder ich bin dabei, oder ich kann auch zum Riebel gehen ...«

Der spinnt doch, der Pfarrer. Jetzt droht der mir auch noch.

»Was willst denn unbedingt an einer Überwachung mitmachen, Eberdinger? Des ist eine saulangweilige Geschichte. Da sitzt stundenlang in einem Versteck und wartest.«

»Dimpfelmoser, das tue ich so auch. Ich sitze stundenlang in meiner Kirche, und keiner von den Wörthern kommt, um mit mir zu reden. Die nehmen mich als Seelsorger doch gar nicht ernst. Da kann ich doch genauso hier sitzen und mit überwachen, das ist zumindest einmal eine Ablenkung von meinem tristen Pfarrerdasein.«

Jetzt hat er es wieder einmal geschafft, und ich bin sprachlos. Dem Pfarrer ist langweilig, da schau her. Vielleicht kommt er deswegen immer auf so abenteuerliche Ideen wie die Sache mit der Bürgerwehr im letzten Fall. Dann soll er halt mitmachen. Ich habe eh viel zu wenig Personal, um gleichzeitig die Marianne und die Kirche zu bewachen.

»Also gut, dann bist dabei. Ich rufe den Oberberger und den Reindl an, die sollen rüberkommen, und dann organisieren mia des Ganze.«

Der Pfarrer freut sich wie ein kleines Kind und springt ganz aufgeregt durch seine Kirche.

»Du, ich komme gleich wieder, ich ziehe mir nur schnell was anderes an«, kräht er und verschwindet.

Ich informiere den Reindl, der mit dem Oberberger immer noch beim Schorsch-Wirt wartet, und sag ihnen, dass sie einen Schnelltest mitbringen sollen. Dann untersuche ich sicherheitshalber die Kirchentüre, die aber keinerlei Einbruchsspuren aufweist. Auch die Türe zur Sakristei ist unbeschädigt, aber das Schloss fehlt gänzlich. Jetzt bin ich etwas irritiert. Wieso hat die Türe kein Schloss? Hat nicht der Eberdinger gesagt, er sperrt jeden Abend ab? Der kommt gerade wieder angelaufen. Er hat seine schwarze Robe durch schwarze Jeans und einen schwarzen Kapuzenpullover ersetzt, so dass er selber fast wie ein Verbrecher ausschaut.

»Eberdinger, das Schloss ...?«

»Da gibt es keins, schon seit Jahren nicht. Aber das macht nichts, weil die Türe hier ist alarmgesichert. Wenn da jemand reingeht, dann geht im Pfarrhaus ein optischer und akustischer Alarm los. Da kommt keiner unbemerkt rein.«

Ich fasse es nicht. Ist der so naiv, oder will mich der Eberdinger verarschen?

»Und in der Nacht, wenn du schläfst?«

»Ich habe einen sehr leichten Schlaf, musst du wissen. Da kommt keiner unbemerkt rein. Der liebe Gott weckt mich sofort, wenn jemand in seine heiligen Hallen eindringt, und ich weiß, wie ich die Kirche verteidigen muss.«

Er zieht eine Pistole unter seinem Kapuzenpullover hervor und fuchtelt damit vor meiner Nase herum. Wenn er so anfängt, dann macht er mir richtig Angst, der Eberdinger. Völlig weltfremd und dazu sein fanatischer Eifer, das ist eine ganz gefährliche Mischung.

»Eberdinger, gib mir sofort die Pistole«, schnauze ich ihn an, und bevor er noch reagieren kann, habe ich ihm das Teil abgenommen.

»Ich habe einen Waffenschein dafür, ich darf die haben«, braust er gleich auf und will mir die Waffe wieder entwinden.

»Eberdinger, wir sind hier nicht im wilden Westen, sondern in Wörth. Verstehst du das? Du kannst hier nicht einfach mit einer Pistole rumlaufen und Menschen bedrohen, auch wennst einen Waffenschein hast.«

»Dipfelmoser, wenn da ein Verbrecher in meine Kirche kommt, wie soll ich den denn aufhalten, so ganz ohne Waffe?«

Da hat er auch wieder recht. Es ist halt einfach keine gute Idee, Zivilisten mit in die Arbeit einzubeziehen, das gibt immer nur Ärger.

»Machen wir unsere Besprechungen jetzt in der Kirche?«, will der Reindl wissen, der inzwischen mit dem Oberberger eingetroffen ist.

Ich zeige den beiden die Tüte mit dem Pulver und erkläre ihnen die Sachlage. Der Reindl macht einen Schnelltest, und es stellt sich heraus, dass es sich tatsächlich um Heroin handelt.

»Zwei Überwachungen gleichzeitig?«, stöhnt der Oberberger auf. »Wie sollen mia des mit so wenig Personal machen?«

»Ich rufe mal den Opa an, vielleicht hat der schon mit seinen alten Spezln geredet, und die kriegen das alleine hin. Dann sind wir mit dem Pfarrer zu viert.«

»Opa ...« Weiter komme ich nicht, weil der mir gleich so ins Ohr brüllt, dass ich wahrscheinlich ein paar Dezibel Hörleistung verloren habe.

»Sie ist weg. Gerade habe ich in ihr Zimmer geschaut, weil der Hubert mich ablösen wollte. Und da ist sie nicht. Abgehau'n ist sie.«

»Weg? Wie weg?«

»Wir haben alles durchsucht, Xaver. Sie ist einfach verschwunden. Das Methadon hat sie mitgenommen.«

»So eine Scheiße«, brülle ich los, beruhige mich aber zähneknirschend, weil der Opa kann halt auch nichts dafür, dass die Marianne andauernd verschwindet.

Er verspricht, sich mit seinen ehemaligen Kollegen auf die Suche zu machen. Ich habe vor Schreck ganz vergessen, wo ich eigentlich bin. Die drei Nasen starren mich mit offenem Maul an, als ob ich ein Weltwunder wäre.

»Schrei halt nicht so rum in der Kirche«, belehrt mich der Eberdinger von oben herab.

Ich würde ihm am liebsten gleich eine langen, aber das ist der Sache auch nicht besonders dienlich. Wir beratschlagen eine Weile hin und her und einigen uns auf Sechs-Stunden-Schichten. Die erste Schicht übernehme trotz der Proteste vom Eberdinger ich. Der zieht in seine Wohnung ab. Der Reindl geht zurück in die Dienststelle. Er soll seine Ohren offen halten, falls es Neuigkeiten vom Riebel gibt, und mit dem Huber telefonieren, damit uns der einen Ersatzmann für den Viereck schickt. Und der Oberberger zieht los und hört sich bei den Leuten um, vielleicht weiß ja doch irgendwer noch was, was uns weiterhilft.

Endlich herrscht Ruhe in der Kirche. Ich suche mir auf der Empore einen Platz, von dem aus ich alles gut im Blick habe, aber selbst nicht gesehen werden kann. Irgendwie passiert am laufenden Band etwas, ohne dass wir bisher mit den Ermittlungen weiterkommen. Ich mag das überhaupt nicht, wenn ein Fall einen so vor sich hertreibt und gar keine Zeit ist, in Ruhe nachzudenken. Bisher reagieren wir nur auf die Ereignisse und haben noch keine wirkliche Ahnung von irgendwas. Aber anstatt mich endlich auf den Fall bzw. die Fälle konzentrieren zu können, tauchen die ganze Zeit wie in einem Karussell Bilder auf von der Eva, von der Marianne, von unserer Kindheit und wieder von der Eva, wie sie sich momentan verhält. Plötzlich quietscht die Türe der Sakristei, und eine Gestalt huscht durch die Kirche zum

Beichtstuhl. Mein Adrenalinpegel schießt schlagartig in die Höhe. Ich zücke meine Dienstwaffe und schleiche mich die Treppe nach unten. Die Gestalt kauert mit dem Rücken zu mir auf dem Boden des Beichtstuhls und durchwühlt im diffusen Dämmerlicht den Fußraum. Ich schleiche mich lautlos an, packe die Gestalt und ziehe sie zu mir. Dabei halte ich dem Verbrecher meine Dienstwaffe an den Kopf.

»Keine Bewegung, sonst bist tot!«, schrei ich und lasse dann entgeistert meine Waffe sinken und die Gestalt los.

»Marianne ...?«

Das kann jetzt echt nicht wahr sein!

»Du? Du hast das Heroin hier versteckt?«

»Xaver, ich brauche das Heroin. Ich muss meine Freundin retten. Wenn die das Heroin nicht wiederkriegen, dann bringen sie sie um.«

»Wen bringen sie um? Marianne, von was redest eigentlich? Warum bist nicht beim Opa geblieben und überlässt alles mir?«

»Xaver, ich red von der Juliane, von der hab ich dir doch erzählt. Und ich habe dir doch gesagt, mit wem du es hier zu tun hast. Die Tüte mit dem Heroin ist von meiner letzten Amsterdamfahrt. Dass die die haben wollen, ist doch klar. Weißt du eigentlich, wie viel das Zeug wert ist? Da fackeln die nicht lange. Ich muss es ihnen übergeben.«

»Warum hast mir das nicht gleich erzählt, dass du von denen noch Stoff hast?«, frage ich skeptisch.

»Das hab ich halt vergessen. Du kennst das nicht, wie es sich anfühlt, wenn du die Droge brauchst. Da denkst an nichts anderes mehr.«

Wie schon bei unserem letzten Gespräch werde ich

das Gefühl nicht los, dass mir die Marianne wieder irgendwelche Geschichten und Lügen erzählt, die sie sich zusammenfantasiert und nicht unbedingt viel mit der Wahrheit zu tun haben.

»Xaver, gib mir die Tüte. Und hör auf, so blöde Fragen zu stellen. Gib mir das Heroin, und ich löse die Juliane aus. Wennst mir nicht weiterhelfen willst, dann verschwinden wir auch sofort. Ich will hier niemandem zur Last fallen.«

Sie funkelt mich böse an, als ob ich hier der Verbrecher wäre.

»Das geht nicht, Marianne. Ich darf dir das Zeug nicht geben. Und überhaupt glaube ich dir kein Wort mehr. Wenn ich dir wirklich helfen soll, dann musst mir schon vertrauen und nicht einfach abhauen, sobald du halbwegs klar denken kannst. Warum bist nicht beim Opa geblieben? Warum lässt nicht uns das alles machen?«

Sie schaut mich an, und plötzlich hält sie eine Pistole in der Hand. Damit stürzt sie sich auf mich. Ich weiche ihr aus und drehe ihr den Arm auf den Rücken. Die Pistole fällt ihr dabei aus der Hand. Sie bebt vor Zorn, dann klappt sie einfach wieder zusammen. Ich sichere zuerst die Waffe. Es handelt sich wohl um die Pistole von dem falschen Arzt, die die Marianne bei ihrer Flucht aus dem Krankenhaus mitgenommen und irgendwo versteckt hat. Ich rufe den Pfarrer an, der auch sofort wieder in seinem Verbrecherkostüm auftaucht. Er zeigt mir grinsend eine Geheimtür hinter einem Schrank in der Sakristei.

»Da können wir deine Schwester vorübergehend festsetzen, da kommt keiner raus.«

»Eine Geheimtür in deiner Kirche?«, wundere ich mich.

»Die wurde wohl früher benutzt, damit der Pfarrer ungesehen in die Kirche kommen konnte. Da führt ein Gang rüber ins Pfarrhaus, und unten sind ein paar Kellerräume. Die haben alle dicke Holztüren und schwere Riegel. Da sperren wir deine Schwester derweil ein.«

Was Besseres fällt mir auf die Schnelle gerade auch nicht ein. In die Polizeistation kann ich sie nicht bringen, da sitzt der Riebel. Ich kann mit ihr überhaupt nicht auf die Straße, weil wenn der Riebel das mitkriegt, dann ist die Scheiße richtig am Dampfen. Also tragen wir die Marianne nach unten und legen sie auf eine Decke, die der Eberdinger noch schnell geholt hat. Dann verriegle ich von außen sorgfältig die Türe, und wir gehen wieder nach oben in die Sakristei.

Ich rufe den Reindl und den Oberberger an, dass die gleich wieder rüberkommen, um das weitere Vorgehen zu besprechen.

Wir treffen uns wieder in der Sakristei, und ich erzähle kurz, was vorgefallen ist.

»Das hört sich doch stimmig an, was deine Schwester da erzählt«, meint der Reindl.

»Ich kann es euch nicht erklären, aber sie lügt. Ich hab schon als Kind immer gemerkt, wenn sie nicht die Wahrheit erzählt hat.«

Noch bevor wir weiter einen Plan fassen können, bricht plötzlich ein Radau aus in der Kirche, und der Riebel kommt mit seinen Männern hereingepoltert. Da wir in der Sakristei sitzen, sehen sie uns zum Glück nicht gleich.

»Haltet sie auf, und erzählt's ihnen irgendein Märchen«, flüstere ich dem Pfarrer und meinen Männern zu. Ich schnappe mir das Heroin, das immer noch rumliegt, und verschwinde ungesehen durch die Geheimtüre hinter dem Schrank. Von dort aus kann ich prima mithören, was sich in der Sakristei abspielt.

»Wo ist sie?«, schreit der Riebel. »Wo ist diese Marianne, und wo ist das Heroin?«

»Ja, was meinen Sie da jetzt?«, tut der Reindl ganz unschuldig. »Mein Kollege und ich, wir haben hier beim Herrn Pfarrer einen Termin, weil wir beichten möchten.«

Ich muss mich mächtig zusammenreißen hinter der Schranktüre, dass ich nicht lauthals loslache. Ich sehe den Riebel vor mir, wie es ihn fast zerreißt.

»Ich sorge dafür, dass Sie allesamt vom Dienst suspendiert werden, wenn Sie mir nicht sofort die Wahrheit sagen, verdammt noch mal.«

Dem Riebel seine Stimme wird immer schriller, er steht wahrscheinlich kurz vor einem Herzinfarkt. Aber plötzlich kreischt der Pfarrer los, dass selbst das Organ vom Riebel sich wie ein leises Flüstern anhört.

»Raus, ihr elenden Gotteslästerer«, schreit er. »Wir sind in einem Gotteshaus. Da erwarte ich Achtung und Respekt. Wenn noch irgendwer außer mir hier rumbrüllt, dann vergesse ich mich.«

Dann ist es plötzlich ganz still. Ich kann mir aber nicht vorstellen, dass es alleine die Ansage vom Eberdinger ist, die den Riebel zum Schweigen gebracht hast. Und tatsächlich bricht gleich darauf wieder ein Höllenspektakel los, dass sogar der Schrank wackelt, hinter dem ich stehe.

»Loslassen«, quietscht der Eberdinger.

»Sie sind verhaftet«, übertönt ihn der Riebel.

»Sie haben uns mit einer Waffe bedroht, jetzt reicht es mir endgültig.«

Da schau her, hat also der Eberdinger tatsächlich seine Pistole gezückt und den Riebel damit bedroht. Darum war es also plötzlich so leise. Unter lautstarkem Protest des Pfarrers und nutzlosen Beschwichtigungsversuchen vom Reindl und dem Oberberger wird der Pfarrer anscheinend abgeführt.

Ich verhalte mich ganz still und warte, bis in der Sakristei Ruhe eingekehrt ist. Erst dann steige ich die Treppe in den Geheimkeller hinunter und öffne den Riegel der dicken Holztür, hinter dem wir die Marianne eingesperrt haben. Sie liegt gleichmäßig atmend da und schläft, so dass ich beschließe, sie erst einmal dazulassen und die Lage draußen zu sondieren. Leise kehre ich zurück in die Sakristei, aber es ist niemand mehr hier. Also gehe ich rüber in die Dienststelle. Der Riebel diskutiert mit dem Reindl, während aus dem Zellentrakt der Pfarrer lauthals schimpft. Dem Riebel seine Gorillas sind nirgendswo zu sehen, und auch der Oberberger hat sich verdrückt.

»Was ist denn hier schon wieder los?«, frage ich ganz unschuldig und setze meinen besten Dackelblick auf.

»Sie wissen doch genau, was Ihre Männer treiben, Dimpfelmoser«, fährt mich der Riebel gleich an.

»Er hat den Pfarrer verhaftet«, merkt der Reindl trocken an.

»Er hat mich mit einer Pistole bedroht.«

Ich tue ganz interessiert und lasse mir den ganzen Sachverhalt noch einmal schildern. Hat sich der Eberdinger doch tatsächlich hinreißen lassen und seine Pistole gezückt. Ich hab mir ja gleich gedacht, dass das nicht gutgeht. Das hast dann davon, wennst nicht auf deinen Instinkt hörst. Hätte ich ihm die Waffe nur mal abgenommen, aber jetzt ist es halt zu spät.

»Riebel, jetzt komm runter. So geht des alles hier nicht. Wir kommen vor lauter Chaos keinen Millimeter weiter mit dem Ermitteln. Lass den Pfarrer wieder gehen, und dann setzen mia uns zusammen und vergessen einmal den ganzen Schmarrn. So kann doch niemand vernünftig arbeiten.«

»Niemals, Dimpfelmoser. Der Pfarrer und auch Ihre Männer wissen mehr, als sie zugeben. Und Sie hängen auch mit drin. Ihnen ist vielleicht immer noch nicht bewusst, dass es Ihre Schwester ist, die das gesuchte Heroin an sich genommen hat.«

»Ja was für ein Heroin? Wennst willst, dass mia deine Ermittlungen unterstützen, dann musst uns schon sagen, was du weißt.«

»Ich muss gar nichts«, tobt er wieder los und wirft sich wieder ein paar von seinen Tabletten ein. »Ihre Schwester hat den Mann ermordet, wie wir inzwischen wissen. Und jetzt ist sie mit Heroin im Wert von über einer Million Euro auf der Flucht. Ich habe überhaupt keine Hemmungen und verhafte auch Sie, Dimpfelmoser, sollte sich mein Verdacht erhärten, dass Sie Ihre Schwester decken.«

Der spinnt doch völlig. Ich zwinkere dem Reindl zu. Der verwickelt den Riebel gleich wieder in ein Gespräch, so dass ich mich schnell verdrücken kann. Über Umwege kehre ich zurück in die Kirche. Woher weiß der Riebel das nur, frage ich mich. Und hat die Marianne wirklich den Mann erschossen? In meinem Kopf dreht sich alles.

Ich weiß langsam überhaupt nicht mehr, wem ich was glauben soll. Anscheinend tischt mir ein jeder irgendwelche Mordslügen auf, aber irgendwie blicke ich einfach überhaupt nicht mehr durch. Es ist höchste Zeit, wieder einen klaren Kopf zu bekommen. Also beschließe ich, zunächst noch einmal die Marianne zu befragen, falls sie inzwischen wieder ansprechbar ist.

Kapitel 7

Dienstag, 14.00 Uhr

Die Marianne sitzt wach im Kellerloch und schaut mich böse an, wie ich die Türe aufmache.

»Marianne, du reitest dich immer mehr in die Scheiße«, versuche ich es noch mal mit der Vernunft. Der Riebel lässt dich wegen Mordes an dem Toten im Weinkeller suchen.«

»Xaver, glaub dem kein Wort. Da ist etwas oberfaul. Hast dem seine Begleiter schon einmal überprüft? Das sind gar keine Polizisten, sondern Mitglieder von der Frankfurter Drogenmafia. Ich kenne die zwei, die bewachen in Frankfurt denen ihr Hauptquartier.«

»Geh Marianne, was erzählst mir da wieder. Natürlich sind das Polizisten. Du lenkst doch nur wieder von dir ab.«

»Überprüf es, Xaver. Wennst dem Riebel mehr glaubst als deiner eigenen Schwester, dann schleich dich doch einfach, und liefer mich an den Riebel aus. Da leb ich nicht mehr lange, da kannst dir sicher sein.«

Und wenn sie recht hat? Kann es sein, dass die ganze Sache noch viel mehr zum Himmel hinaufstinkt, als ich bisher vermutet habe?

»Marianne, ich muss dich zu deiner eigenen Sicherheit hier eingesperrt lassen. Da findet dich keiner, und du kannst nicht noch mehr Blödsinn machen.«

»Xaver, von mir aus. Aber versprich mir, dass du die Juliane suchst. Die bringen sie um, wenn ich das Heroin nicht bis morgen übergebe.«

Sie fällt mir schluchzend um den Hals, und ich spüre, wie sie vor Angst zittert. Oder spielt sie mir das auch nur vor? Ich weiß gar nix mehr.

»Ich suche sie, versprochen. Und du nimm dein Methadon, Marianne. Ich schau so bald wie möglich wieder nach dir.«

Mit einem flauen Gefühl, das Falsche zu tun, lasse ich die Marianne zurück. Ich rufe zunächst den Opa und die Oma an, damit die sich keine Sorgen mehr machen müssen, dann melde ich mich beim Reindl und beordere ihn und den Oberberger zum Schorsch-Wirt.

Ich schleiche mich durch den Hintereingang und verpflichte den Schorsch zu absoluter Verschwiegenheit über unsere Geheimtreffen. Kurze Zeit später treffen meine Männer ein.

»Also hat einer von euch eine Idee, was mia machen sollen?«

Ich schaue die zwei Nasen hoffnungsvoll an, aber die schütteln auch nur die Köpfe.

»Dann fassen wir erst einmal zusammen, was wir haben. Wir haben eine Tüte voll Heroin, das irgendwie meine heroinabhängige Schwester mitgebracht hat, und mia haben einen Toten. Die Identität des Toten ist eindeutig geklärt. Wir wissen, dass er zu der Frankfurter Drogenmafia gehört. Wir wissen, dass der Fundort nicht der Tatort ist und dass es wohl leider einen Zusammen-hang gibt mit meiner Schwester. Auch die Identität des falschen Arztes ist klar, der gehört ebenfalls zu den Dro-genhändlern. Sonst noch was?«

»Ich habe den Obduktionsbericht und den Bericht der Spurensicherung gelesen, da steht aber wirklich nichts drin, was uns helfen könnte. Wir wissen immer noch nicht, warum der Tote gerade im Weinkeller von der An-germühle abgelegt wurde und wie die Leiche überhaupt durch die angeblich verschlossene Türe gekommen ist. Und wir wissen anhand der Zeugenaussage von der Frau Meindl, dass ein schwarzer Mercedes mit Frankfurter Kennzeichen hinter deiner Schwester her war. Der gehört Leuten von der Frankfurter Drogenmafia, das habe ich inzwischen recherchiert. Mehr hab ich momentan nicht«, erklärt der Reindl.

»Also ich hab mich weiter umgehört bei den Leuten«, fängt der Oberberger an zu berichten. »In der lokalen Drogenszene herrscht ziemliche Aufregung, weil der Nachschub wohl nicht richtig funktioniert, was die har-ten Sachen angeht. Ansonsten das Übliche. Der Riebel mit seinen zwei Wachhunden nervt alle, so dass er es sich wirklich mit allen verschissen hat.«

»Ich fahr gleich noch mal raus zur Angermühle und red mit dem Angerer. Vielleicht kann der mir noch was sagen.«

»Da wird sich der Huber aber freuen, wennst seine An-weisungen einfach so missachtest«, grinst mir der Reindl her.

»Fällt dir was Besseres ein?«, schnauze ich ihn an. »Und kommst du an die Personalakten vom BKA ran, Reindl?«

»Du kennst mich doch, natürlich komme ich da ran. Das ist zwar streng verboten, aber ich habe so meine Mittel«, grinst er bis über beide Ohren.

»Dann schaust einmal nach dem Riebel und seinen Männern. Mich würd interessieren, was das für welche sind. Und du, Oberberger, hör dich doch weiter in der Drogenszene um, vielleicht kriegst ein paar Informationen, die uns weiterhelfen.«

Ich beende unser Geheimtreffen, und dann schleichen wir uns durch den Nebeneingang wieder raus. Ich steige in mein Dienstauto, das ich sicherheitshalber nicht mehr bei der Dienststelle parke, sondern in einer Nebenstraße, und mache mich auf den Weg zur Angermühle. Ich bin noch nicht weit gekommen, da meldet sich der Reindl per Telefon.

»Dimpfelmoser, das ist seltsam mit dem Riebel und seinen Männern«, flüstert er. »Der Riebel ist offiziell im Urlaub und gar nicht als Ermittler hier bei uns. Seine zwei Hilfssheriffs werden als verdeckte Ermittler im Drogenmilieu geführt, sind aber ebenfalls beide offiziell im Urlaub. Und deine Schwester taucht auch beim BKA nirgendswo auf. Irgendwie ist das alles ziemlich seltsam.«

»Des kannst laut sagen, Reindl. Wenn der Riebel und seine Männer gar nicht offiziell da sind, wie kommen die dann dazu, hier zu ermitteln? Bist dir ganz sicher, dass du dich nicht vertan hast und die Deppen wirklich offiziell Urlaub haben?«

»Da wette ich mit dir um weitere vier Wochen Abstinenz, Dimpfelmoser«, entrüstet sich der Reindl. »Ich weiß schon, was ich tue, wenn ich in Datenbanken eindringe und meine Recherchen mache.«

»Saubere Arbeit, Reindl«, lobe ich ihn.

Was ich mit der Information anfangen soll, weiß ich momentan nicht, aber ich rufe den Huber an, damit der Bescheid weiß, dass da irgendwas nicht stimmt.

»Huber, kennen'S den Riebel persönlich? Weil mit dem stimmt was nicht. Der und seine Leute sind nicht vom BKA zu uns geschickt worden. Die sind alle offiziell im Urlaub. Finden'S nicht, dass des komisch ist?«

»Was reden'S wieder für ein Zeug zamm, Dimpfelmoser! Sie sind doch bloß angefressen, dass ein anderer was anschafft und Sie einmal das tun müssen, was man von Ihnen verlangt. Die Objektivität geht halt schnell einmal verloren, wenn die eigene Familie betroffen ist. Bei einer drogenabhängigen Schwester verliert man schon mal den klaren Blick, Dimpfelmoser.«

Das war ja klar, dass der Huber sich wieder wie ein Trottel benimmt. Anstatt mich ernst zu nehmen, tut er wieder so, als wär ich auf der Brennsupp'n dahergeschwommen.

»Dimpfelmoser, ich hab's Ihnen ja schon gesagt. Wenn'S da wegen Ihrer Schwester einen Fehler machen, dann hat das dienstrechtliche Konsequenzen für Sie, da habe ich mich hoffentlich klar genug ausgedrückt. Ich würd Sie ja von dem ganzen Fall abziehen, aber bei dem momentanen Personalmangel geht das halt nicht. Übrigens müsste heute ein Ersatz für den Viereck kommen. Da braucht der Riebel jeden Mann, damit alles aufgeklärt wird und dem Angerer sein Ruf nicht durch den Dreck gezogen wird.«

Oha, der Ruf vom Angerer ist wieder einmal wichtiger. Der Huber ist und bleibt halt ein schleimiger Arschkriecher. Das war er immer schon und wird es auch im-

mer bleiben. Dann erzähl ich ihm lieber nicht, dass ich
gerade auf dem Weg zum Angerer bin. Ich lege einfach
auf, während mich der Huber noch ermahnt, mich ja an
seine Anweisungen und die vom Riebel zu halten.

Nach kurzer Fahrt erreiche ich die Angermühle. Die hat
heute am Dienstag Ruhetag und liegt wie ausgestorben
da. Ich klingle ein paarmal beim Privathaus, aber nichts
rührt sich. Also schlendere ich langsam um das Haus
herum und komme durch den prächtig angelegten Garten hinten auf die Terrasse. Auch da ist niemand. Ich
schaue durch die Panoramascheiben ins Haus, kann
aber nix wirklich erkennen. Also schlendere ich weiter
rüber zur Schwimmhalle vom Hotel, die in einen park-
ähnlichen Garten hineingebaut ist. Aus der offenen Türe
höre ich ein sprudelndes Geräusch und ein leises Stöh-
nen. Da muss ich gleich nachschauen, nicht dass da noch
einer umgebracht wird. Also reiße ich meine Pistole raus
und springe mit einem Satz durch die offene Türe. Das
nackte Weib im Whirlpool neben dem Schwimmbecken
stößt einen entsetzten Schrei aus, wie sie mich mit der
Waffe im Anschlag sieht. Das ist mir jetzt irgendwie
peinlich, aber es hilft halt nix mehr. Schnell stecke ich
die Pistole wieder ein.

»Xaver Dimpfelmoser mein Name«, stelle ich mich
vor. »Ich bin von der Kriminalpolizei und suche den
Herrn Angerer. Ich hätt da ein paar Fragen an ihn.
Kennen'S den vielleicht, oder wissen'S, wo er ist?«

»Von der Polizei bist also?«, fragt sie ganz interessiert
und mustert mich abschätzend von oben bis unten, wobei sie meine Frage geflissentlich ignoriert. »Da erlebst
sicherlich viele aufregende Sachen den ganzen Tag. Ich

heiße übrigens Miriam. Miriam Angerer. Ich bin die Gattin des von Ihnen Gesuchten.«

Jetzt steht sie einfach auf und kommt splitternackt aus ihrem Pool gestiegen, wobei sie den Blick nicht von mir wendet. So wie sie ist, geht sie her zu mir und reicht mir die Hand. Mir wird ganz anders, weil sie ist ein wirkliches Prachtstück, die Frau Angerer. Wie sie mir die Hand gibt, drückt sie sich gleich her zu mir und wirft mir einen lüsternen Blick zu.

»Komm halt mit in den Whirlpool, dann können wir ein bisschen Spaß haben«, gurrt sie. »Mein Mann ist nicht zu Hause, und wir sind ganz alleine hier. Der vernachlässigt mich eh immer mehr, Xaver. Da könnt ich einen starken Mann wie dich grad gut gebrauchen.«

Jetzt reicht es mir aber. Das kann doch einfach nicht wahr sein. Habe ich auf meiner Stirn irgendeine Leuchtschrift stehen, die alle Weiber anblinkt: »Ich bin Freiwild« oder »Ich tröste euch alle, wenn es mit eurem Alten nicht mehr so gut läuft«?

»Lassen'S des einfach, Frau Angerer. Sie sind echt ein Prachtstück, aber ich steh da nicht zur Verfügung.«

Das war irgendwie falsch, wie ich im nächsten Moment merke. Jedenfalls tänzelt sie gleich mit wippenden Brüsten um mich herum.

»Oh Xaver, willst spielen mit mir? Das macht mich richtig heiß, des hast gleich richtig erkannt.«

»Ja zefix, Frau Angerer. Ziehen'S sich sofort was an. Verstehen'S kein Bayerisch mehr? Dann halt auf Hochdeutsch: Hören Sie sofort auf mit dem Unsinn. Ich habe keinerlei Interesse an Ihnen! Ist das deutlich genug?«

Sie schaut mich böse an und wickelt sich in ihr Handtuch, das neben dem Whirlpool liegt.

»Dann halt nicht, du elender Spielverderber. Aber das sag ich meinem Mann, dass du mich hier verführen wolltest und deine Position als Kommissar schamlos ausnutzt. Das wird für dich Konsequenzen haben. Mein Mann wird mit deinem Vorgesetzten, dem werten Herrn Huber sprechen, und dann wirst schon sehen, was du davon hast.«

Was ist nur mit den Weibern los? Das ist mit der Eva inzwischen die Dritte innerhalb von ein paar Tagen, die mich verführen will. Als ob ich nicht genug Stress um die Ohren hätte, da brauche ich den ganzen Weiberkram nicht auch noch. Ich mag einfach meinen Frieden haben und meine Ruhe, aber so könntest ja glatt narrisch werden.

Unverrichteter Dinge suche ich also schleunigst das Weite. So kommen wir einfach überhaupt nicht weiter. Die Situation ist irgendwie komplett festgefahren. Da ist einerseits der Riebel, mit dem man nicht zusammenarbeiten kann und dem man noch nicht einmal trauen kann, weil mit dem und seinen Männern irgendwas nicht stimmt. Jedenfalls ist das überhaupt keine vernünftige Ermittlungsarbeit, was die da machen. Auch wenn die vom BKA sind, glaub ich nicht, dass die normalerweise so ermitteln, weil dann klären die überhaupt keinen Fall auf. Und dass der Riebel offiziell im Urlaub ist, macht die ganze Sache noch undurchsichtiger. Und andererseits meine Schwester mit ihren Lügengeschichten und dem Heroin, da blick ich auch nicht wirklich durch. Wenn nicht bald was passiert oder uns was Vernünftiges einfällt, dann wird der ganze Fall immer schwieriger. Meine Stimmung verdüstert sich von Minute zu Minute.

In Wörth will ich erst einmal in die Dienststelle gehen, da kommt mir die Eva auf der Straße entgegengelaufen und strahlt über das ganze Gesicht.

»Xaver, des freut mich, dass du heute pünktlich bist. Dann können mia ja gleich los und rüber zum Dr. Mangelkramer.«

Ich bin völlig verwirrt. Von was redet die Eva da eigentlich? Dann fällt es mir siedend heiß ein: der blöde Termin beim Psychologenheini. Ich überlege fieberhaft, wie ich da jetzt rauskomm, aber mir fällt nix ein. Also dackle ich neben der Eva her, rüber zum Dr. Mangelkramer, seines Zeichens Diplom-Psychologe.

Im Vorraum sitzt eine streng blickende Dame mit knallroten Haaren und schaut mich mit einem Blick von oben bis unten an, als wär ich ein interessantes Kunstobjekt oder so was.

»Das ist er«, stellt mich die Eva vor.

»Hast ihn also endlich hergekriegt, den sturen Hund«, stellt die Rotgelockte zufrieden fest und hängt sich gleich ans Telefon.

»Er ist da.«

Ja zefix, was machen die hier so einen Staatsakt daraus, bloß weil ich hier stehe? Als ob das so was Besonderes wäre. Ich war ja schließlich schon öfter in meinem Leben bei einem Doktor. Auch schon bei so einem Psychologen. Da hat mich der Huber einmal dazu verdonnert, aber dem hab ich gezeigt, wo's langgeht. Hier geht jedenfalls eine Türe auf, und ein kleiner, spindeldürrer Mann mit Glatze und Nickelbrille steht vor mir und mustert mich genauso interessiert wie eben schon die Rothaarige.

»Herr Xaver Dimpfelmoser, was für eine Ehre, dass

Sie doch noch mit der Eva den Weg zu mir gefunden haben. Dann kommen Sie doch gleich herein, nicht dass Sie es sich noch anders überlegen.«

Das Männlein ist wohl der Psychologe, kombiniere ich. Er schaut zwar eher aus wie so ein Rumpelstilzchen aus dem Wald, aber man soll ja nicht vorschnell urteilen und nur nach dem Äußeren gehen. Dieses Exemplar jedenfalls ist mir auf Anhieb völlig unsympathisch. Aber es hilft halt alles nix mehr, ich hab es versprochen und gehe mit in die Höhle des Seelenverdrehers.

Die Eva und ich, wir setzen uns nebeneinander auf zwei harte Holzstühle vor dem seinen Schreibtisch, während der Herr hinter dem Ungetüm in einem bequemen, gepolsterten Sessel versinkt. Er stiert mich durch seine Brille an und sagt kein Wort. Das mag ich ja überhaupt nicht, wenn mich einer so saudumm anschaut, aber das kann er ja nicht wissen.

»Doktor, schaun'S halt nicht so dumm«, eröffne ich also die Unterhaltung.

So weiß er gleich, woran er ist. Aber er glotzt mich einfach weiter an, was mich zugegebenermaßen nervös macht und irritiert.

»Hat es Ihnen die Sprache verschlagen, oder warum sagen'S nix? Mia sind doch hier, damit mia uns ein bisserl unterhalten über meine Seele und so, oder hab ich da was falsch verstanden?«

Die Eva schaut mich von der Seite auch nur lauernd an, als ob sie auf etwas warten würde. Das wird mir wirklich zu blöd, also springe ich auf und baue mich vor dem Wicht auf.

»Ja zefix, red mit mir, du Depp!«, schreie ich los, obwohl ich das gar nicht will.

Aber ich kann mich nicht bremsen, weil da fühle ich mich unter Druck gesetzt von dem seinem blöden Verhalten.

»Jetzt machst dein Maul auf, weil dafür hat es dir der liebe Gott mitgegeben, und dann redest mit mir. Sonst hau ich dir eine drauf, da kannst dann tagelang nix mehr sagen, du blöder Psychologenarsch du.«

Er nickt zufrieden, und auch die Eva entspannt sich plötzlich. Ja bin ich im falschen Film, oder spinnen die alle komplett?

»Ein eindeutiger Fall. Keinerlei Triebkontrolle, leicht aus der Fassung zu bringen, impulsive, aber zutiefst unsichere Überreaktion. Da gibt es viel zu tun für uns, Herr Dimpfelmoser. Aber machen'S sich keine Sorgen, das kriegen wir schon hin. Die Eva hat mir ja schon viel über Sie und Ihre Traumata erzählt. Da brauchen'S sich nicht wundern, wenn Ihre Beziehungsfähigkeit völlig auf der Strecke geblieben ist.«

Die Eva nickt zustimmend, während der elende Wichtigtuer Luft holt, um mich weiter zu beleidigen. Aber da kennt er mich schlecht, der Psychotrottel. Seine gestelzten Diagnosen kann er sich gleich an den Hut stecken.

»Mangelkramer, wennst weiter so einen Schwachsinn von dir gibst, dann nehme ich dich in die Mangel, da kannst dir sicher sein. Entweder fängst jetzt an mit deiner Therapie, oder du siehst mich nie wieder.«

»Geh Xaver, mia san doch schon mittendrin«, mischt sich auch noch die Eva ein und legt mir beruhigend ihre Hand auf die Schulter. Aber das verkrafte ich momentan ja gleich gar nicht. Ich stoße sie weg, laufe um den Schreibtisch, lange dem Mangelkramer eine und stürme raus aus dem seinem Behandlungszimmer.

»Sagen'S dem Doktor und der Eva, dass es mir für den ersten Termin völlig reicht, sie sollen ohne mich weitermachen«, rufe ich noch der Rothaarigen zu, die mich entgeistert anschaut. Dann verlasse ich schnellstens die Seelenverdreherpraxis und laufe runter zur Donau. Dort schnaufe ich erst einmal tief durch und setze mich ans Wasser. Was war das gerade?, frage ich mich. Warum hab ich mich überhaupt nicht unter Kontrolle gehabt bei dem seinem blöden Geschau und seinem depperten Gerede? Dass ich manchmal überreagiere, das weiß ich selber auch, da brauche ich keinen Fachmann dafür. Und dass die Sache mit einer Beziehung ziemlich schwierig ist, das weiß ich auch. Aber so eine Therapie, das ist halt einfach nix für mich, wie ich eben wieder bestätigt bekommen habe. Da soll die Eva hingehen, wenn es ihr guttut, aber mir schadet so was mehr, als dass es was nützt. Wenn die Eva das nicht einsieht, dann soll sie halt ausziehen, da bin ich nach der Erfahrung eben ab sofort wieder eisern.

Ich laufe zurück in den Ort und rüber in meine Dienststelle. Meine Männer sind nicht da, aber aus meinem besetzten Zimmer höre ich laute Stimmen. Natürlich schleiche ich mich gleich hin und lausche angestrengt, was da vor sich geht.

»... foltern, weil der weiß was, da fackeln wir gar nicht mehr lange rum.«

»Ihr könnt doch den Pfarrer nicht einfach foltern«, wirft der Riebel ein.

»Können wir und tun wir. Heute Nacht, wenn von den Dorfdeppenpolizisten keiner mehr kommt, da legen wir los und dann wirst sehen, haben wir im Handumdrehen das Heroin und die Schlampe.«

Oha, den Eberdinger foltern. Daran hab ich auch schon öfter gedacht, wenn der mal wieder völlig durchdreht. Aber das geht entschieden zu weit! Und mit der Schlampe meint der wohl meine Schwester. Jetzt ist schnelles Handeln gefragt. Lautlos schleiche ich mich hinter in den Zellentrakt. Dort sitzt der Pfarrer wie ein Häuflein Elend auf der Pritsche und stiert vor sich hin.

»Halt jetzt bloß dein Maul, Eberdinger«, flüstere ich ihm zu, nicht dass der gleich loskräht und mein ganzer schöner Plan nicht funktioniert. Leise schließe ich die Zelle auf.

»Komm mit, ich bring dich hier raus.«

Tatsächlich folgt er mir ausnahmsweise einmal und schleicht hinter mir her. Unbemerkt kommen wir durch den Hinterausgang raus. Weil mir nichts Besseres einfällt, gehen wir zunächst zum Schorsch-Wirt in dem sein Nebenzimmer. Da sind wir erst einmal ungestört.

Ich rufe den Reindl und den Oberberger an, und fünf Minuten später sitzen wir zu viert am Tisch. Ich erzähle ihnen zunächst von dem belauschten Gespräch.

»Foltern wollten die mich? Einen Gottesmann! Diese elende Brut! Dafür werden sie allesamt in die Hölle kommen.«

Der Pfarrer kann es gar nicht fassen, in was für einer Gefahr er geschwebt ist.

»Diese gottlose Saubande! Die sollen doch wirklich im Höllenfeuer verrecken. Ja wo kommen wir denn da hin, wenn ...«

»Jetzt beruhig dich halt wieder, Eberdinger. Es ist ja nix passiert. Ich hab dir halt mal wieder deinen Arsch gerettet. Aber des kennst ja, des ist ja nicht das erste Mal.«

Endlich ist er still.

»Also ich habe noch mal nachrecherchiert. Unsere zwei Freunde vom Riebel sind nicht ganz sauber. Gegen die wurde intern schon mehrmals ermittelt«, erklärt der Reindl.

»Oha, dann stinkt das Ganze also doch. Um was ist es gegangen?«

»Es ist mehrmals sichergestelltes Heroin verschwunden, und jedes Mal waren die zwei Herren an den Beschlagnahmungen und Ermittlungen beteiligt. Da sind die dann in Verdacht geraten. Aber wie gesagt, man konnte ihnen nichts nachweisen.«

»Überwachen«, wirft der Oberberger trocken ein.

»Wie meinst des?«, fragt der Pfarrer irritiert. »Willst immer noch meine Kirche überwachen?«

»Nicht deine Kirche, Pfarrer. Mia überwachen den Riebel und seine Männer. Die verheimlichen was vor uns. Ich hab mich umgehört. Die beiden Kumpane von ihm wurden inzwischen mehrfach beobachtet, wie sie sich in den Wald verdrückt haben, der an dem Angerer seinen Golfplatz angrenzt.«

Ich überlege kurz und stimme zu, da wir eh nichts Besseres zu tun haben und auch sonst keinen wirklichen Ermittlungsansatz haben. Dann organisieren wir halt die dritte Überwachung innerhalb eines Tages. Da könntest glatt narrisch werden, wie sich die Sachlage andauernd ändert und wir gar nicht hinterherkommen.

»Ich mach mit«, kräht der Pfarrer begeistert und springt auf. »Ich hol gleich meine Pistole.«

»Des kannst vergessen. Die Pistole hat der Riebel, und diesmal hältst dich raus, Eberdinger. Nicht dass du wieder alles zunichtemachst mit deinem Verhalten.«

»Dann schaust halt selber, wo du deine Schwester verstecken kannst. Entweder ich bin dabei, oder die Kirche steht dir nicht mehr zur Verfügung. Dass mich der Riebel verhaftet hat, das nehme ich persönlich. Da ist jetzt Schluss mit der christlichen Nächstenliebe, weil so lasse ich mich nicht von so einem behandeln. Und außerdem hab ich noch eine Pistole, für alle Fälle. Man weiß ja nie heutzutage.«

Oha, der Pfarrer ist in Fahrt. Hoffentlich hat der nicht noch ein ganzes Waffenarsenal angesammelt. Bei so labilen Persönlichkeiten weißt nie, ob die nicht irgendwann austicken. Ich wäge die Lage kurz ab und entschließe mich, den Pfarrer mit einzubinden. Da habe ich ihn zumindest etwas unter Kontrolle, und außerdem können wir die drei BKA-Ärsche eh nicht zu dritt rund um die Uhr überwachen.

»Also gut, Eberdinger. Aber du machst genau, was ich dir sage. Keine Alleingänge und keine Ausraster mehr, sonst bist raus.«

Da strahlt er wie ein kleines Kind. Was der nur so toll dran findet, sich an einer polizeilichen Ermittlung zu beteiligen, ist mir schleierhaft, aber momentan auch ziemlich egal. Ich rufe den Opa an und erkläre ihm kurz den aktuellen Stand der Dinge. Er verspricht, sofort mit seinen Spezln zu kommen und uns zu unterstützen. Gerade will ich mich zurücklehnen und einmal kurz durchschnaufen, da klingelt mein Handy.

»Riebel, was willst?«

»Dimpfelmoser, kommen Sie sofort in die Dienststelle. Hier ist ein Gorilla aufgetaucht.«

»Schnappst völlig über, Riebel? Ein Gorilla, haha. Meinst, der ist aus dem Zoo geflüchtet und wendet sich an die Polizei, damit er wieder heim nach Afrika kommt?«

»Ein menschlicher Gorilla, Dimpfelmoser. Ich verstehe leider die Sprache des Subjekts nicht, also kommen Sie.«

Wahrscheinlich ist das irgendein Trick vom Riebel. Aber langsam werd ich stinksauer mit dem blöden Affen. Ein Gorilla, ein Subjekt mit Fremdsprache, ja wo sind wir eigentlich?

Kapitel 8

Grantig wie ich bin, laufe ich in meine fremdbesetzte Dienststelle rüber. Wie ich wütend die Türe aufreiße, merke ich gleich, dass etwas nicht stimmt. Der Riebel und seine Männer lümmeln nicht wie gewöhnlich in meinem Büro herum, sondern stehen mit weit aufgerissenen Mäulern am Gang und glotzen sprachlos auf einen Menschen, der mit dem Rücken zu mir in einer Polizeiuniform in der Eingangstüre steht und so brüllend laut lacht, dass du meinst, die Scheiben würde es aus den Fensterrahmen hauen.

»Ja gibt's koan gscheiten Einstand hier bei eich?«, brüllt die Person weiter, mit einer Stimme, die wie ein donnerndes Erdbeben daherrollt. »Geh weida, Riebel, du alter Hallodri, da gehst rüber ins Wirtshaus und holst für jeden glei a paar Maß.«

»Warum schreist so in meiner Dienststelle?«, brülle ich der Person ins Ohr, nachdem ich nahe genug an ihr dran bin. Aber ganz gegen meine Erwartung reißt es sie nicht herum. Stattdessen dreht sie sich langsam um und schaut mich neugierig an. Mir entgleisen kurz meine Gesichtszüge, weil der Hüne ist gar kein Mann, wie ich es erwartet habe, sondern ein Weib. Riesengroß, mit einem Vorbau, da kannst einen damit erschlagen, und Pranken so groß wie Teller. Sie grinst mich an, und dann schüttelt es sie wieder vor Lachen.

»Dei Dienststelle? Dann bist du der Dimpfelmoser, gell? Servus, mi schickt da Huber als Ersatz für den Viereck. I bin die Gerlinde, die versprochene Verstärkung aus Regensburg. Du, aber wie wär's jetzt mit am g'scheiten Einstand? A paar Maß dadn scho geh.«

Der Riebel und seine Mannen, die sich bisher noch nicht vom Fleck gerührt haben, schütteln nur ungläubig den Kopf. Dem Riebel sein Gesicht läuft gleichzeitig immer schneller puterrot an.

»Ja wir sind doch hier nicht im Wirtshaus! Das ist eine Polizeidienststelle, und wir sind alle im Dienst«, brüllt der auch noch auf einmal los, und Schaum tritt ihm aus dem Mund. »Denken Sie gar nicht daran, hier Alkohol während der Dienstzeiten zu konsumieren, ansonsten werden Sie suspendiert, ist das klar?«

Er schreit so laut, dass sogar die Gerlinde irritiert schaut und ihren Mund hält. Also versteht er die Sprache doch, das Arschloch. Von wegen Fremdsprache und Gorilla.

»Nehmen Sie bloß diese Frau mit, und sorgen Sie endlich für Ergebnisse, Dimpfelmoser. Mir reicht es allmählich mit Ihnen und Ihrer eigenartigen Bevölkerung.«

»Riebel, du und deine Männer sind zuständig, nicht ich. Vielleicht solltest deine Hilfssheriffs einfach mal an die Arbeit schicken, anstatt bloß so saudumm daherzureden. Dann hättest vielleicht auch ein paar Ergebnisse. Und wennst weiter die Menschen so abfällig behandelst wie bisher, dann brauchst dich nicht wundern, dass du keinerlei Unterstützung kriegst. Du führst dich auf wie ein Arschloch«, gifte ich ihn an, weil das einfach mal rausmuss, und da kommt er mir gerade recht, der Riebel. Da geht es mir gleich besser, und meine Laune steigt wieder.

Dafür kriegt sich der Riebel gar nicht mehr ein. Er schnappt wie ein Fisch auf dem Trockenen nach Luft. Kurzzeitig schaut es so aus, als würd er gleich ersticken, aber nachdem er sich schnell ein paar Tabletten einwirft, geht die Luft wieder durch. Bevor er gänzlich die Kontrolle verliert, schiebe ich die Gerlinde wortlos durch die Türe hinaus auf die Straße.

»Da hast dir den Falschen ausgesucht, Gerlinde. Der Riebel kommt aus Frankfurt und ist ein ganz humorloser Zeitgenosse. Du, und deinen Einstand mit ein paar Maß, den müssen mia leider verschieben, weil bei uns gilt momentan strikte Alkoholabstinenz, und außerdem müssen mia grad eine Rundumüberwachung organisieren.«

»Ja mei, dann halt späda. Dann überwach ma halt erst«, lacht die Gerlinde und haut mir ihre Pranke auf die Schulter, dass ich kurzzeitig in die Knie gehe. »Du, und der Riebel, des is a richtigs Arschloch. Wia da Huber ist der.«

Da schau her. Die Gerlinde hat eine gute Menschenkenntnis. Ich überlege kurz, ob ich ihr vertrauen kann, aber mein Instinkt signalisiert eh schon Zustimmung, und überhaupt ist es langsam schon egal. Wenn wir schon den Pfarrer und die Rentner mit im Boot haben, dann kann die Gerlinde auch gleich mitmachen. Die ist zumindest eine Polizistin, und falls ich mich in ihr täusche, dann soll sie halt zum Riebel oder zum Huber rennen und denen erzählen, dass wir geheime Ermittlungen gegen Kollegen führen.

Beim Schorsch im Nebenzimmer geht es inzwischen hoch her. Der Opa ist mit seinen Spezln eingetroffen, und die sitzen tatsächlich alle mit einer Maß Bier vor sich da und diskutieren lautstark über den Riebel. Am lautesten kräht der Pfarrer, dessen Maß schon fast leer ist. Als wir den Raum betreten, wird es für einen Moment still, und alle starren uns an, als wären wir vom Mars oder so was.

»Das ist die Gerlinde, eine neue Kollegin«, stelle ich sie vor.

Wie die das Bier sieht, schreit sie gleich los und bestellt sich auch eine Maß. Nachdem auch der Reindl eine vor sich stehen hat, schlucke ich meinen aufwallenden Zorn einfach runter und lass sie. Ich setz mich neben den Oberberger, der als Einziger sein Mineralwasser säuft, und bestell mir auch noch eins. Die Gerlinde versteht sich gleich pfundig mit allen, und in kürzester Zeit geht es lustig zu wie am Stammtisch. Ich schau mir das ganze Gelage eine Zeitlang an und hör zu, was die anderen reden. Vielleicht kommt ja ein vernünftiger Vorschlag. Aber anstatt die Überwachung zu organisieren, wird die Stimmung innerhalb von zehn Minuten immer ausgelassener. Ich wundere mich über mich selber, dass ich nicht schon längst einschreite, aber irgendwas hält mich zurück. Schweigend beobachte ich die ganze Runde, wie sich alle ereifern und lautstark ihren Senf dazugeben. Des musst erst einmal alles verkraften, da kann ich jetzt nicht einfach so tun, als würd mich des alles kaltlassen. Und plötzlich merke ich, wie sich ein

Gefühl in mir meldet, das ich nie wieder spüren wollte, seit ich als Kind mit den Toten eingesperrt war: Aus den Tiefen in mir kriecht Angst hoch und will sich ausbreiten, von mir ganz Besitz ergreifen. Aber das kann ich auf keinen Fall zulassen. Also springe ich auf und hau auf den Tisch, dass es alle reißt und sie schlagartig verstummen.

»Ja zefix, was glaubt's ihr eigentlich, warum mia hier sind und mit wem ihr es zu tun habt's? Ich bin hier immer noch der Chef von der ganzen Aktion, und wenn's nicht genügend Ernst mitbringt's, dann schleicht's euch, aber dalli!«

Alle starren mich betreten an oder schauen zu Boden, aber das ist mir im Moment völlig wurscht, weil nach meinem Wutausbruch geht es mir besser, und ich spüre wieder meinen alten Elan, der all die Schatten der Vergangenheit schnell vertreibt.

»Also, mia brauchen drei Überwachungsgruppen mit jeweils drei Leuten. Mia arbeiten in drei Acht-Stunden-Schichten, dann können mia den Riebel und seine Hilfssheriffs lückenlos überwachen. Die erste Schicht leitet der Reindl, ich übernehm die zweite, und für die dritte ist der Oberberger verantwortlich.«

Jetzt kommt endlich Schwung in die Sache. In kürzester Zeit haben wir die Überwachung organisiert. Immer ein Dreier-Team überwacht ab sofort den Riebel und seine Männer. So kann uns keiner entkommen, auch wenn sie sich trennen sollten. Ich will jeden Schritt überwacht haben, damit endlich Klarheit in die Sache kommt. Die erste Schicht bricht gleich auf und postiert sich um das Dienstgebäude. Nachdem ich mit dem Opa und dem Pfarrer erst die zweite Schicht habe, beschließe ich nach Hause zu gehen und einmal nach der Eva zu schauen. Aber noch bevor ich den Schorsch-Wirt verlassen kann, klingelt schon wieder mein Handy.

»Dimpfelmoser«, brummt mir der Langer – ein Bauer aus der Umgebung, dessen Felder an den Wald vom Angerer angrenzen – ins Ohr.

»Dimpfelmoser, ich hab da was für dich.«

Dann schweigt er und schnauft wie eine Dampflok. Der Langer raucht jeden Tag eine Schachtel Zigarren, da kann er nicht mehr so mit seinen geteerten Lungen.

»Da haben zwei bewaffnete Männer eine Frau geschlagen draußen beim alten Lubiger-Hof.«

Er macht wieder eine Verschnaufpause. Ich signalisiere dem Oberberger und der Gerlinde, die gerade gehen wollen, dass sie noch warten sollen.

»Die haben sie umgebracht, jedenfalls war sie dann ganz still.«

Schnaufen und röcheln.

»Zusammengesackt ist die, und dann haben's die reingetragen.«

»Langer, wo bist du jetzt? Mia kommen sofort raus zu dir.«

»Ja auf meinem Hochsitz sitz ich halt, neben dem Feld.«

»Bleib dort, wir sind in zehn Minuten da.«

Ich erkläre dem Oberberger und der Gerlinde kurz, was mir der Langer erzählt hat. Dann sitzen wir auch schon im Auto, und ich lege einen prima Kavaliersstart hin, dass es den Rauch nur so davonhaut. Endlich kommt Bewegung in die ganze Sache. Ich lege gleich noch die Helene-Fischer-CD ein, und so haben wir eine pfundige Fahrt raus zum Langer.

»Habt's eure Dienstwaffen dabei? Die sind bewaffnet, hat der Langer gesagt.«

Beide nicken.

»Oberberger, magst meine aus dem Handschuhfach holen und kontrollieren, ob die geladen ist?«

Er schaut nach und kruscht im Fach herum.

»Dimpfelmoser, da ist keine Waffe.«

Ach du Scheiße. Siedend heiß fällt es mir ein. Ich hab die Pistole zu Hause liegen lassen. Ich hab sie in der Dienststelle gehabt, um sie zu reinigen. Und wie der blöde Riebel aufgetaucht ist, hab ich sie nicht zurück ins Auto gelegt, wo ich sie immer verbotenerweise deponiere, sondern mit nach Hause genommen, und da liegt sie immer noch. Ich koche innerlich vor Wut über meine Dummheit. Da fahr ich auf einen Einsatz, um zwei bewaffnete Mörder festzunehmen, und hab nicht einmal eine Waffe dabei. Aber das hilft jetzt auch nix. Dann müssen halt die Pistolen von meinen zwei Kollegen ausreichen.

Ich parke das Auto neben dem Wald, und dann schleichen wir leise zum Hochsitz. Der Langer steht an die Leiter gelehnt und raucht eine von seinen Lungenteermaschinen. Das Kraut stinkt, da hebt es mich gleich, aber er zieht in aller Seelenruhe daran und verdreht genussvoll die Augen. Geschmäcker sind eben verschieden.

»Servus, Langer. Sind's noch drin?«

»Servus, Dimpfelmoser. Da hat sich nix mehr gerührt, seit die die Frau reingetragen haben.«

Inzwischen ist es finstere Nacht, und wir beobachten schweigend das verfallene Anwesen. Durch das löchrige Dach flackert immer wieder ein Lichtschein nach draußen.

»Da sind's drin. Die sind bewaffnet.«

»Woher weißt des so genau? Auf die Entfernung kann ich nix wirklich erkennen.«

Der Langer deutet auf sein Fernglas, das um seinen Hals baumelt.

»Ich wollte die Tiere beobachten auf der Wies'n vor dem Wald. Und mit dem Teil, da siehst alles, da ist ein Nachtsichtgerät eingebaut.«

Ich erinnere mich dunkel, dass der Langer keinen Jagdschein mehr hat, weil er immer besoffen mit seinem Gewehr rumgelaufen ist.

»Du wolltest nicht zufällig jagen, Langer?«, frage ich so. Sein Blick huscht kurz auf den Hochsitz. Ich klettere rauf, und da lehnt ein wunderbares Jagdgewehr. Hab ich es mir doch gedacht. Es ist geladen und hat ein prima Zielfernrohr obendrauf. Ich nehm es mit runter und halte es dem Langer unter die Nase. Der windet sich nervös hin und her.

»Des ist konfisziert, gell. Und weilst uns geholfen hast, vergessen mia die ganze Sache.«

Er nickt erleichtert und saugt wieder wie ein Baby am Schnuller an seiner glimmenden Monsterzigarre.

»Du, und dein Nachtsichtgerät, kannst mir des leihen?«

Er gibt es mir, und wir schicken ihn nach Hause. Ich beobachte den Stall eine Weile durch das Gerät, aber außer dem Lichtschein im Inneren ist nichts zu erkennen.

»Also, wir gehen da jetzt rein. Oberberger, Gerlinde, seid's bereit?«

»Immer, Dimpfelmoser«, lacht mir die Gerlinde her und schwingt ihre Dienstwaffe.

Der Oberberger nickt nur und ist voll konzentriert.

»Wir schleichen uns runter und gehen zum Tor. Ich reiße es auf. Ihr gebt's mir Rückendeckung, und wenn das Tor offen ist, dann stürmen mia rein. Mia müssen uns auf das Überraschungsmoment verlassen.«

Sie nicken nur und wir starten unsere Aktion.

Am Tor hören wir leise Stimmen von den zwei Männern, die sich unterhalten. Mit einem Ruck reiße ich das Tor auf, und wir stürmen rein. Die Gerlinde ist flink wie ein Wiesel, das hätte ich ihr bei ihrer Fülle gar nicht zugetraut. Jedenfalls stürzt sie sich auf die Männer und macht sie einfach im wahrsten Sinne des Wortes platt. Das Ganze dauert keine zehn Sekunden, dann liegen die Männer mit Handschellen gefesselt auf dem Boden. Sie glotzen uns nur überrascht an, damit haben sie überhaupt nicht gerechnet. Da hätte ich das Gewehr vom Langer gar nicht gebraucht. Im Eck liegt Stroh am Boden und darauf die Tote, die gar nicht wirklich tot ist. Jedenfalls atmet sie noch, auch wenn ihr das Blut in Strömen über die Stirn läuft. Also rufe ich einen Notarzt, der auch zusammen mit dem Krankenwagen innerhalb weniger Minuten eintrifft. Es ist derselbe wie schon am Sonntag.

»Wie auf einem Familientreffen«, trompetet der Rindenacher und grinst uns an, als er aus seinem Krankenwagen steigt.

»Wie meinst des?«, frage ich, weil ich wirklich nicht weiß, was er will.

»Derselbe Notarzt und halt schon wieder du mit einer bewusstlosen Frau. Des wiederholt sich langsam bei dir, des ist wie ein Muster. Und du gehörst halt langsam zur Familie, wenn ich jeden Tag wegen dir ausrücken muss«, erklärt er.

»Ja zefix, ich erschieß doch die Leute nicht, und Drogen spritz ich mir auch nicht. Also, da kann ich nix dafür, dass ich deine Ruhe störe, Rindenacher.«

»Ja mei, immer wenn du ermittelst, dann hab ich halt Dauereinsatz. Ansonsten ist nix los, aber wehe der Dimpfelmoser tritt auf …«

Er lacht sich halb tot, der Rindenacher, während der Notarzt die Frau untersucht.

»Sie muss sofort ins Krankenhaus«, erklärt er. »Die ist vollgepumt mit irgendwelchen Drogen und hat ein paar saubere Schläge auf ihren Schädel abgekriegt. Schaut wegen dem Blut schlimmer aus, als es ist. Aber sie muss genäht werden.«

»Soll ich sie gleich wieder ins Klinikum fahren? Die glauben langsam, dass wir hier in einer Drogenhöhle leben, wenn wir da fast jeden Tag einen Junkie abliefern«, lacht der Rindenacher weiter.

Dem seinen Humor möchte ich mal haben. Wie dem das ganze Blut überhaupt nix ausmacht, da musst schon ganz schön abgebrüht sein.

»Die kennen sich aus mit solchen Fällen, da ist sie erst mal am besten aufgehoben«, doziert der Notarzt und verschwindet, weil er schon wieder zum nächsten Einsatz muss.

Der Rindenacher verstaut die Frau in seinem Krankenwagen und verschwindet auch in der Nacht.

Die Gerlinde und der Oberberger haben inzwischen die zwei Männer an einen Balken festgebunden, nicht dass denen noch irgendein Unsinn einfällt.

»Also, was habt's zu sagen?«, beginne ich das Verhör, aber die zwei sagen erst einmal kein Wort, sondern starren nur böse vor sich hin.

»Wenn ihr jetzt mit mir redet, dann kann sich das strafmildernd auswirken.«

Keine Reaktion. Ich versuche es noch eine Weile, aber aus denen ist nichts rauszukriegen.

»Oberberger, hol den Fotoapparat aus dem Auto. Da machen mia ein paar schöne Aufnahmen von den beiden, und die soll der Reindl im Computer überprüfen. Vielleicht sind die Herren ja nicht unbekannt.«

»Fotoapparat? Dimpfelmoser, lebst du völlig hinter dem Mond?«, prustet der Oberberger los, zückt sein Handy und macht ein paar Bilder von unseren Verbrechern.

»Die kann ich gleich zum Reindl weiterleiten, dann kann der die Bilder sofort überprüfen.«

Das ist mir jetzt schon irgendwie peinlich, dass ich da nicht selber dran gedacht habe, aber ich habe es halt nicht so mit der modernen Technik. Wie ich mich umdrehe, haut es mir meine Augen fast aus den Höhlen. Sitzt da die Gerlinde seelenruhig auf dem Boden und schüttet sich eins von den Bieren rein, das sie im Proviant gefunden hat, der im Eck auf einem Campingtisch rumliegt. Ich glaub es ja nicht!

»Ahh, des war aber dringend nötig. I hob an Durscht, da passt a ganzer Bierlaster nei.« Dazu rülpst sie, da können selbst der Oberberger und der Viereck zusammen nicht mithalten.

»Was machen mia mit den beiden? In die Dienststelle können mia sie nicht bringen, also brauchen mia ein Ersatzgefängnis«, überlege ich.

»Wie wär's mit einem der Kellerräume von der Kirche«, schlägt der Oberberger vor.

»Da sperren mia die zwei ein, bis mia wissen, wer die

sind. Ich ruf den Reindl an, der soll herkommen und euch abholen. Ich fahr nach Regensburg ins Klinikum und schau, ob die Frau ansprechbar ist. Vielleicht kriegen mia da endlich einmal brauchbare Informationen.«

Kapitel 9

Im Klinikum schaue ich mich zunächst vorsichtig um, nicht dass ich der Rosalie über den Weg laufe. Auch wenn die sich pfundig mit dem Reindl verstanden hat, will ich ihr gerade jetzt keine Erklärungen abliefern müssen. Zum Glück ist eine andere Schwester an der Rezeption der Notaufnahme. Sie schickt mich gleich weiter, und kurze Zeit später stehe ich am Bett der Frau, die zwar sehr schwach, aber inzwischen wieder ansprechbar ist. Der behandelnde Arzt führt sich erst auf wie ein Rumpelstilzchen, aber nachdem ich ihn ein bisschen geschüttelt habe, lässt er mich doch kurz mit der Frau sprechen.

»Servus, ich bin der Hauptkommissar Dimpfelmoser. Ich hab Sie gerade mit meinen Kollegen aus den Fängen von zwei Verbrechern befreit. Können'S mir zu dem ganzen Vorfall was erzählen?«

Sie schaut mich lange abschätzend an, so dass ich schon befürchte, dass die auch nicht mit mir redet. Aber dann nickt sie und beginnt zu erzählen.

»Ich heiße Juliane Riebel, und die zwei Männer haben mich entführt. Sie wollten mich erpressen und meine Freundin zwingen ...«

»Riebel? Doch nicht etwa ... Sie sind nicht zufällig mit einem Kommissar Riebel verwandt?«, frage ich lauernd.

»Das ist mein Vater.«

Jetzt bin ich wieder einmal sprachlos. Die Tochter vom Riebel also. Langsam wird es interessant.

»Vater ...«, kriege ich nur lallend heraus, mehr fällt mir bei der überraschenden Nachricht momentan nicht mehr ein.

»Mein Vater, ja. Aber der spielt momentan keine Rolle. Die zwei Männer, die mich entführt haben, die gehören zur Frankfurter Drogenmafia. Die kontrollieren den ganzen Frankfurter Drogenmarkt.«

»Kennen'S dann auch eine Marianne Dimpfelmoser?«

»Das ist meine Freundin. Deswegen haben mich die zwei ja entführt. Weil wir einen von deren Männern erschossen haben und denen Heroin geklaut haben. Die wollten mich eintauschen für das Heroin.«

Ihre Sprache wird bei den letzten Worten immer undeutlicher, und dann dämmert sie wieder weg. Sofort kommt der Arzt reingestürmt und schaut mich böse an, während er ihr den Puls fühlt.

»Hauen'S ab, Sie sehen doch, was Sie anrichten. Die Frau braucht jetzt absolute Ruhe.«

Ich überlege mir, ob ich ihn noch mal packen und schütteln soll, lasse es dann aber bleiben und trete den Rückzug an.

Gerade als ich durch die Eingangshalle an der Rezeption vorbei zum Ausgang laufe, packt mich von hinten eine Hand an der Schulter. Ich wirble herum und hole schon zu einem Faustschlag aus, da fällt mir die Rosalie freudestrahlend um den Hals.

»Xaver, was für eine Freude, dich zu sehen. Geh, trink schnell einen Kaffee mit mir im Nebenzimmer, dann können wir uns ungestört unterhalten.«

Mir wird ganz schlecht, wenn ich nur daran denke, mit der Rosalie schon wieder alleine in einem Zimmer zu sein, aber sie nimmt mich einfach an der Hand und schiebt mich durch die Türe in den Raum. Dann verschränkt sie die Arme, stellt sich breitbeinig vor die Türe, so dass mir jeder Fluchtweg abgeschnitten ist, und schaut mich bitterböse an. Mir wird abwechselnd heiß und kalt. Hat ihr das Treffen mit dem Reindl doch nicht gereicht. Wahrscheinlich stürzt sie sich gleich auf mich und macht mich zur Sau.

»Rosalie ... äh ... lass dir erklären ...«, stottere ich unbeholfen los.

Da entspannt sie sich und lacht über das ganze Gesicht.

»Geh Xaver, da brauchst keine Angst haben, dass ich dir böse bin. Das war grad nur ein Spaß. Du hast mir ja mit dem Reindl einen wundervollen Mann geschickt. Der gefällt mir noch viel besser als du.«

Das trifft mich aber jetzt schon ein bisserl. Weil dass der Reindl, der Preiß, besser ausschaut als ich, das kann die Rosalie ja wohl nicht wirklich ernst meinen.

»Xaver, ich habe mich ernsthaft verliebt in den Reindl. Das ist so ein wunderbarer, einfühlsamer Mann. Und im Bett eine wahre Freude. Der weiß, was eine Frau wirklich braucht zu ihrem Glück. So eine wundervolle Nacht hatte ich schon lange nicht mehr. Also noch mal vielen Dank. Und magst noch einen Kaffee?«

Ich schüttle nur den Kopf. Ich will hier raus.

»Rosalie, danke. Aber ich muss los, der Dienst ruft halt.«

»Du, dann sagst dem Reindl einen ganz lieben Gruß von mir, und ich freu mich schon auf unsere nächste Begegnung.«

»Rosalie, des richt ich ihm aus. Aber heute Nacht muss er halt arbeiten, und wenn's sein muss, dann auch die nächsten Abende. Weil mia haben da so einen verzwickten Fall, und da muss er mit ran, auch wenn er frisch verliebt ist.«

»Hat er das gesagt, dass er in mich verliebt ist?«

»Rosalie, er hat gesagt, dass du seine Traumfrau bist.«

Jetzt strahlt sie nur so vor Glück und gibt mir gleich noch ein Busserl auf die Backe.

»Traumfrau? Mei der Reindl, das ist halt ein ganz besonderer Mann, das kannst ihm ruhig sagen.«

Wir verabschieden uns, und endlich kann ich raus aus dem Klinikum. Dass das mit dem Reindl und der Rosalie geklappt hat, das freut mich schon sakrisch.

Im Auto denke ich wieder über den Fall nach. Sollte die Marianne wirklich eine Mörderin sein? Das kann ich einfach nicht glauben. Und das will ich einfach nicht glauben, da sträubt sich alles in mir dagegen. Aber ich muss zugeben, dass langsam einiges dafür spricht, dass sie es gewesen sein könnte. Ich rufe zunächst den Reindl an, um zu erfahren, wo der Riebel gerade ist. Der sitzt wohl alleine in meinem Büro, während seine zwei Hilfssheriffs ins Hotel abgezogen sind. Also fahre ich in die Dienststelle. Vielleicht treffe ich den Riebel an, dann konfrontiere ich ihn direkt mit meinen Erkenntnissen. Mal schauen, was er dazu zu sagen hat.

Der Riebel sitzt tatsächlich hinter meinem Schreibtisch und studiert irgendwelche Akten.

»Mia müssen reden«, komme ich gleich zur Sache. »Ich hab vorhin deine Tochter befreit, die ist von zwei Männern entführt worden. Deine Tochter ist heroinabhängig. Magst mir dazu was sagen?«

»Die Juliane ist frei?«, flüstert er, und tatsächlich laufen ihm ein paar Tränen übers Gesicht. »Sie lebt also noch, da war ich mir gar nicht mehr so sicher.«

»Meinst nicht, dass es Zeit für die Wahrheit ist«, bohre ich weiter. »Ich weiß, dass du offiziell im Urlaub bist und gar nicht im Auftrag vom BKA hier bist.«

»Da weißt du ja eh schon alles, Dimpfelmoser. Du hast recht. Ich ermittle hier auf eigene Faust, um meine Tochter zu retten.«

»Und deine zwei Hilfssheriffs, die sind doch auch nicht ganz sauber, oder?«

Er windet sich wie ein Aal und schluckt und prustet, aber dann gibt er sich einen Ruck.

»Setz dich hin, dann erzähle ich dir alles.«

Er schaut mich ernst an, während ich mich setze und auf seine Beichte warte.

»Meine Tochter, die Juliane, die ist da an die falschen Leute geraten. Sie ist ja schon länger drogenabhängig. Wir haben einen Klinikaufenthalt nach dem anderen organisiert, aber es hat halt nichts geholfen. Immer wieder ist sie los und hat sich das Zeug gespritzt. Und dann ist sie eines Tages nicht mehr nach Hause gekommen. Ich habe natürlich recherchiert und habe sie mit deiner Schwester zusammen gefunden. Sie waren beide in die Fänge von der Frankfurter Drogenmafia geraten. Die Juliane ist auf den Strich gegangen, und die Marianne hat als Drogenkurier gearbeitet. Ich bin überhaupt nicht mehr an meine Tochter rangekommen, sie war vollkommen überzeugt, dass deine Schwester ihre große Liebe ist und sie mit ihr den ganzen Drogenscheiß hinter sich lassen kann. Leider sind die beiden aber immer tiefer reingerutscht. Ich habe ja meine Kontakte in der Szene und wusste immer über alles Bescheid.«

»Deine zwei Hilfssheriffs? Die haben dir die Informationen beschafft?«

»Die arbeiten als Spitzel in der Drogenszene. Ja, über die war ich immer bestens informiert, konnte aber nichts machen. Und ich habe erst gar nicht bemerkt, dass meine Informanten schon längst die Seiten gewechselt hatten. Die zwei spielen ein doppeltes Spiel. Sie arbeiten für die Frankfurter Drogenmafia, aber das habe ich erst vor ein paar Tagen erfahren, als eh schon alles zu spät war. Vor fünf Tagen sind sie plötzlich bei mir aufgetaucht. Die Juliane und die Marianne haben der Mafia Heroin im Wert von über einer Million Euro gestohlen und sind damit abgehauen. Das konnten sich die Drogenbosse natürlich nicht bieten lassen. Also haben sie mich erpresst, damit ich ihnen ihr Heroin wieder besorge. Und deshalb bin ich hier, weil ich herausgefunden habe, dass die Juliane und die Marianne hier in der Gegend sind.«

»Hast Dreck am Stecken? Oder wieso können dich die erpressen?«

Er windet sich wieder und schwitzt gleich wie ein Nackerter in der Wüste, dann gibt er sich noch einen Ruck.

»Ich habe von den beschlagnahmten Drogen immer wieder Heroin abgezweigt, um die Juliane damit zu versorgen. So hab ich zumindest jahrelang verhindert, dass sie in die Beschaffungskriminalität abrutscht. Aber die zwei werten Kollegen haben das leider mitgekriegt, und damit hatten sie mich in der Hand.«

Da schau her, der Riebel. Ein richtiger Krimineller ist der. Da siehst wieder einmal, dass hinter der biederen Fassade oft ein Abgrund lauert, der tiefer ist als der Grand Canyon.

»Und woher weißt, dass die zwei hier in der Gegend sind?«

»Dimpfelmoser, einfachste polizeiliche Ermittlungen halt. Ich hab das Handy von der Juliane orten lassen und bin ihnen einfach nachgefahren. Leider habe ich nicht bemerkt, dass neben den zwei Kollegen auch mehrere Killer von der Mafia mit hierhergefahren sind. Was genau passiert ist, weiß ich auch nicht. Jedenfalls sollte eine Übergabe des Heroins stattfinden, und da wurde wohl der Mann erschossen. Meine Tochter wurde bei der ganzen Aktion entführt, und seitdem drohen mir die Killer, dass sie sie umbringen, wenn ich nicht bis morgen das Heroin und deine Schwester abliefere.«

Ich überlege fieberhaft, was wir jetzt tun sollen. Die Marianne ist gut versteckt und in Sicherheit. Die Juliane braucht sofort Polizeischutz, damit der nichts passiert. Die zwei Entführer sind in der Kirche eingesperrt. Und das Heroin liegt bei mir zu Hause unter meinem Bett.

»Wie viele von den Verbrechern sind denn hier?«, frage ich, um ganz sicherzugehen, dass mein Plan funktioniert und wir nichts übersehen.

»Ich bin mir sicher, dass es drei Männer waren. Einer ist ja tot, also noch die zwei Entführer und natürlich meine Kollegen hier.«

»Riebel, dann verhaften mia jetzt die zwei. Ich schick gleich jemand zu deiner Tochter, dass die gut bewacht wird, falls doch noch jemand anders von den Dealern auftaucht. Meine Schwester ist in Sicherheit, das Heroin hab ich, also ist der Fall quasi gelöst.«

»Ich weiß nicht, Dimpfelmoser. Mit denen ist nicht zu spaßen. Ich glaube nicht, dass die uns in Ruhe lassen, solange die ihren Stoff nicht zurückhaben.«

»Riebel, bist ein Polizist oder ein Verbrecher? Du musst dich jetzt entscheiden, auf welcher Seite du stehst, bevor noch mehr passiert. Wenn du aussagst, dann können mia die ganze Bande hochnehmen, und du kommst mit einer geringen Strafe davon, weil du ja nicht aus Habgier gehandelt hast, sondern aus sehr persönlichen Gründen. Wennst nicht mitmachst, dann zieh ich die Sache alleine durch. Ich jedenfalls weiß, was ich tun muss.«

Er überlegt kurz, nickt dann und springt auf.

»In Ordnung, Dimpfelmoser. Dann verhaften wir die beiden. Sie sind drüben im Hotel Rosenhof. Da haben wir uns ein Zimmer genommen. So wie ich die beiden kenne, schlafen die tief und fest. Die fühlen sich so sicher, dass sie überhaupt keine Vorsichtsmaßnahmen getroffen haben.«

»Ich hab eh ein Überwachungsteam auf die angesetzt. Die müssten irgendwo in der Nähe sein. Ich ruf mal an, dass die uns bei der Verhaftung helfen.«

»Reindl, wo seid's ihr gerade?«

»Dimpfelmoser, ich sehe dich«, lacht er. »Ich stehe vor dem Fenster und schau dir schon die ganze Zeit zu, wie du mit dem Riebel redest. Und ich hör dich auch, weil ich vorsichtshalber noch ein Mikrofon in deinem Zimmer installiert habe, um den Riebel besser überwachen zu können.«

»Reindl, dann weißt ja Bescheid. Wo sind der Opa und der Pfarrer?«

»Die stehen mit zwei Autos vor dem Rosenhof, und jeder bewacht einen Eingang, damit die uns nicht entwischen können. Aber anscheinend sind die tatsächlich schlafen gegangen.«

»Also los, dann holen mia uns die zwei.«

Der Riebel, der Reindl und ich gehen rüber zum Hotel. Noch auf der Straße zieht der Riebel seine Dienstwaffe. Gerade als wir über den Hintereingang das Hotel betreten wollen, steht doch tatsächlich plötzlich der Pfarrer, der die Sachlage gänzlich fehlinterpretiert, da und fuchtelt schon wieder mit seiner Pistole rum.

»Lassen Sie die Geiseln gehen«, brüllt er den Riebel an, der vor Schreck stolpert und polternd gegen die Türe kracht, so dass die sich gleich komplett aus den Angeln verabschiedet. Noch ehe der Reindl oder ich eingreifen können, stürzt sich der tollwütige Pfarrer auf den Riebel und hält ihm seine Waffe an den Kopf.

»Hab ich dich, du Sauhund, du elendiger. Glaubst damit kommst durch, wenn du zwei Polizisten in deine Gewalt bringst?«

»Eberdinger, hör halt auf«, greife ich ein, nachdem ich meinen Schock überwunden habe. »Mia san net dem seine Geiseln. Die Sachlage hat sich geändert, und mia stehen jetzt auf derselben Seite.«

»Auf derselben Seite? Der da? Der hat mich eingesperrt und wollte mich foltern. Wir stehen definitiv nicht auf derselben Seite, Dimpfelmoser«, zischt er.

»Gib mir deine Pistole, Pfarrer«, versuche ich es noch einmal.

Da springt der Reindl, der sich auch wieder gefangen hat, plötzlich los und haut ihm die Waffe aus der Hand. Der Eberdinger kreischt auf und haut zurück, und ehe ich noch recht begreife, was da eigentlich abgeht, wälzen sie sich auf der Straße und dreschen wild aufeinander ein.

»Ja zefix, mia san doch nicht zum Raufen da, sondern zum Verhaften«, schrei ich, aber das interessiert niemanden mehr. Natürlich verursacht die ganze leidige Aktion einen nächtlichen Radau, dass du Tote aufwecken könntest. In den Nachbarhäusern gehen die Lichter an, und auch im Hotel werden Fenster aufgerissen, und die Leute glotzen, was da auf der Straße los ist. Plötzlich steht auch noch der Opa neben mir.

»Geh Xaver, da müssen mia doch eingreifen. Des geht doch nicht, dass die sich so aufführen«, erklärt er, zückt seine Waffe und feuert zweimal in die Luft.

»Schluss jetzt«, brüllt er, und auf einmal ist es mucksmäuschenstill, da könntest eine Stecknadel fallen hören. Die Raufbolde glotzen wie besoffene Esel, die Gaffer haben schleunigst alle Fenster geschlossen und sich hinter den Vorhängen versteckt, und unsere zwei Freunde, die wir doch eigentlich verhaften wollten, fahren mit quietschenden Reifen an uns vorbei und ergreifen die Flucht.

»Reindl, auf geht's, mia müssen hinterher.«

Wir spurten zu unserem Dienstwagen rüber und nehmen mit Blaulicht und Sirene die Verfolgung auf. Es ist eigentlich mal wieder ein pfundiger Einsatz. Der Reindl blutet aus einer klaffenden Wunde auf seinem Kopf und saut die schönen Polster vom Beifahrersitz ein, was er aber gar nicht bemerkt.

»Wir hätten die beiden so schön verhaften können,

Dimpfelmoser«, erklärt er mir, als ob ich das nicht selber wüsste. »Aber der Pfarrer, der ist doch echt gemeingefährlich. Eine Gefahr für die ganze Bevölkerung, so wie der sich aufführt.«

»Da kümmern mia uns später drum, nicht dass der noch mehr Waffen bei sich zu Hause hat. Ruf die Kollegen an, dass mia Unterstützung bekommen.«

Der Reindl zerrt seinen Sprechknochen aus der Hosentasche.

»Kollegen, wir verfolgen zwei flüchtige Verbrecher. Die fahren gerade auf die Autobahn Richtung Straubing. Richtet gleich eine komplette Straßensperre ein und schickt uns ein paar Wägen hinterher.«

Die Verbrecher rasen mit fast 200 Sachen über die Autobahn. Aber ich lass mich von so ein paar Amateuren doch nicht einfach abhängen. Ich bleib ganz dicht an ihrer Stoßstange dran und dresche dabei auf die Lichthupe, dass es nur so kracht. Weit kommen wir nicht, weil die Kollegen ein paar Kilometer weiter tatsächlich schon die komplette Autobahn mit Mannschaftsbussen und Polizeiautos abgesperrt haben und auch hinter uns schon ein paar Kollegen mit Blaulicht auftauchen. Ich wundere mich, wie die so schnell hierhergekommen sind, aber das können wir hernach noch klären. Der Wagen mit den Verbrechern bremst ab und kommt schlingernd zum Stehen. Der Reindl und ich springen mit unseren Pistolen im Anschlag aus dem Wagen. Bevor die Nasen noch reagieren können, zerren wir sie mit Unterstützung der Kollegen aus dem Wagen, und in null Komma nix haben wir die zwei überwältigt.

»Natürlich, der Dimpfelmoser wieder. Wer sonst legt mitten in der Nacht solche Aktionen hin?«

Der Heulerich grinst mich feixend an und schwingt lässig seine Maschinenpistole.

»Heulerich, des ist jetzt schon zum zweiten Mal in der Woche, dass ich mich richtig freu, dich zu sehen. Aber wie seid's ihr so schnell auf die Autobahn gekommen?«

»Du hattest Glück, Dimpfelmoser. Ich war mit meinen Männern grad auf dem Weg nach Straubing, und da kommt der Befehl über Funk rein, die Autobahn zu sperren. Das haben wir natürlich ganz unbürokratisch sofort gemacht. Zu deinem Glück mussten ein paar der Männer bieseln. Drum standen ein paar Wägen von uns noch auf dem Parklatz, an dem ihr gerade vorbeigerast seid. Und die haben natürlich auch gleich ihr Geschäft beendet. Ein wahrer Glücksfall also für dich, dass wir dir so schnell helfen konnten. Ansonsten wären dir deine Verbrecher sicherlich entwischt.«

»Mir ist noch keiner entwischt, wenn ich im Auto sitze«, kann ich mir dann doch nicht verkneifen.

»Sag halt einfach einmal danke, anstatt dass du dein Ego gleich wieder so aufblähen musst.«

Der Heulerich hält mir seine Pranke hin. Ich überlege gar nicht lange, sondern schlage ein.

»Danke für deine Hilfe.«

»Siehst, Dimpfelmoser, des ist doch gar nicht schwer«, lacht er.

Das hätte er sich sparen können, der elende Egomane. Gerade der muss das sagen. Hat selbst ein Ego, das bis zum Mars hinaufreicht, und andere will er belehren. Aber dafür ist jetzt keine Zeit. Wir müssen uns um die abtrünnigen Kollegen kümmern und die endlich hinter Schloss und Riegel bringen.

»Wir nehmen die zwei mit und sperren sie erst einmal ein«, erkläre ich dem Heulerich, der wie ein Sheriff breitbeinig neben den Verhafteten steht.

Nachdem sich hinter der Polizeiabsperrung bereits eine beträchtliche Menge an Autos staut und die sensationslüsternen Gaffer über die Polizeiautos hinweg versuchen, ja alles mitzukriegen, wird es höchste Zeit, hier zu verschwinden. Also packen wir die beiden in unseren Wagen. Ich fessle sie vorsichtshalber aneinander, nicht dass die noch auf dumme Gedanken kommen. Der Reindl steigt in den Wagen der Verhafteten ein, und so fahren wir zurück nach Wörth, wo wir bereits vom Opa und dem Pfarrer erwartet werden.

»Habt's den anderen schon Bescheid gegeben, dass die Überwachung aufgehoben ist?«, will ich wissen.

»Du die sitzen schon drüben beim Schorsch-Wirt und warten auf uns. Mia gehen da auch rüber und trinken ein paar Maß auf die gelungene Aktion«, kräht der Opa, und der Pfarrer nickt versonnen.

Der sieht aus, als wäre er direkt aus einer Gruft vom Friedhof gekommen. Seine obligatorischen schwarzen Klamotten und auch er selbst sind überzogen vom Staub und Dreck der Straße, und er hat ein paar blutige Kratzer abbekommen, was ihn aber momentan nicht besonders stört.

»Eine gelungene Aktion schaut ein bisserl anders aus, des sollte euch schon noch klar sein. Und du, Eberdinger, für dich hat das noch ein Nachspiel, da kannst dir sicher sein.«

»Geh Dimpflmoser, es ist doch nix passiert. Du hast die Sauhunde, ich hab dem Riebel ein paar verpasst, und überhaupt macht mir das Ermitteln mit dir richtig Spaß.

Das ist einmal eine schöne Abwechslung zu meinem Pfarrersalltag.«

Er wirkt so glücklich, wie er da vor mir steht und versonnen lächelt, da kann ich momentan sogar ihm nicht mehr böse sein.

»Geht's rüber, mia kommen gleich noch nach, aber erst sperren mia die zwei Gefangenen ein, gell.«

Der Riebel informiert noch den Bereitschaftsdienst in Regensburg, dass die sich um die Bewachung von der Juliane kümmern. Nicht dass noch einer von der Drogenmafia auftaucht und noch was schiefgeht.

Nun, wo wir alle glauben, dass der Fall abgeschlossen ist, geht es beim Schorsch-Wirt schon zu wie im Bierzelt zu fortgeschrittener Stunde. Die Gerlinde steht mit einem Maßkrug auf einem Tisch und schwingt die Hüften hin und her, dass sich nur so die Balken biegen. Gleichzeitig schüttet sie das Bier in sich hinein und an sich vorbei, was aber keinen der Umstehenden stört, weil die selber alle ihren Gesichtern nach zu urteilen schon die zweite oder dritte Maß intus haben. Das gesamte Überwachungsteam ist versammelt. Der Opa und seine ehemaligen Kollegen sind in Hochstimmung. Dazu dröhnen aus der Musikanlage in voller Lautstärke irgendwelche Schlager. Nur der Oberberger sitzt mit seinem Mineralwasser etwas abseits und beobachtet kopfschüttelnd das Treiben.

Der Reindl und der Pfarrer holen sich auch gleich eine Maß und klettern zur Überraschung aller mit auf den Tisch, wo sie gemeinsam mit der Gerlinde die Hüften schwingen. Ich setze mich mit dem Riebel zum Oberberger, und wir bestellen uns jeder ein Wasser.

»Unglaublich, wie sich Menschen gebärden, wenn die was trinken. Ich kann mich nicht erinnern, in den letzten Jahren jemals nüchtern bei so was zugeschaut zu haben, anstatt mittendrin zu sein und mitzumachen«, sinniert der Oberberger und kann es irgendwie gar nicht fassen.

»Ja mei, so sind sie halt, die Menschen. Wenn durch Alkohol oder sonstige Mittel ihre Hemmungen wegfallen, dann sind sie nicht mehr zu halten. Der eine wird laut, der andere leise, der nächste aggressiv und die hier halt lustig.«

»Wie gehen wir weiter vor?«, will der Riebel wissen. »Ich jedenfalls fahre jetzt noch nach Regensburg und schau nach meiner Tochter.«

»Riebel, wir treffen uns morgen um neun Uhr vorab in der Dienststelle, dann können wir überlegen, wie es weitergeht. Ich geh zu meiner Schwester und rede erst einmal mit ihr.«

Der Riebel nimmt es einfach ohne jeden weiteren Kommentar hin.

»Und ich geh heim, weil des macht keinen besonderen Spaß, da zuzuschauen, wie die sich alle kollektiv ins Koma saufen«, erklärt der Oberberger.

»Dienstbeginn morgen um zehn Uhr«, brülle ich noch in die saufende und tanzende Horde, dann verlasse auch ich den Schorsch-Wirt, um mit der Marianne zu reden. Ich habe ein flaues Gefühl im Magen. Was ist, wenn die Marianne die Mörderin ist? Dann muss ich meine eigene Schwester verhaften und ins Gefängnis stecken lassen. In diesem Moment hasse ich meinen Beruf als Polizist und würde am liebsten einfach abhauen, mich irgendwo verkriechen und nie wieder zurückkommen. Aber das hilft alles nichts, da muss ich jetzt gleich durch. Ich will keine Sekunde länger in der Ungewissheit sein, ob meine Schwester einen Mord begangen hat oder nicht. Also gehe ich rüber zur Kirche und in den Geheimkeller. Unsere zwei Gefangenen unterhalten sich lautstark in ihrem Kerker. Die habe ich völlig vergessen, die muss ich morgen rüber ins Gefängnis bringen lassen. Der Kellerraum, in dem die Marianne eingesperrt war, ist dafür leer. Die Türe steht offen, und die Marianne ist schon wieder verschwunden. Ich untersuche das Türschloss. Es ist nicht aufgebrochen, also muss jemand anders die Marianne rausgelassen haben. Ich überlege kurz, aber nachdem die Marianne ja immer noch zur Fahndung ausgeschrieben ist und von meinen Kollegen außer dem Oberberger niemand mehr nüchtern oder greifbar ist, beschließe ich, es für heute gut sein zu lassen, und gehe frustriert nach Hause.

Obwohl es schon vier Uhr in der Früh ist, sitzt die Eva in unserer Gemeinschaftsküche. Wahrscheinlich wartet sie hier schon seit Stunden und will mich zur Sau machen wegen meinem Abgang bei der ihrem blöden Psychologen.

»Xaver, Bratwürstl und Kraut hätt ich noch für dich, wennst noch was magst. Hast überhaupt schon was gegessen?«

Mir wird bewusst, dass ich einen Mordshunger habe. Ein paar Minuten später brutzeln die Würstl, und kurz darauf serviert mir die Eva mein Lieblingsessen. Da kann ich wenigstens für ein paar kurze Momente den ganzen Scheißfall vergessen und genieße einfach die Würstl und das Kraut.

»Und was war des heute, Xaver, magst mir das einmal

verraten, warum'st einfach wieder mal davongelaufen bist beim Psychologen? Genau das ist doch dein Problem, dass du immer nur davonläufst.«

Die Eva setzt sich ganz nah zu mir her, was mich aber momentan gar nicht stört. Hauptsache, sie kriegt keinen Wutanfall.

»Eva, da kann ich jetzt wirklich nicht darüber reden. Heut ist so viel passiert, und es besteht der Verdacht, dass die Marianne eine Mörderin ist. Und sie ist schon wieder verschwunden.«

»Eine Mörderin? Die Marianne doch nicht, die kann doch keiner Fliege was zuleide tun.«

»Die Drogen verändern die Menschen. Da kannst nicht davon ausgehen, dass die Marianne immer noch so ist wie früher. Aber ich will es halt auch nicht glauben. Leicht macht sie es einem allerdings nicht, so wie sie sich die ganze Zeit verhält und immer wieder verschwindet.«

Jetzt klingelt doch tatsächlich noch mein Diensthandy. Ich will zuerst gar nicht drangehen, mache es aber dann doch.

»Riebel, was willst du noch mitten in der Nacht? Du wolltest doch zu deiner Tochter?«

»Dimpfelmoser, abgehauen ist sie. Einfach weg. Noch bevor die Kollegen gekommen sind, die sie bewachen sollten, war sie schon verschwunden.«

Ich verschlucke mich an der Bratwurst, auf der ich gerade noch gekaut habe, und bekomme einen fürchterlichen Hustenanfall.

»Meine Schwester auch«, würge ich keuchend hervor. »Die Marianne ist auch verschwunden.«

Jetzt ist mir auch klar, wer die Marianne aus dem Keller geholt hat. Ich verstehe zwar nicht, woher die Juliane wusste, wo die Marianne eingesperrt ist, aber das werde ich heute auch nicht mehr erfahren.

»Wahrscheinlich sind sie gemeinsam auf der Flucht«, überlegt der Riebel. »Ich habe meine Tochter bereits zur Fahndung ausschreiben lassen, und nach deiner Schwester wird eh gefahndet. Mehr können wir momentan nicht tun, oder?«

»Ich wüsst nix. Lass uns morgen darüber reden, Riebel.«

Die Eva, die alles mitgehört hat, schaut mich besorgt an.

»Xaver, die tauchen schon wieder auf. Heut kannst eh nix mehr machen. Ich hab ja auch Angst um die Marianne, aber irgendwann musst halt auch einmal abschalten.«

Während die Eva redet, kommt sie mir immer näher und schaut mich dabei so seltsam an, wie sie es noch nie gemacht hat. Ihr Gesicht berührt fast meines. Ich bin völlig erstarrt und kann mich gar nicht mehr bewegen. Langsam hebt sie die Hand und streichelt mir übers Gesicht. Ich weiß nicht mehr, ob ich schwitze oder friere. Wie angewurzelt sitze ich da, während mein Hirn Kapriolen schlägt und alle Gedanken durcheinanderrasen. Die Eva nimmt mich in den Arm und küsst mich dann direkt auf den Mund. Endlich erwache ich aus meiner Erstarrung. Ich schiebe die Eva schnell weg, springe auf, drehe mich um und laufe davon in mein Zimmer. Ich höre noch, wie sie mir hinterherrennt, aber zum Glück habe ich die Türe schon erreicht, werfe sie zu und sperre ab. Dahinter sacke ich auf den Boden und atme erst einmal tief durch. Die Eva klopft leise an, aber ich halte mich ganz still.

»Xaver, lauf halt nicht gleich wieder weg. Gerade in so einer schwierigen Situation wie jetzt gerade mit der Marianne, da musst doch einmal verstehen, dass des mit uns beiden so nicht weitergeht. Wir leben hier seit Jahren zusammen in unserer Wohngemeinschaft, wir kennen uns, seit wir Kinder sind. Wir haben viel gemeinsam durchgemacht, aber du kannst dich noch nicht einmal von mir trösten lassen, wenn's dir nicht gutgeht. Ich will einfach endlich einmal ankommen und nicht weiter so leben wie bisher. Ich mag nicht mein restliches Leben als Haushälterin an deiner Seite verbringen. Auch wenn du ein ungehobelter Klotz bist, hast doch sicher gemerkt, dass ich mehr für dich empfinde. Ich will nicht weiter so tun, als ob da nix wäre. Ich liebe dich, Xaver.«

Jetzt ist es raus. Sie hat es ausgesprochen. Das habe ich schon die ganze Zeit befürchtet. Seit sie bei dem Psychologen ist, hat sich ihr Verhalten mir gegenüber immer mehr verändert. Ich halte die Luft an und will nur noch im Erdboden versinken oder mich gleich auflösen. Des musst erst einmal verkraften, die Eva liebt mich. Ich hab doch die letzten Jahre alles getan, damit das nicht passiert, aber anscheinend ist sie masochistisch veranlagt, die Eva. Wie kann die jemanden lieben, der sie so schlecht behandelt, wie ich das immer getan habe? Ich versteh gar nix mehr und hoffe nur, dass die Eva sich nicht vor meiner Türe verschanzt und wieder zu sich rübergeht.

»Vielleicht solltest doch auch eine Therapie machen, Xaver. Oder willst dir dein restliches Leben weiter kaputtmachen lassen, nur wegen den Erlebnissen in unserer Kindheit? Willst dich weiter hinter deinem Panzer verstecken und den Macho raushängen lassen? Ich weiß, dass du so gar nicht bist, Xaver. Brauchst nicht glauben, dass ich dich nicht besser kenne.«

Gott sei Dank hört sie auf und entfernt sich. Ich bleibe einfach am Boden sitzen und spüre nur ein bedrohliches, großes, schwarzes Loch, das sich in mir auftut und mich zu verschlingen droht. Vielleicht hat sie ja recht, die Eva. Vielleicht sollte ich mich auch den Schatten der Vergangenheit stellen. Vielleicht ist es an der Zeit, unser gschlampertes Verhältnis zu überdenken und den Mut aufzubringen, neue Wege zu gehen.

Kapitel 10

Mittwoch, 9.00 Uhr

Nachdenklich, müde und verwirrt gehe ich nach drei Stunden Schlaf am Morgen rüber zu meiner Dienststelle. Die Tüte mit Heroin hab ich aus meiner Wohnung wieder mitgenommen, die will ich heute dem zuständigen Beamten in Regensburg übergeben. Ich habe nicht besonders gut geschlafen, weil mich immer wieder die Alpträume aus meiner Kindheit aufgeweckt haben und mir die Worte von der Eva in den Ohren klingeln. Durch das Fenster sehe ich, dass der Riebel schon da ist. Gerade als ich die Eingangstüre hinter mir schließen will, habe ich plötzlich eine Pistole an meinem Kopf.

»Geh einfach weiter, dann passiert dir nichts«, erklärt die Juliane. Neben ihr steht die Marianne. Sie schaut an mir vorbei, greift aber nicht ein, um ihre Freundin von weiteren Dummheiten abzuhalten.

»Mädels, das ist keine besonders gute Idee ...«

»Maul halten und rein«, brüllt die Juliane.

Die ist in einem Zustand, da ist nicht mit ihr zu spaßen. Also beuge ich mich und gehe in das Dienstgebäude und in mein Zimmer. Der Riebel kriegt gleich eine Gesichtslähmung, wie er uns so reinmarschieren sieht.

»Juliane, da bist ja. Was ...?«

»Halt dein Maul, Vater«, kreischt sie und fuchtelt wild mit der Pistole rum.

»Gebt uns einfach die Tüte mit dem Heroin, und dann seid ihr uns für immer los.«

»Juliane, jetzt hör halt auf mit dem Unsinn. Ist das der Dank dafür, dass ich dich jahrelang mit Drogen aus der Asservatenkammer versorgt habe, damit du nicht gänzlich in das kriminelle Milieu abrutschst? Ich habe meinen Job, meinen guten Ruf und meine Freiheit für dich riskiert.«

Der Riebel ereifert sich so dermaßen, dass er puterrot anläuft und seine Stimme sich überschlägt. Derweil soll er sich nicht aufregen wegen seinem Herz, hat er mir doch erst erklärt. Die Juliane lässt das alles anscheinend völlig kalt, jedenfalls reagiert sie überhaupt nicht auf ihren Vater.

»Rück jetzt endlich das Heroin heraus, sonst garantiere ich für nichts mehr«, brüllt sie und schießt eine Kugel in die Wand hinter uns.

Ich werf die Tüte zu ihr rüber. Dabei fallen einige Päckchen auf den Boden.

»Fessel sie aneinander«, befiehlt die Juliane der Marianne und wirft ihr einen Strick rüber.

Die nickt nur und fesselt uns tatsächlich Rücken an Rücken, so dass wir uns überhaupt nicht mehr bewegen können, während die Juliane die Päckchen wieder in die Tüte packt.

»Juliane, bitte hör halt auf mit dem Unsinn«, beschwört der Riebel noch mal die Juliane. »Wir können doch über alles in Ruhe reden.«

»Es hat sich ausgeredet, lieber Vater. Meine Dankbarkeit für deine Selbstlosigkeit hält sich in Grenzen. Seit Mutter damals gestorben ist, ist es dir doch immer nur um dich selbst gegangen. Du warst doch nie wirklich da, als ich dich gebraucht hätte. Hättest du dich wirklich um mich gekümmert, anstatt in deinem Selbstmitleid zu ertrinken, dann hätte ich wahrscheinlich niemals mit den Drogen angefangen.«

Der Riebel schnappt panisch nach Luft und kriegt so ein Zittern am ganzen Körper, dann sackt er in sich zusammen. Wahrscheinlich hat der jetzt einen Herzinfarkt erlitten und ist krepiert, aber nachdem ich an ihn gefesselt und damit bewegungsunfähig bin, kann ich das nicht so genau feststellen.

»Lass uns endlich hier verschwinden«, ruft die Juliane der Marianne zu, die die ganze Szene starr beobachtet hat. Aber noch ehe die beiden abhauen können, stürmt ein Vermummter in die Wache.

»Waffe runter, und her mit dem Heroin!«, schreit er und hält der Marianne eine Pistole an den Kopf.

Durch das Tuch vor seinem Gesicht und den Schal, den er sich noch drum herumgewickelt hat, klingt seine Stimme seltsam gedämpft. Die Juliane lässt Ihre Pistole sinken.

»Ganz ruhig, du kriegst die Tüte.«

»Schieb sie mir langsam rüber«, befiehlt er.

Die Juliane schiebt mit einem Fuß das Heroin über den Boden.

»Aufheben«, blafft der Mann die Marianne an, die sich wie in Zeitlupe nach der Tüte bückt. Plötzlich hat die Juliane ihre Waffe wieder oben und drückt ab.

»Hau ab, Marianne«, schreit sie und versucht, sich hinter den Schreibtisch zu werfen.

Die Marianne schafft es im Moment der Verwirrung tatsächlich, mit dem Heroin aus dem Zimmer zu laufen, während der Vermummte hinter mein Sofa hechtet und abdrückt. Aus den Augenwinkeln beobachte ich, wie sich die Juliane mit weit aufgerissenen Augen an die Brust fasst, aus der Blut spritzt, und dann direkt über mir zusammenbricht. Ich höre noch, wie die Marianne laut aufschreit, und dann ist sie auch schon verschwunden. Der Vermummte kommt wieder hinter meinem Sofa hervor und läuft zum Zellentrakt. Kurz darauf stehen die zwei Verräterkollegen und der Vermummte vor mir.

»Eine saubere Sauerei hast da in deinem Büro. Aber das passt ausgezeichnet, dass du gefesselt bist, da hole ich mir jetzt deine Freundin als Geisel aus deiner Wohnung, und du kannst nichts dagegen machen. Du hast dann Zeit bis morgen zwölf Uhr, dann will ich das Heroin und deine Schwester. Den genauen Übergabeort gebe ich dir noch durch. Wenn du nicht lieferst, ist deine Freundin tot.«

Mich packt eine dermaßen große Angst, wie ich sie seit Kindertagen in den Fängen der blöden Sekte nicht mehr erlebt habe, und gleichzeitig kocht eine unbändige Wut in mir hoch.

»Wennst ihr auch nur ein Haar krümmst, dann bring ich dich um, des versprech ich dir, du elendiger, miserabler Sauhund.«

Er lacht bloß schallend, und schon sind auch die drei Männer verschwunden.

Zunächst glaube ich, dass die Juliane tot ist. Sie verliert viel Blut aus dem Einschussloch in ihrer Brust, das über mich läuft, aber sie atmet noch. Verzweifelt versuche ich, mich zu befreien, aber die blöden Fesseln sind einfach zu fest. In meinem Kopf wirbelt alles durcheinander: Eine Spirale aus bodenloser Angst, abgrundtiefer Trauer und unendlich großer Wut, aber ich kann halt gar nix tun, außer auf meine Kollegen zu warten, denen ich gestern noch gesagt habe, dass sie heute erst um zehn Uhr erscheinen müssen. Von wegen der Fall ist so gut wie gelöst! Der Fall ist überhaupt nicht gelöst. Jetzt haben wir das Heroin nicht mehr, wahrscheinlich noch einen Toten, eine Schwerverletzte, eine Entführung von der Eva, einen Unbekannten, der da anscheinend seine Finger im Spiel hat, und die Gefangenen sind frei! Irgendwas haben wir in unserer gestrigen Euphorie komplett übersehen. Dass die Marianne mir nur Lügenmärchen aufgetischt hat, war eh schon klar. Aber dass wir es eventuell mit einem lokalen Drogenboss zu tun haben, für den das Heroin bestimmt war, daran haben wir in den ganzen völlig schiefgelaufenen und verfahrenen Ermittlungen überhaupt nicht gedacht. Endlich kommt der Reindl mit der Gerlinde im Schlepptau pfeifend und lachend über die Straße geschlendert.

»Reindl, Hilfe«, brülle ich wieder. Die zwei kommen in mein Zimmer gelaufen, und schlagartig ist ihr Gepfeife und Gekicher vorbei.

»Xaver, wie ... was ...?« Der Reindl ist völlig überfordert von dem Bild des Grauens, das sich ihm bietet.

Er wird mal wieder wie zu alten Zeiten kalkweiß und rennt raus, um erst einmal ausgiebig zu kotzen.

»Hol sofort einen Notarzt, die Juliane lebt noch«, schreie ich die Gerlinde an, die sich sofort geistesgegenwärtig ans Telefon hängt. Dann wälzt sie vorsichtig die Juliane von mir herunter und drückt beherzt auf die Wunde, aus der immer noch Blut läuft.

Sie hat anscheinend überhaupt kein Problem mit dem Toten und dem Blut im Zimmer.

Mit einer Hand löst sie meine Fesseln, und ich kann mich endlich von Riebels Last befreien, den hat es tatsächlich dahingerafft.

Vor der Wache ertönt die Sirene, und der Notarzt stürmt mit zwei Sanitätern herein.

»Komm, ich bring dich hier raus«, sagt die Gerlinde sanft und hebt mich mit ihren Pranken hoch, als wär ich ein Fliegengewicht.

Sie trägt mich rüber zum Reindl, der sich inzwischen auch wieder gefangen hat.

»Ich hab die Kollegen schon informiert. Die Bereitschaft aus Regensburg ist gleich da, und der Kreithmeier und der Mühlbauer kommen auch gleich. Und wenn der Notarzt drüben fertig ist, dann soll der dich auch gleich noch anschauen.«

Inzwischen ist auch der Oberberger eingetroffen. Die Gerlinde wischt mir mit einem Handtuch die gröbste Sauerei aus dem Gesicht und hält mich dabei wie ein Baby im Arm. Ich hab da normalerweise so meine Probleme, aber jetzt lasse ich sie einfach, weil ich Angst habe, dass es mich einfach umhaut, wenn sie mich loslässt.

»Die haben die Eva entführt«, bringe ich endlich heraus, nachdem mir der Oberberger ein Wasserglas voll Schnaps vom Viereck eingeflößt hat.

Kurze Zeit ist es totenstill. Der Reindl greift zum Telefon und ruft bei mir zu Hause an, aber es meldet sich niemand.

»Ich schau schnell rüber, ob die Eva da ist«, ruft er, und kurz darauf kommt er kreidebleich wieder zurück.

»Deine Wohnungstüre war offen, aber von der Eva weit und breit keine Spur.«

»Die haben sie entführt«, wiederhole ich leise.

»Die Eva? Entführt? Was ist eigentlich passiert? Wer denn? Wo sind die Gefangenen?«

Plötzlich reden alle durcheinander, aber ich kann ihnen momentan nicht helfen. Ich kann nur immer wieder denselben Satz sagen, obwohl ich das gar nicht will.

»Die haben die Eva entführt«, spule ich in einer Endlosschleife herunter. Ich merke, wie mir dabei der Sabber aus dem Mund läuft, aber auch dagegen kann ich momentan nix machen. Ich beobachte mich selber und wundere mich, warum ich so komische Sachen mache, dann versinke ich in einem Meer aus Dunkelheit.

Ich habe keine Ahnung, wo ich eigentlich bin. Als ich die Augen öffne, erstrahlt alles in gleißendem, weißem Licht, und vier Augen sind auf mich gerichtet. Ich bin völlig geblendet. Vielleicht bin ich ja gestorben, was ein wirklich saudummer Zeitpunkt wäre, gerade jetzt wo mich die Eva so dringend braucht. Der Gedanke an die Eva holt mich schlagartig zurück in die Realität. Ich reiße die Augen erneut auf, und langsam erkenne ich, dass ich in einem Bett liege. Die Augen gehören dem Opa und der Oma, die neben dem Bett stehen.

»Xaver, kannst uns sehen?«, fragt die Oma und kommt ganz nahe zu mir her.

»Ich hol den Arzt, damit der ihn sich gleich anschaut«, flüstert der Opa und verschwindet.

»Mei Xaver, hast doch schon genug Tote in deinem Leben gesehen. Kannst mich wenigstens hören?«, will sie besorgt wissen und schaut mich liebevoll an.

»Oma, ich seh und ich hör dich. Wieso bin ich hier in einem Bett? Wo sind wir hier überhaupt?«

»Gott sei Dank, Xaver. Du warst bewusstlos und bist in Wörth im Krankenhaus.«

»Krankenhaus? Wieso bin ich im Krankenhaus? Ich muss die Eva suchen, da hab ich keine Zeit für so einen Schmarrn!«

»Haben Sie, Herr Dimpfelmoser«, erklärt der junge Arzt ruhig, der gerade mit dem Opa den Raum betritt und meine Worte gehört hat.

»Hab ich nicht, Doktor. Ich muss sofort los, die Eva schwebt in Lebensgefahr, und meine Schwester, die Marianne, auch.«

»Die halbe Regensburger Polizei kümmert sich um die Entführung«, erklärt mir der Opa. »Der Heulerich ist mit seinen Männern da, und sogar der Huber persönlich ist mit zehn Mann aus Regensburg angerückt. Die haben mit deinen Leuten sofort eine SOKO gegründet, damit die Eva gefunden wird und nicht noch mehr passiert«

»Und die Marianne und die Juliane? Was ist mit denen?«

»Die Marianne ist bisher spurlos verschwunden. Und der Zustand von der Juliane ist kritisch. Es ist noch unklar, ob sie es überleben wird. Ihr Zimmer wird vorsichtshalber rund um die Uhr von der Polizei bewacht.«

»Wie lange war ich bewusstlos?«

»Ungefähr zwei Stunden«, erklärt der Arzt, während er meinen Puls misst und mir mit seiner blöden Lampe in die Augen leuchtet.

»Lassen'S das, Doktor. Ich muss sofort in meine Dienststelle, da hab ich keine Zeit für Ihre Untersuchungen.«

»Seien'S halt vernünftig, Herr Dimpfelmoser. Nach allem, was Sie erlebt haben, ist davon auszugehen, dass Sie da ein richtiges Trauma haben und Ihre Psyche einen Knacks hat. Das kann zu lebensbedrohlichen Symptomen führen, da müssen'S erst einmal ein paar Tage dableiben zur Beobachtung.«

»Ein paar Tage? Da kann die Eva schon tot sein, zefix.«

»Reg dich bloß nicht auf in deinem Zustand«, beschwichtigt mich der Opa. »Ich rufe den Huber drüben an. Der kommt gleich mit dem Leiter der SOKO, die brauchen ein paar Informationen, was eigentlich passiert ist.«

»Die brauchen nicht kommen, weil ich geh jetzt, und keiner hindert mich daran, ist des klar?«, brülle ich plötzlich los und erschrecke mich selber vor der Heftigkeit meines Ausbruchs.

Aber da könntest doch wirklich narrisch werden, wie die hier alle tun, als wär ich krank. Um das blöde Trauma kann ich mich immer noch kümmern, wenn ich die Eva wieder daheim hab und die Marianne in Sicherheit ist.

»Wo sind meine Anziehsachen?«

»Die waren von oben bis unten voller Blut, Xaver. Wir haben sie gleich entsorgt.«

»Opa, du fährst mich sofort nach Hause, und dann muss ich arbeiten, ist des jetzt klar?«

Er nickt nur.

»Ich kann dich ja verstehen, aber dein Zustand ist echt kritisch, Xaver.«

»Des ist mir völlig wurscht, Opa. Ich kenn mich mit so was aus. Oma, ich geb dir hiermit die mündliche Vollmacht, und du unterschreibst den Wisch, dass ich auf eigene Verantwortung dieses Krankenhaus verlasse. Und keine Widerrede«, schiebe ich hinterher, weil alle drei die Mäuler aufreißen.

Wortlos klappen sie sie wieder zu.

»Und bevor mia hier noch weiter sinnlose Diskussionen führen, fahr mich endlich, ansonsten geh ich in dem doofen Krankenhausnachthemd zu Fuß rüber.«

Während der Arzt unter Protest die Oma mitnimmt, damit die das dumme Formular unterschreibt, gehe ich mit dem Opa runter zum Parkplatz. Die Menschen, die uns auf den Gängen des Heilungstempels begegnen, starren mich an, als wäre ich ein Monster oder so. In der Eingangshalle kommen wir an einem Spiegel vorbei, und da weiß ich auch, warum sie so gaffen. Ich hab immer noch Blutspritzer im Gesicht, und das blöde Nachthemd verdeckt noch nicht einmal ganz meine Genitalien, die lustig bei jedem Schritt hin und her baumeln. Das ist mir schon ein bisserl peinlich, aber das hilft eh nix mehr.

»Opa, warum hast nix gesagt, dass ich da unten rum nichts anhab?«

»Mei, du hörst doch eh nicht, wennst so drauf bist, des hat die Vergangenheit oft genug gezeigt. Wenn du erst einmal deinen Betonschädel ausfährst, dann könnt die ganze Welt um dich herum sich auflösen, und du würdest es noch nicht einmal merken.«

»Bin ich echt so schlimm, Opa?«

»Xaver, noch viel schlimmer. Aber da können mia ein anderes Mal darüber reden. Lass uns zum Auto gehen, damit das Spektakel hier endlich ein Ende nimmt.«

Meine Wohnungstüre steht sperrangelweit offen. Die Sauhunde haben sie einfach eingetreten. Drinnen sieht alles aus wie immer. Ich ziehe mich schnell um, und in frischen Anziehsachen und abgewaschen marschiere ich eine Viertelstunde später in meine Dienststelle, aber nur der Reindl sitzt hinter seinem Computer.

»Dimpfelmoser, du? Du bist doch überhaupt nicht einsatzfähig, was willst du hier?«

»Ja frag halt nicht so saudumm. Arbeiten und ermitteln halt. Wo sind die anderen alle? Ich hab gehört, dass da ein ganzer Krisenstab eingerichtet worden ist.«

»Die sind drüben beim Schorsch im Saal. Der Huber hat entschieden, dass das die Einsatzzentrale für die SOKO ist. Ich bin nur hier, weil drüben die Computer noch nicht funktionieren und wir eine Liste brauchen von allen aktenkundigen Drogenfällen der letzten Zeit hier in der Umgebung. Aber wart, ich geh gleich mit rüber. Ich bin eh fertig hier.«

Beim Schorsch-Wirt im Saal wollen sie gerade mit einer Lagebesprechung anfangen. Der Huber wuselt nervös durch den Raum. Vorne steht der Krintinger, ein erfahrener Kollege aus Regensburg, der wohl der Einsatzleiter der ganzen Aktion hier ist. Als ich mit dem Reindl den Saal betrete, wird es schlagartig still, und alle starren zu uns rüber.

»Wenn's weiter so glotzt's wie eine Herde voller Rindviecher, dann fallen euch bald die Augen heraus. Servus miteinander«, begrüße ich die Runde und will vor zum Krintinger, aber der Huber fängt mich ab und schiebt mich raus aus dem Saal.

»Dimpfelmoser, was wollen'S hier? Sie gehören ins Krankenhaus, des wissen'S selber doch am besten. Oder sind'S so vernebelt im Hirn, dass Ihnen das nicht mehr bewusst ist? Ich wäre mit dem Krintinger nach der Besprechung in einer halben Stunde zu Ihnen gekommen, damit wir die bisher etwas unklare Sachlage klären können.«

»Nix vernebelt, Huber. Ich bin ganz klar und will endlich an die Arbeit. Jeder will mit mir diskutieren, anstatt endlich was zu tun.«

»Dimpfelmoser, Sie beteiligen sich an gar nichts hier. Sie gehen wieder schön ins Krankenhaus oder von mir aus auch nach Hause, wenn'S unbedingt so stur sein müssen, Sie elender Querkopf. Da müssen'S doch einmal vernünftig sein, Dimpfelmoser. Was ist denn, wenn Sie mir auch noch wegsterben wegen dem Trauma und dem Schock durch die zurückliegenden Ereignisse? Der Arzt hat mich vorhin angerufen und mir den Ernst der Lage geschildert. Aber unabhängig davon sind Sie persönlich viel zu nah an dem Fall dran, da kann und darf ich Sie nicht arbeiten und ermitteln lassen. Sie sind vorerst beurlaubt.«

Der Huber macht sich richtig Sorgen, so wie er da redet. Aber es hilft nix, ich werd erst eine Ruhe geben, wenn ich die Eva befreit und die Marianne gefunden habe.

»Wollen'S mich erschießen oder einsperren mit meinem Trauma und meinem Schock, Huber? Weil genau des müssen'S tun, wenn'S mich am Ermitteln hindern wollen.«

»Dimpfelmoser, machen Sie es mir halt nicht gar so schwer. Wenigstens jetzt könnten'S doch einfach vernünftig sein.«

»Huber, bitte. Ich kann nicht zu Hause oder im Krankenhaus sitzen, während vielleicht die Eva stirbt, des müssen'S doch verstehen.«

Er überlegt kurz, dann gibt er es auf.

»Dimpfelmoser, Sie sturer Bock, weil Sie es sind. Ich nehm's auf meine Kappe. Aber Sie versprechen mir, dass Sie sofort ins Krankenhaus gehen, wenn'S merken, dass es nicht mehr geht.«

»Versprech ich, Huber. Und jetzt an die Arbeit. Geh'n mia endlich rein, dann erzähl ich, was passiert ist und wie die Lage momentan ist.«

Ich schildere also den momentanen Stand der Dinge, soweit mir das selber klar ist.

»Wer hat den Toten im Keller vom Angerer erschossen, ist das inzwischen geklärt?«, will einer der Kollegen wissen.

»Entweder war es die Juliane oder meine Schwester, die Marianne. Das ist bisher noch unklar. Jedenfalls ist äußerste Vorsicht geboten, falls wir auf die Marianne treffen. In ihrer Verfassung ist mit allem zu rechnen. Sie ist bewaffnet, sie hat die Tüte mit Heroin dabei und nichts mehr zu verlieren.«

»Wir haben inzwischen herausgefunden, dass es sich um eine gestohlene Dienstwaffe handelt, die ursprünglich mal dem Riebel gehört hat. Mit der hat die Juliane oder die Marianne den Mann erschossen, der dann im Weinkeller vom Angerer abgelegt worden ist. So viel steht fest. Da die Polizeiwaffen alle registriert sind und dem Riebel seine alte Waffe schon mal nach einem Schusswechsel in Frankfurt untersucht wurde, konnten wir das zweifelsfrei feststellen«, erklärt der Mühlbauer, der gerade den Saal betritt.

»Mia san drüben in der Dienststelle fertig, da könnt's ihr eine Reinigungsfirma kommen lassen, dass die das Blut wegmachen.«

»Kannst was dazu sagen, welchen Schlüssel der Vermummte verwendet hat?«, frage ich ihn.

»Hm, es wurde ein Originalschlüssel verwendet, so viel steht fest.«

»Alles klar, die Schlüssel hier sind überschaubar. Ich wende mich an den Reindl, den Oberberger und die Gerlinde: »Legt's eure Schlüssel auf den Tisch.«

Alle kramen in ihren Taschen, aber die Schlüssel sind da. Ich schaue vorsichtshalber auch nach meinem, aber der ist auch da, und den vom Riebel und seinen abtrünnigen Kollegen habe auch ich einstecken, die haben wir ihnen abgenommen.

»Dann bleibt nur noch der Schlüssel vom Viereck, mehr gibt es nicht«, erklärt der Reindl, der für die Verwaltung der Schlüssel zuständig ist. Nachgemacht kann ihn keiner haben, weil das sind Spezialschlüssel, die kannst nur mit Genehmigung von Regensburg aus in der internen Stelle nachmachen lassen.«

»Dann fragen wir den Viereck, wo dem sein Schlüssel ist«, schlage ich vor.

Der Oberberger und die Gerlinde, die die ganze Zeit so verstohlen tuscheln, erklären sich bereit, beim Viereck nachzufragen, und verschwinden rüber in die Dienststelle. Ich verstehe nicht ganz, warum die das zu zweit machen müssen. Ein Telefonat mit dem Viereck hätte der Oberberger auch alleine von hier aus führen können. Aber da kommt gerade der Huber angeschissen und hat es wieder ganz besonders wichtig, so dass ich nicht weiter darüber nachdenken kann.

»Der Heulerich ist mit seinen Leuten schon draußen beim Lubiger-Hof und durchkämmt das ganze Gelände. Das war der einzige Anhaltspunkt, den wir bisher aufgrund Ihrer bisherigen Ermittlungen haben. Der Reindl hat alle schon mit den bisher bekannten Informationen versorgt«, mischt er sich ein.

»Wir haben noch einen weiteren Anhaltspunkt, Huber. Der Fundort der Leiche kann kein Zufall sein. Da muss es irgendeinen Zusammenhang geben. Warum sonst hätte sich jemand die Mühe gemacht, den Toten in einem Keller abzulegen, der nur so schwer zugänglich ist? Ich sag ja nicht, dass der Angerer was damit zu tun haben muss, aber vielleicht einer seiner Angestellten? Ham mia den Alois und die anderen Angestellten schon alle überprüft? Und wer kümmert sich eigentlich um die Frankfurter Drogenmafia in Frankfurt? Sind die Kollegen überhaupt informiert, nachdem es der Riebel sicherlich nicht gemacht hat?«

Alle schweigen und rücken auf ihren Stühlen hin und her.

»Also keiner. Dann würd ich sagen, setzen wir doch da an und nehmen den Laden vom Angerer auseinander.«

»Dimpfelmoser, ich muss doch bitten. So geht das nicht. Ich stimme zu, dass wir in Anbetracht der ernsten Lage den Fundort bei dem werten Herrn Angerer nicht aus den Ermittlungen ausschließen dürfen, aber wir werden nicht gleich wie eine Horde wildgewordener Berserker da einfallen.«

»Dann fahr ich halt mit ein paar Kollegen raus und mia befragen alle ganz gepflegt, Huber.«

»Sie fahren da nicht raus. Der Reindl, der Oberberger und die Kollegin Gerlinde, die übernehmen das«, bestimmt der Huber.

Der Oberberger und die Gerlinde sind soeben wieder aufgetaucht.

»Und, hat der Viereck seinen Schlüssel?«, will ich wissen.

»Nein, hat er nicht. Aber er hat überhaupt keine Schlüssel mehr. Sein ganzer Schlüsselbund ist weg.«

»Weg? Hat er den verloren oder was?«

»Der hat den sicherlich nicht verloren, Dimpfelmoser«, erklärt der Oberberger. »Ich hab ihn im Krankenhaus abgeliefert, und ich hab ihm seinen Schlüsselbund in sein Nachtkastel reingelegt. Wenn der plötzlich weg ist, dann hat ihn jemand gestohlen. Leider ist dem Viereck nichts aufgefallen. Aber er ist ja alle Augenblick bei irgendeiner Untersuchung gewesen, da könnte also fast jeder die Schlüssel gestohlen haben.«

»Der Viereck wird kaum einen Aufkleber am Schlüsselbund gehabt haben, dass des der Schlüssel zu unserer Dienststelle ist. Also muss den jemand ganz gezielt gestohlen haben. Jemand, der auch weiß, dass der Viereck dort im Klinikum liegt. Also mit wem hast noch darüber geredet, Oberberger?«

»Ja mei, Dimpfelmoser, des waren nicht viele, weil der Viereck des ja nicht wollte. Also der Gerlinde hab ich es erzählt, weil des ist halt eine ganz Fürsorgliche, Wunderbare, gell.«

Er strahlt die Gerlinde an, und die strahlt zurück. Hab ich da irgendwas verpasst? Ich muss schmunzeln, wie sie sich so gegenüberstehen. Die Gerlinde, ein Urgestein von einer Frau, und der Oberberger, der halt doch eher ein Krüsperl ist. Aber irgendwie funkt da was zwischen den beiden, so wie dich sich anschauen.

»Und der Reindl weiß Bescheid und der Huber.«

»Aha, und ihr zwei habt's des ansonsten niemandem erzählt?«

»Ich nicht, Dimpfelmoser, des kannst mir glauben.«

»Und i sowieso ned, weil des macht ma ja ned, dass ma so was weitererzählt«, erklärt die Gerlinde.

»Dann fragen mia halt den Reindl und den Huber. Und danach fahrt's gleich raus zum Angerer, das hat der Huber soeben bestimmt.«

Ich geh rüber zum Reindl und frage den, aber der schwört, dass er niemandem etwas vom Viereck erzählt hat. Bleibt also nur noch der Huber.

»Huber, haben'S mit jemand darüber geredet, dass der Viereck im Krankenhaus liegt?«

»Hm, ja, Dimpfelmoser. Das habe ich dem stellvertretenden Innenminister Meier-Höllrieser in dem Telefongespräch erzählt, als ich mich um einen Springer für den Herrn Viereck bemüht habe. Sie wissen ja selbst, dass da Beziehungen Gold wert sind, Dimpfelmoser. Da bekommt man halt schnell alles, was man braucht.«

»Aha, also der weiß Bescheid? Vielleicht hat der das dem Angerer erzählt, und der hat sich die Schlüssel besorgt? Wo die beiden doch so speziell miteinander sind«, kombiniere ich.

»Dimpfelmoser, da steigern'S sich aber in abenteuerliche Theorien hinein. Das erscheint mir doch etwas abwegig, aber vielleicht funktioniert halt Ihr Hirn doch noch nicht nach den Gesetzen der Logik, nach allem, was Sie durchgemacht haben. Vielleicht sollten'S doch lieber heimgehen.«

Da mich gerade eine Welle des Schwindels und der Übelkeit erfasst, setze ich mich widerspruchslos hin und halte den Mund. Soll er doch denken, was er will. Und wahrscheinlich ist es wirklich besser, wenn der Reindl mit den Kollegen rausfährt zum Angerer, und ich bleibe hier und koordiniere das Ganze mit dem Krintinger, weil der Huber ist da ganz schnell überfordert und achtet mehr auf seinen guten Ruf und dem seiner prominenten Spezis als auf die Fakten. Wir teilen die anwesenden Polizisten in Zweier-Teams ein, die losgeschickt werden, um die Bevölkerung zu befragen und um allen erfassten Personen, die mit Drogen auffällig geworden sind, einen Besuch abzustatten. Irgendwer muss ja was gesehen haben, wie der Vermummte raus ist mit den Gefangenen und wie die die Eva geholt haben. Und in der lokalen Szene muss doch irgendwer was von einer Lieferung Heroin im Wert von über einer Million Euro wissen.

Die Bereitschaftspolizei hat im Großraum Regensburg, Wörth, Straubing und Cham Straßenkontrollen eingerichtet und überprüft alle Autos, so dass es an manchen Stellen zu einem Verkehrschaos kommt, wie wir über Funk hören, aber bisher gibt es keine einzige Spur, weder von den Entführern und der Eva noch von der Marianne. Nach einer Stunde sind alle Teams unterwegs, und die ganze Maschinerie läuft in geordneten Bahnen. Ich nutze die Gelegenheit, um mich alleine an die Donau runterzusetzen. Da kann ich endlich einmal in Ruhe nachdenken. Plötzlich klingelt mein Handy.

»Xaver, ich wollt mich nur noch von dir verabschieden«, flüstert die Marianne. »Wir sehen uns in diesem Leben nicht mehr. Jetzt schließt sich der Kreis, der in unserer Kindheit begonnen hat.«

Sie legt einfach auf, ohne dass ich überhaupt irgendwas sagen kann. Dass sich die Marianne jetzt umbringen will, sickert brutal in mein Bewusstsein. Panisch denke ich immer wieder über den Satz meiner Schwester nach, dass sich der Kreis jetzt schließt, und plötzlich wird mir klar, wo die Marianne sich wahrscheinlich versteckt. Ich laufe schnell zurück zur Dienststelle und schnappe mir meinen Dienstwagen.

Zwanzig Minuten später stehe ich vor den niedergebrannten Überresten des Hungersackers. Der ist vor einem Jahr nach unserem letzten spektakulären Fall hier in Wörth von seinem damaligen Besitzer versehentlich abgefackelt worden. Ich habe als Kind hier mit meinen Eltern, der Marianne und der Eva in der bescheuerten Sekte leben müssen, bis die zwei an der Überdosis gestorben sind und die anderen allesamt nach Indien abgehauen sind. Nur uns Kinder haben sie mit den Toten zurückgelassen. Daher rührt auch mein gestörtes Verhältnis zu Nähe und zur Autorität, behauptet jedenfalls der Psychologenheini, zu dem mich der Huber mal eine Zeitlang geschickt hat. Von der Feuerwehr weiß ich, dass nur der alte Keller übriggeblieben ist, in dem wir damals ein paar Tage bei absoluter Dunkelheit mit den Leichen eingesperrt waren. Mit einem mulmigen Gefühl betrete ich die Treppe und gehe nach unten in die Dunkelheit. Eine Türe gibt es nicht mehr, und so betrete ich den Raum, in dem meine dunkelsten Alpträume ihren Ursprung haben. Im diffusen Licht, das von der Treppe in das Gewölbe hereinscheint, sehe ich im hintersten Eck die Marianne, die sich gerade eine Spritze in den Arm rammt und dann umkippt. Ich rufe sofort den Notarzt an und schleppe dann die Marianne nach oben.

Der Notarzt und schon wieder der Rindenacher sind nach ein paar Minuten da. Die sind wegen der Entführung auch alle in erhöhter Alarmbereitschaft.

»Ich glaub, die hat sich eine Überdosis Heroin gespritzt«, erkläre ich.

»Ich weiß nicht, ob wir sie durchbringen«, erklärt der
Notarzt und spritzt ihr was in die Ellenbeuge. »Vielleicht
hat sie Glück, und wir sind rechtzeitig gekommen, aber
ihr Puls flattert, und ihr Kreislauf ist dermaßen instabil, da kann ich für nichts mehr garantieren.«

Der Rindenacher spart sich diesmal seine blöden
Kommentare und braust mit der Marianne im Krankenwagen davon. Ich gehe noch mal in den Keller und hole
die Pistole und das Heroin. In dem Moment überkommt
mich eine dermaßene Sauwut auf meine Eltern, dass sie
uns Kindern das angetan haben. Nur weil sie den Verspre-
chungen des blöden erleuchteten Erwin hinterherrennen
mussten, von wegen Erleuchtung, kollektive himmlische
Liebe und so einen Schmarrn, haben die Eva, die Marianne und ich so einen Knacks weg, dass wir allesamt bis
heute nicht zu einem normalen Leben fähig sind. Ich
habe diese Riesenscheiße so was von satt. Und in dem Moment beschließe ich, dass ich auch so eine Therapie mache wie die Eva, wenn ich sie nur wieder heil zurückbe-
komme. Ich schmeiße die Tüte und die Waffe in mein
Auto und fahre wütend und frustriert zugleich zurück
nach Wörth.

Kapitel 11

Mittwoch, 18.00 Uhr

»Wir haben mit den Kollegen in Frankfurt Kontakt aufgenommen und wissen inzwischen, dass es tatsächlich Verbindungen hierher in das Umland von Regensburg gibt«, erklärt mir der Krintinger, nachdem wir die Fahndung nach meiner Schwester eingestellt haben.

»Die Kollegen haben die Wohnung vom Riebel durchsucht und sind da auf einen Aktenordner gestoßen, in dem der Riebel seine illegalen Aktivitäten dokumentiert hat. Warum er das getan hat, ist völlig unklar, vielleicht wollte er es als Druckmittel gegen die Frankfurter Drogenmafia verwenden oder gegen die eingeschleusten und inzwischen übergelaufenen Kollegen. Jedenfalls wusste er über alles genauestens Bescheid. Die Kollegen sagen, dass sie damit genug Material haben, um die Bande hochgehen zu lassen.«

»Und ist was dabei, was uns hier weiterhilft?«

»Nur der Vermerk, dass am letzten Samstag eine größere Menge Heroin hier im Umland übergeben werden sollte. Woher der Riebel die Infos hatte, darüber können wir momentan nur spekulieren. Die Polizei wusste bisher von den Verbindungen nichts.«

»Keine Namen, keine weiteren Hinweise?«

»Nichts, Dimpfelmoser, tut mir leid.«

»Da kommen wir wieder zurück zum Fundort der Leiche. Das kann kein Zufall sein.«

»Da stimme ich dir vollkommen zu. Deine Kollegen müssten auch gleich zurück sein, die haben vorhin angerufen. Vielleicht haben die was Brauchbares herausgefunden. Ich würde ja vorschlagen, dass wir uns einen Durchsuchungsbeschluss verschaffen und die Angermühle hochnehmen, aber der Huber sträubt sich nach wie vor dagegen.«

Der Huber ist ein elender Arschkriecher. Da vernagelt es ihm jedes Mal die ungetrübte Sicht, und er wird komplett inkompetent, wenn es um seine blöden Politikerfreunde geht. Das haben wir vor einem Jahr schon einmal erlebt, da hätten wir beinahe den Fall nicht lösen können, und wenn ich ihm damals nicht seinen Arsch gerettet hätte, dann wäre er schon längst kein Polizist mehr, aber daraus hat er halt wieder mal nichts gelernt, der Huber.

»Ein einziger Sündenpfuhl ist des. Wenn die keinen Dreck am Stecken haben, dann trinke ich nie wieder eine Maß«, erklärt der Oberberger, der gerade den Raum betritt.

»Wo hast den Reindl lassen?«

»Der ist noch drüben am Computer, weil mia ham da gerade recherchiert, nachdem mia beim Angerer waren und der uns hochkant rausgeworfen hat. Er will einen Durchsuchungsbeschluss, hat er gesagt, und dann wollte er seinen Hund auf uns hetzen, wie mia darauf bestanden ham, dass er uns seine Personalliste aushändigt.«

»Und habt's was rausgefunden?«

»Und ob, Xaver. Über den Angerer selbst gibt es nix

zu berichten, der scheint sauber zu sein. Aber dem seine Gattin, die ist in unseren Akten vermerkt. Und mit dem seinen Angestellten könntest ein ganzes Gefängnis vollkriegen.«

»Hast nicht gerade gesagt, dass euch der Angerer nix gegeben hat von seinen Unterlagen?«

»Gegeben nicht, Xaver«, strahlt er. »Aber in Anbetracht der ernsten Lage hab ich mir dann halt einfach was genommen. Ich bin ja direkt an dem seinen Regal gestanden, in dem die ganzen geschäftlichen Ordner sind. Und da lacht mich doch plötzlich einer mit der Aufschrift ›Personalakten‹ an. Nachdem der Angerer so in dem Streit mit dem Reindl vertieft war, hat der gar nicht bemerkt, dass ich den einfach mitgenommen hab.«

»Und habt's was, das uns weiterhilft?«

»Wie gesagt, dem seine Angestellten sind allesamt schon einmal wegen Drogendelikten auffällig gewesen, auch der Alois, der ja die Leiche beim Angerer gefunden hat. Es sind ein paar entlassene Sträflinge dabei, aber bei den meisten wurde das Verfahren eingestellt, weil ihnen nichts nachzuweisen war. Aber so eine Häufung kann kein Zufall sein. Die haben alle was mit Drogen zu tun.«

»Das müsste für einen richterlichen Beschluss reichen, wenn wir verschweigen, woher wir die Informationen haben«, meint der Krintinger.

»Drum sitzt der Reindl noch am Computer. Er holt sich die ganzen Informationen offiziell aus den abgespeicherten Polizeiakten, und mit denen können mia zum Richter gehen und den Beschluss holen.«

»Aber ich hab noch mehr Neuigkeiten, Dimpfelmoser«, strahlt mich der Oberberger an.

»Mach's halt nicht so spannend. Was hast noch rausgefunden?«

»Des findest in keinen Akten, Dimpfelmoser.«

Ich glaube, ich habe den Oberberger die ganzen Jahre
über noch nie so eifrig bei der Sache gesehen wie jetzt.

»Eine der Angestellten vom Angerer haben wir nirgends gefunden. Es gibt nur einen Hinweis, dass die aus
Frankfurt stammt. Mein bester Schulfreund, der Luck,
der hat nach Frankfurt geheiratet und sitzt da im Ein-
wohnermeldeamt. Den hab ich angerufen, und was
glaubst, was der mir gerade erzählt hat? Die Angestellte
ist die jetzige Frau vom Angerer. Die taucht nirgends auf,
weil die zwei Mal ihren Namen geändert hat. Der Luck
hat es in den Akten schnellstens nachrecherchiert. Und
jetzt wissen wir, dass die Frau Angerer auch kein unbe-
schriebenes Blatt ist.«

»Die ist aus Frankfurt?«

So langsam aber sicher wird es eng für den Angerer.

»Ja, dem Angerer seine Frau, die ist aus Frankfurt. Die
hat früher Helene Engelbrecht geheißen, später dann
Marlene Diebold. Ich hab da mal mit dem Reindl im
Computer nachgeschaut, und siehe da, als Helene Engelbrecht ist die keine Unbekannte. Die war früher im Drogenmilieu unterwegs und ist wegen illegalen Drogenbe-
sitzes und Drogenhandels vorbestraft. Ist alles schon
verjährt, aber vielleicht hilft uns des irgendwie weiter.«

»Ich kümmere mich sofort um den Durchsuchungsbeschluss, da kann sich der Huber auf den Kopf stellen«,
erklärt der Krintinger und hängt sich an sein Telefon.

»Saubere Arbeit, Oberberger. Hast dein Hirn doch
noch nicht ganz versoffen.«

Er versteht es zum Glück als Kompliment, so wie es

auch gemeint war. Hoffentlich macht er so weiter und säuft wirklich nicht mehr so viel. Und vielleicht besteht ja auch beim Viereck noch Hoffnung, wenn der aus seinem Entzug zurückkommt. Ich überlege kurz, und nachdem der Reindl eh grad nicht da ist, fasse ich einen Entschluss.

»Oberberger, magst vielleicht mit rausfahren zur Angermühle und die werten Herrschaften mit befragen? Den Beschluss reichen wir dann halt nach, aber ich mag nicht noch mehr Zeit verlieren.«

»Ja klar komm ich mit, Dimpfelmoser. Des freut mich riesig, dass du mich endlich auch einmal mitnimmst und mich nicht immer nur die Drecksarbeit machen lässt.«

Also starten wir los und fahren gemeinsam raus zur Angermühle. Ich überlege, wie viele Jahre ich schon mit dem Oberberger zusammenarbeite. Eigentlich kenne ich ihn und den Viereck gar nicht wirklich. Ich hab keine Ahnung, was die beiden in ihrem Privatleben außer saufen die ganzen Jahre getrieben haben, seit wir hier in Wörth zusammenarbeiten. Natürlich bin ich der Hauptkommissar und sie sind die Stadtpolizisten, aber nachdem wir eh nur zu viert sind, frage ich mich, warum ich mich nie mehr für meine Kollegen interessiert habe. Den Reindl hab ich besser kennengelernt, mit dem arbeite ich seit seiner Versetzung zu uns auch sehr eng zusammen, und wir haben schon einiges zusammen erlebt. Aber wenn ich ganz ehrlich bin, dann kenne ich den auch nicht richtig. Wir reden eigentlich immer nur über dienstliche Sachen oder eben über seine Frauengeschichten. Aber viel mehr weiß ich auch von ihm nicht.

Draußen in der Angermühle treffen wir zunächst nur den Gärtner an. Der ist wegen Heroinhandels vorbestraft und auf Bewährung raus, wie uns der Reindl telefonisch mitgeteilt hat. Irgendwie ist das ein komisches Golf-Hotel, weil hier irgendwie nie viel los ist, wenn ich rauskomme. Da fragst dich schon, wie sich so ein exklusiver Laden überhaupt halten kann, wenn nie jemand da ist.

»Du bist der Mindelsheimer?«, beginne ich die Befragung. »Und dass das klar ist, du bist auf Bewährung. Wennst nicht ehrlich bist zu uns, dann nehm ich dich gleich mit.« Der Mann ist ziemlich nervös und beginnt zu schwitzen. Er dreht seine Schaufel hin und her, und seine Augen flackern.

»Ich habe meine Strafe abgesessen, da können'S mir nicht so kommen«, versucht er es unsicher, aber da erwischt er mich momentan auf dem falschen Fuß. Hier geht es um das Leben von der Eva, und da bin ich dann nicht mehr zimperlich. Also packe ich ihn am Kragen, dass er vor Schreck seinen Spaten fallen lässt.

»Xaver, halt ihn fest, dann schauen mia einmal, wie sauber der ist«, erklärt der Oberberger und schiebt ihm die Ärmel von seinem Hemd hoch. Tatsächlich zeigen sich da ein paar neue Einstichstellen.

»Da schau her, bist schon wieder auf Drogen?«, lacht er ihn an. »Da ist deine Bewährung halt jetzt hinfällig, gell.«

Das klappt ja prima mit dem Oberberger. Da brauch ich gar nix sagen, so wie der gleich mit dem Mindelsheimer umgeht.

»Also, du erzählst uns so unter Freunden einmal alles, was du über den Angerer und seine Gattin weißt. Und warum hier lauter Kriminelle arbeiten, des würd uns auch interessieren.«

»Ich bin noch nicht lange hier. Ich weiß nicht viel. Der Angerer stellt nur Leute ein, die einmal wegen Drogen mit dem Gesetz in Konflikt waren. Er ist ja offiziell so ein Bewährungshelfer, damit man wieder in die Gesellschaft eingegliedert wird.«

»Bewährungshelfer? Oberberger, habt's da was darüber gefunden?«

»Nicht dass ich wüsste, aber ich frag den Reindl, der soll das gleich prüfen.«

»Dann erzähl uns, was du weißt, dann drücken wir vielleicht ein Auge zu«, wende ich mich wieder an den Mindelsheimer.

»Nun ja, man sieht halt so einiges, nicht wahr? Ich habe beobachtet, dass der Herr Angerer viel außer Haus ist. Und die Frau Angerer, die trifft sich öfters mit dem Herrn Meier-Höllrieser auf ein Schäferstündchen, das habe ich vom Garten aus schon mehrmals gesehen. Aber der Herr Angerer weiß das. Ich habe da zufällig während meiner Arbeit ein Gespräch mitbekommen, wo sie darüber geredet haben.«

»Also, damit ich des richtig verstehe, die Frau vom Angerer hat ein Verhältnis mit dem Meier-Höllrieser, dem stellvertretenden Innenminister? Und der Angerer weiß davon und lässt seine Frau einfach gewähren?«

»So würde ich das sehen, ja. Ich bin seit vier Wochen hier, und da hab ich den Herrn Meier-Höllrieser drei Mal mit der Frau Angerer zusammen gesehen.«

»Woher weißt des so genau? Spionierst hier heimlich rum?«

»Ich bin der Gärtner«, erklärt er, »da bin ich die ganze Zeit um das Haus herum, und da krieg ich so einiges mit, was nicht für meine Augen bestimmt ist.«

»Und woher hast die Drogen, die du dir da spritzt?«

Er druckst rum, das ist ihm irgendwie doch wieder peinlich.

»Woher?«

»Die Frau Angerer hat sie mir gegeben.«

»Die Frau Angerer?«

Das glaub ich einfach nicht. Die Frau Angerer verteilt Drogen an die Mitarbeiter ihres Mannes.

»Wo hat die das Zeug her, weißt da auch was?«

»Angeblich kommt das aus Frankfurt, aber das ist nur so ein Gerücht, das ich aufgeschnappt habe.«

»Du, der Angerer ist kein Bewährungshelfer. Er ist jedenfalls nirgendwo als solcher eingetragen«, mischt sich der Oberberger ein, der sein Telefonat inzwischen beendet hat.

»Er hat mich aber direkt nach meiner Entlassung aus dem Gefängnis abgeholt und mir einen offiziellen Brief gezeigt, dass er anstelle meines ursprünglich vorgesehenen Bewährungshelfers einspringt, weil der krank geworden und nicht arbeitsfähig ist.« Allmählich wird es wirklich interessant. Dem Angerer seine Frau verteilt Drogen, der Angerer gibt sich als falscher Bewährungshelfer aus, lauter Angestellte, die mit dem Drogenmilieu zu tun haben, und Sex mit dem stellvertretenden Innenminister. Da legst dich glatt nieder, aber dafür ist leider keine Zeit, um das alles in Ruhe zu verdauen.

»Ist hier eigentlich immer so wenig Betrieb?«, frage ich weiter.

»Die letzten vier Wochen hat eigentlich nur das Treffen wegen der schärferen Vorgehensweise gegen die Drogenkriminalität stattgefunden. Ansonsten waren keine Gäste hier.«

»Weißt zufällig, wo der Angerer und dem seine Frau sind?«

»Da muss ich leider passen. Die verschwinden immer wieder mal für ein oder zwei Tage. Und die restlichen Angestellten sind auch selten hier. Ich habe nur gesehen, wie der Herr Angerer vorhin in sein Auto gestiegen und weggefahren ist.«

Mein blödes Handy klingelt. Es ist das Krankenhaus. Die Marianne ist stabil und ansprechbar. Sie will unbedingt mit mir sprechen. Mir fällt ein ganzer Felsblock vom Herzen, dass die Marianne noch lebt.

»Also, Mindelsheimer. Wir drücken erst mal ein Auge zu wegen deiner Bewährung. Dafür rufst mich sofort an, wenn der Angerer hier auftaucht. Und kein Wort zu ihm. Und überleg dir einmal, ob du nicht gleich wieder hier verschwindest und einen Entzug machst, weil hier beim Angerer, da kannst darauf warten, dass du wieder im Gefängnis landest.«

Diesmal hat der Rindenacher die Marianne im Krankenhaus in Wörth abgeliefert, damit sie stabilisiert wird. Von hier aus soll sie nach Regensburg ins Klinikum verlegt werden. Aber zuvor will sie unbedingt mit mir sprechen. Ich schicke den Oberberger zurück zur Einsatzzentrale. Mit einem Kloß im Hals betrete ich das Krankenzimmer. Die Marianne schaut mich mit großen Augen an und ist so schwach, dass sie nicht einmal den Arm heben kann.

»Es tut mir leid«, flüstert sie, als ich an ihrem Bett sitze.

Ich kriege erst einmal kein Wort heraus, weil sie so erbärmlich ausschaut und ich halt so gar nix für sie tun kann, außer dazusitzen und ihre Hand zu halten.

»Xaver, ich erzähl dir die ganze Wahrheit, weil für mich ist eh alles egal. Was soll dieses Scheißleben ohne die Juliane? Mit ihr hätt ich mir einen Neubeginn in Südamerika noch vorstellen können, ein Leben ohne Drogen, aber jetzt? Was soll ich noch so alleine hier auf der Welt?«

Mich zerreißt es fast innerlich, und meine Augen werden feucht, aber ich entscheide mich, ihr erst einmal nichts davon zu sagen, dass die Juliane noch lebt. Bisher ist immer noch nicht klar, ob sie überlebt, und da will ich keine falschen Hoffnungen wecken.

»Wir haben das Heroin aus einem Geheimversteck der Mafia gestohlen. Das war in einer alten Lagerhalle in Frankfurt, und da lag direkt daneben ein Toter mit einem Messer im Herz. Den haben die Killer von der Mafia da wohl abgelegt, um ihn später verschwinden zu lassen. Wir haben uns gleich in der Lagerhalle einen Schuss gesetzt und sind dann hierher, um das Zeug dem Angerer zu verkaufen. Der organisiert hier für die Frankfurter den lokalen Drogenhandel. Wir haben uns draußen im alten Lubiger-Hof einquartiert und den Angerer ein paar Tage beobachtet. Dann haben wir Kontakt zu ihm aufgenommen und uns am nächsten Abend mit ihm getroffen. Wir haben mit ihm verhandelt, aber irgendwie wusste der Angerer, dass es sich um das gestohlene Heroin handelt, das er eh von den Frankfurtern kaufen wollte. Er hat den Spieß dann umgedreht und wollte uns erpressen. Er hat gedroht, wenn wir es ihm nicht für einen Bruchteil des Wertes überlassen, dann verrät er uns an die Frankfurter Drogenmafia. Wir haben gesagt, dass wir es uns überlegen, aber er hat uns belogen, weil er uns schon längst verraten hatte. Als wir seinen Keller, in dem wir uns getroffen hatten, verlassen wollten, standen plötzlich drei Männer von der Mafia vor uns. Die Juliane hat sofort geschossen und einen der Killer mit einem Kopfschuss getötet. Aber die anderen beiden Männer haben sie überwältigt. Ich hab mir das Heroin geschnappt und bin nach Wörth abgehau'n. Da hab ich es erst einmal in der Kirche versteckt und dort im Beichtstuhl übernachtet.«

»Warst während der Messe auch im Beichtstuhl?«

»Wo hätte ich denn hinsollen? Ich bin aufgewacht, da hat die Messe schon angefangen. Ich bin im Beichtstuhl geblieben und hab danach nach dir gefragt. Da wurde ich dann ins Wirtshaus geschickt, weil du da ja wohl jeden Sonntag um die Zeit bist.«

Mein Hirn rattert auf Hochtouren, während die Marianne leise und stockend erzählt. Warum hat der Angerer die Leiche dann nicht einfach verschwinden lassen? Warum der ganze Aufwand mit der polizeilichen Untersuchung, die der Huber gleichzeitig wieder verboten hat? Wenn das stimmt, was die Marianne erzählt, dann tun sich mal wieder Abgründe auf. Was hat der stellvertretende Innenminister mit dem Ganzen zu tun? Wie hat es der Angerer geschafft, dass er als Ehrenmann dasteht und bei ihm, in der Höhle des Löwen, die Konferenz zur Verschärfung der Gesetze zur Drogenkriminalität stattfindet?

Gleichzeitig bin ich fassungslos über so viel Naivität. Die zwei haben ernsthaft geglaubt, sie könnten sich mit der Drogenmafia anlegen und einfach so die Drogen, die sie denen gestohlen haben, an einen Geschäftspartner von denen weiterverkaufen.

»Marianne, bist sicher, dass es der Angerer ist, der hier den Drogenverkauf organisiert?«

Wenn das stimmt, aber inzwischen deutet ja immer mehr darauf hin, dann ist die Marianne eine wichtige Kronzeugin gegen den Angerer und schwebt somit in höchster Lebensgefahr. Jetzt ist mir auch klar, warum der Todesholler sie schon im Regensburger Klinikum erschießen wollte.

»Absolut, Xaver. Ich habe sogar noch ein paar schriftliche Aufzeichnungen vom Riebel, die die Juliane ihm gestohlen hat. Über die sind wir ja erst auf die ganze Sache gekommen.«

»Wo sind die?«

»Ich hab sie im Beichtstuhl unter einem der Fußbodenbretter versteckt, wie ich das Heroin deponiert habe.«

»Wie bist eigentlich aus dem Keller in der Kirche rausgekommen?«

»Die Juliane hat mich rausgelassen. Sie ist ja aus dem Krankenhaus weg und gleich nach Wörth. Und da hat sie zufällig ein Gespräch vom Opa und dem Pfarrer belauscht, die über den Keller in der Kirche und die Gefangenen darin geredet haben. Da ist sie los und hat mich rausgeholt.«

»Marianne, ich sorg dafür, dass du beschützt und bewacht wirst, und dann machst einen Entzug. Der Opa und die Oma und die Eva und ich, wir sind doch für dich da. Da musst nicht alleine durch, wir helfen dir, wo wir können.«

»Xaver, ich brauch keine Hilfe. Ich hätte die Juliane gebraucht, aber die find ich nur noch im Reich der Toten.«

Die Marianne, die hat mit ihrem Leben gänzlich abgeschlossen, richtig gruselig ist das, wie sie so redet. Hoffentlich fängt sie sich noch einmal. Ich könnte es mir nie verzeihen, wenn sie sich was antut und ich ihr tatsächlich nicht mehr helfen kann.

»Marianne, ruh dich erst einmal aus. Wir reden über alles, wenn es dir bessergeht.«

Nachdem ich ihr Zimmer verlassen habe, rufe ich gleich im Klinikum Regensburg an und lasse mich mit dem behandelnden Arzt von der Juliane verbinden. Vielleicht gibt es da ja was Neues. Und tatsächlich hat sich der Zustand von der Juliane so weit stabilisiert, dass sie außer Lebensgefahr ist. Ich überlege kurz, dann gehe ich noch mal zur Marianne rein.

»Marianne, ich muss dir was sagen. Die Juliane ist nicht tot. Die liegt im Klinikum in Regensburg, und gerade hab ich erfahren, dass sie ziemlich wahrscheinlich überleben wird.«

Sie schaut mich mit großen Augen an, dann laufen ihr Tränen übers Gesicht.

»Xaver, das ist die schönste Nachricht seit Jahren«, flüstert sie. »Vielleicht wird ja doch noch alles gut.«

Ich bin mir da nicht so sicher, aber vielleicht gibt es der Marianne ihren Lebenswillen zurück, wenn die Juliane weiterlebt. Als Nächstes rufe ich den Huber an, dass der gleich ein paar Mann zur Bewachung herschickt, die den Transport von der Marianne ins Klinikum begleiten und für ihre Sicherheit sorgen.

Dann fahre ich zur Kirche und such im Beichtstuhl nach den angeblichen Dokumenten, die den Angerer belasten könnten, aber leider sind sie verschwunden oder waren auch niemals dort, so sicher bin ich mir da momentan nicht mehr.

Da fällt mir ein, dass ich ja noch ein ernstes Wort mit dem Pfarrer reden muss wegen dem seinem neuen Hobby.

Es geht halt einfach nicht, dass der sich wie ein wildgewordener Sheriff gebärdet und mit scharfen Waffen als
Zivilist durch die Gegend rennt. Also suche ich in der Sakristei nach ihm, aber ganz gegen seine sonstigen Gewohnheiten sitzt er nirgendwo rum. Ich beschließe, rüber
ins Pfarrhaus zu gehen.

Gerade als ich an die Türe klopfen will, fällt drinnen
ein Schuss. Das darf ja wohl nicht wahr sein, macht der
Pfarrer am helllichten Tag Schießübungen in seinem
Haus? Ich ziehe meine Pistole und schleiche mich lautlos
um das Pfarrhaus herum. Gerade als ich die Terrassen-
türe erreiche, die offen steht, fällt der nächste Schuss.
Leider kann ich nichts sehen, aber das macht mir gar nix
aus. Mit einem gekonnten Hechtsprung lande ich im
Wohnzimmer und suche hinter der Couch Deckung.

»Waffe weg«, brülle ich, »und Hände hoch, so dass ich
sie sehen kann!«

Der Pfarrer, der auf dem Sessel sitzt, reißt seine Arme
hoch, und tatsächlich hält er in einer Hand eine Pistole.
Die Schüsse sind allerdings nicht aus seiner Waffe, sondern aus dem Lautsprecher gekommen, weil sich der Pfarrer irgend so einen blöden Hörkrimi im Radio anhört. Wie
ich den Pfarrer so sehe, muss ich doch grinsen, obwohl mir
gar nicht danach zumute ist. Aber er schaut halt zu deppert aus in seinem Aufzug. Hat er doch tatsächlich schon
wieder seine schwarzen Klamotten an. Dazu hat er sich
einen Cowboyhut aufgesetzt und sich wie im Fasching
einen künstlichen Oberlippenbart aufgeklebt. Um seine
Hüften baumelt ein Pistolenhalfter, den er sich in Wild-
westmanier an seinem Oberschenkel festgebunden hat.

»Pfarrer, hast um diese Zeit nicht eigentlich Beicht-
stunde drüben in deiner Kirche?«

»Da kommt doch eh keiner. Und wenn doch, dann wissen meine Schäfchen ja, wo sie mich finden«, erklärt er ernsthaft.

»Eberdinger, wenn dich jemand aus der Gemeinde so sieht, dann ist es endgültig vorbei mit deiner Autorität als Pfarrer, des ist dir hoffentlich klar.«

Er schaut an sich hinunter und schüttelt verwundert den Kopf.

»Was gefällt dir nicht an meinem neuen Look?«

»Eberdinger, von mir aus rennst in Frauenröcken rum, des ist mir wurscht. Aber mit einer Waffe, des geht halt gar nicht. Da gibt es Gesetze, und an die musst du dich halt auch halten.«

»Gesetze, Gesetze«, äfft er mich nach. »Da draußen laufen Kriminelle rum. Da hat man als normaler Bürger schon Angst, wenn die Herrn Polizisten das nicht alleine gebacken bekommen. Da hast ja wohl noch das Recht, dich zu verteidigen.«

Der sture Saukopf hat halt leider auch nichts dazugelernt. Das ist beim letzten Mal schon völlig eskaliert, als er das Gesetz selbst in die Hand nehmen wollte und eine Bürgerwehr gegründet hat. Also springe ich auf ihn zu und entwinde ihm seine Waffe. Im Gerangel löst sich ein Schuss, und sein schöner Kronleuchter segelt auf den Boden.

»Dimpfelmoser, den musst mir ersetzen, dass das klar ist. Das ist Eigentum der Kirche.«

»Gar nix ersetz ich dir.«

Ich zieh ihn an seinem Haarschopf und seinen Kopf nach hinten, so dass er sich fast nicht mehr rühren kann.

»Eberdinger, hast noch mehr von den Waffen hier?«

»Wenn du meine Waffensammlung sehen willst, dann

brauchst ja nicht gleich so grob werden, gell«, ereifert er sich. »Komm mit in mein Schlafzimmer, dann zeig ich dir meine Sammlung.«

Er öffnet eine Truhe, und mir springen gleich meine Augen aus dem Kopf. Hat der Pfarrer völlig ungesichert da drinnen drei Pistolen und eine Maschinenpistole liegen. Ich begutachte das Arsenal etwas genauer. Alle sind scharf geladen, und in der Kiste liegt schachtelweise Munition rum.

»Ist alles beschlagnahmt, Pfarrer«, erkläre ich.

»Ich habe einen Waffenschein dafür«, entrüstet er sich.

»Und ich sorge dafür, dass du den abgeben musst. Du kannst doch nicht einfach scharfe Waffen in so einer Truhe lagern. Die müssen in einen Waffenschrank, und die Ladung muss raus. Das ist grob fahrlässig, und dass du nicht mit Waffen umgehen kannst, sondern damit nur größenwahnsinnig wirst, hast uns ja wieder einmal eindrücklich bewiesen. Du bist kein Hilfssheriff oder so was, sondern der Pfarrer. Mensch Eberdinger, wie ein kleines Kind! Ich hab echt was Wichtigeres zu tun, als mich mit dir hier zu streiten.«

Und dann fällt mir noch ein, was die Marianne gesagt hat.

»Du, und in deinem Beichtstuhl, hast da nicht zufällig auch noch was gefunden?«Er wird gleich ganz kleinlaut, der Pfarrer. Er probiert es zwar immer wieder, aber im Lügen ist er einfach ganz schlecht. Das wäre ja auch noch schöner. Der soll zeitlose Wahrheiten predigen und nicht lügen, der Eberdinger.

»Wo ist es?«

Er holt aus seinem Nachttisch ein paar Zettel hervor und übergibt sie mir kleinlaut.

»Des nennt man Unterschlagung von Beweismaterial«, erkläre ich ihm. »Damit hast unsere Ermittlungen behindert, und dafür könnt ich dich ins Gefängnis bringen, Eberdinger.«

Jetzt ist er ganz still. Ich packe die Zettel ein und nehme gleich seine ganze Truhe mit.

»Die kannst dir bei uns drüben bei Gelegenheit abholen, Pfarrer. Und wenn du nicht aufhörst, Sheriff zu spielen, dann sperr ich dich ein, hast mich verstanden?«

»Dimpfelmoser, ja. Du bist ein richtiger Spielverderber. Endlich hat es mal wieder Spaß gemacht hier, in dieser tristen, gottlosen Gemeinde. Aber du vergönnst einem halt gar nichts.«

Ich bringe die Waffen schnell in die Dienststelle und sperre sie in die Waffenkammer. Auf der Straße holt mich dann der Fall wieder mit voller Wucht ein, während ich rübergehe in die Einsatzzentrale.

Beim Schorsch ist es brechend voll, weil inzwischen auch der Heulerich mit seinen Männern eingetroffen ist. Er soll die Durchsuchung der Angermühle organisieren. Von der Eva fehlt nach wie vor jede Spur.

»Ist der Durchsuchungsbeschluss vom Richter schon da?«, will ich wissen.

»Dimpfelmoser, lass uns nur machen. Du brauchst dich um nichts kümmern, wir übernehmen das. Da müssen Spezialisten ran, das ist nichts für so einfache Polizisten vom Dorf.«

Der Heulerich kann es halt einfach nicht lassen. Bei jeder Gelegenheit wird er zum überheblichen Gockel und gebärdet sich in seiner Alphamännchen-Manier wie ein Gorilla.

»Du brauchst mir auch nichts mehr erzählen, das hat der Oberberger schon getan. Ich weiß alles, was ich wissen muss.«

»Heulerich, ich ...«

»Dimpfelmoser, kapier es halt endlich einmal. Die Welt dreht sich nicht nur um dich. Du gehst jetzt heim und ruhst dich aus. Wir erledigen das, und in ein paar Stunden hast deine Eva wieder. Die finden wir sicher irgendwo beim Angerer draußen.«

»Woher willst wissen, dass du die Eva da findest? Der wär schön blöd, wenn er sie da gefangen hält.«

Er schaut mich an, als hätte er es mit einem Volldeppen zu tun.

»Ja wo soll er sie denn sonst haben?«

Kopfschüttelnd lässt er mich einfach stehen und stolziert nach vorne, wo der Reindl einen Computer und einen Beamer aufgebaut hat. Er drückt ein paar Tasten, und an der Wand erscheint ein Luftbild von der Angermühle.

»Männer«, brüllt er, »das ist unser Objekt. Schwierig zu sichern, weil nach allen Seiten vollkommen offen. Aber für uns ist das natürlich kein Problem. Wir greifen den Feind von allen Seiten gleichzeitig an. Wir brauchen das Überraschungsmoment, weil dort eine Geisel gefangen gehalten wird. Und die befreien wir unversehrt, damit das klar ist.«

Während der Heulerich sich vorne in Pose wirft und weiter seinen Plan zur Stürmung der Angermühle erklärt, lese ich mir den richterlichen Beschluss durch. Da steht aber halt gar nichts von einer Erstürmung, sondern nur von einer offiziellen Durchsuchung des Anwesens. Aber dass das den Heulerich nicht interessiert, wenn er Rambo spielen will, war eigentlich zu erwarten.

»Dimpfelmoser, Sie halten sich raus, dass das klar ist.«

Unbemerkt hat sich der Huber an mich herangeschlichen.

»Huber, wissen'S schon, dass der Heulerich mal wieder maßlos übertreibt.«

»Der Mann weiß, was er tut. Ganz im Gegensatz zu Ihnen, Dimpfelmoser. Sie gehören zu einem Arzt, anstatt hier mitzumischen.«

»Des haben wir doch schon besprochen, Huber. Sie müssen mich erschießen oder verhaften, dann halt ich mich raus. Ansonsten bleib ich dabei, und zwar so lange, bis die Eva gefunden ist.«

»Dimpfelmoser, ich kann es immer noch nicht glauben. Der Herr Angerer ein Drogenmafiosi? Der verkehrt doch in den höchsten Kreisen unserer Gesellschaft.«

»Legen'S da jetzt immer noch Ihre Hände für den Angerer ins Feuer, so wie'S des gesagt haben, wie mia die Leiche gefunden haben? Da hätten'S sich jetzt aber ganz schön Ihre Hände verbrannt, Huber.«

»Dimpfelmoser, des brauchen'S doch nicht so wörtlich nehmen. Vergessen'S des jetzt einfach einmal.«

»Und die Verbindungen vom Herrn Angerer zum stellvertretenden Innenminister? Huber, stellen Sie sich den Skandal vor, wenn der da auch verstrickt ist.«

»Daran habe ich noch gar nicht gedacht, Dimpfelmoser. Da kann ja auch mein Ruf einen Schaden nehmen, wenn da wirklich was dran ist. Ich war es ja schließlich, der die letzte Konferenz wegen der Drogenkriminalität beim Herrn Angerer organisiert hat.«

»Und was wollen'S tun, wenn des alles wirklich stimmt, Huber?«

»Dimpfelmoser, ich weiß es noch nicht. Ich rufe jedenfalls gleich den Landrat Hinterbirner an, um mich mit ihm zu besprechen.«

»Des lassen'S lieber bleiben, Huber. Weil der Landrat telefoniert dann sicher gleich mit dem stellvertretenden Innenminister. Und wenn der Dreck am Stecken hat, dann ist er ja vorgewarnt, und dann sind Sie schuld, wenn der Beweise vernichtet oder seine Kontakte spielen lässt und unsere Ermittlungen ins Leere laufen. Solange wir die Eva nicht haben, stellen'S halt einmal Ihren Ruf hintenan, Huber. Bitte!«

»Nun gut, Sie haben ja recht. Wir wollen ja keine Menschenleben gefährden«, tut er ganz gönnerisch, das alte Arschloch.

Inzwischen ist der Heulerich fertig mit seinen Ausführungen, und alle machen sich bereit zum Abmarsch, um die Angermühle zu erstürmen. In bester Heulerichmanier fliegen Blendgranaten und Rauchbomben, und innerhalb von fünf Minuten ist tatsächlich das ganze Gelände gesichert. Der ganze Einsatz läuft diesmal völlig fehlerfrei und präzise ab, das muss ich dem Heulerich anerkennend zugestehen. Bis auf den Gärtner ist aber leider immer noch niemand anwesend.

»Wo sind sie?«, brüllt ihn der Heulerich an. »Ich schlag dir deine Fresse ein, wenn du nicht sofort damit rausrückst.«

Der arme Mann weiß gar nicht, wie ihm geschieht.

»Heulerich, lass gut sein«, greife ich ein. »Du hast deinen Job super gemacht, und jetzt sucht's weiter jeden

Zentimeter hier ab nach der Eva. Irgendwo muss sie ja sein.«

Der nickt nur und verschwindet, ohne dass er noch einen weiteren blöden Kommentar loslässt. Die Anspannung wegen der Geisel geht halt an niemandem spurlos vorüber, auch am Heulerich nicht.

»Da hättest nicht damit gerechnet, dass mir uns so schnell wiedersehen?«, wende ich mich an den Mindelsheimer, der immer noch völlig verängstigt an der Wand steht, an die ihn der Heulerich gedrückt hat, um ihn nach Waffen zu durchsuchen.

»Also Mindelsheimer, jetzt rufst den Angerer an, dass der sofort herkommt. Aber du sagst ihm kein Wort von der Aktion. Sag ihm, dass der Keller überflutet ist oder so was. Hauptsache, der kommt.«

Ich geb ihm mein Handy, und er ruft den Angerer an. Der ist wohl ganz in der Nähe, jedenfalls taucht er eine Viertelstunde später auf. Die Männer vom Heulerich lassen ihn auf den Hof fahren, und dann wird er sofort überwältigt und in Handschellen gelegt.

»Servus, Sigi, hier bin ich wieder«, begrüße ich ihn.

»Was soll das Ganze? Ich werde mich an höchster Stelle beschweren, da kannst aber Gift darauf nehmen, Xaver.«

Der Huber, der Feigling, hält sich dezent im Hintergrund, damit ihn der Angerer ja nicht sieht. Also bleibt die ganze Arbeit wieder an mir hängen, weil auch der Krintinger weit und breit nicht zu sehen ist.

»Sigi, mia ham hier einen Durchsuchungsbeschluss für dein Anwesen.«

Ich halte ihm den Schrieb unter die Nase. Er liest sich alles durch, dann strafft er sich.

»Ich habe keine Ahnung, was ihr hier sucht, aber natürlich helfe ich euch, wo ich nur kann. Sag mir einfach, was ihr braucht.«

Aha, geht doch. Aber irgendwie irritiert mich das schon, dass der Sigi überhaupt nicht nervös ist.

»Sigi, die Eva wurde entführt, und du bist beschuldigt worden, dass du was damit zu tun hast«, probiere ich mein Glück.

»Eva, wer ist des?«, tut er ganz unwissend, obwohl er genau weiß, von wem ich rede. »Wer behauptet so was? Das ist übelste Verleumdung, da kannst dich darauf verlassen, dass ich den Lügner verklagen werde.«

»Weiter wissen mia, dass du in illegale Drogengeschäfte verwickelt bist. Das haben Zeugen bestätigt.«

»Xaver, auch dagegen werde ich vorgehen, weil da beschmeißt mich wer mit übelstem Dreck. Das alles ist überhaupt nicht wahr. Ich bin ein seriöser Geschäftsmann, und mit solchen Machenschaften habe ich nichts zu tun. Ich will meinen Anwalt sofort hier dabeihaben, bis dahin sage ich kein Wort mehr.«

»Gehen mia in dein Büro, da kannst ihn anrufen. Und dann gibst uns gleich die Schlüssel für deine Schatzkammer, weil die müssen mia auch durchsuchen.«

Wortlos folgt er mir und bestellt seinen Anwalt her. Ich glaub es ja nicht, als ich den Namen höre. Es ist tatsächlich der Rohrstopfer, dieser schleimige Paragrafenfuzzi, mit dem ich es schon im letzten Fall zu tun hatte.

»Du, und dass deine Frau Heroin an deine Angestellten verteilt ...«, versuche ich es weiter.

Er schweigt einfach und grinst mich siegessicher an.

»Und dass es deine Gattin mit einem jeden treiben will ...«

Auch hierzu schweigt er. Also setze ich mich ihm gegenüber und starre ihm genauso in seine blöde Fresse, wie er zu mir rüberschaut. Innerlich zerreißt es mich fast. Wenn wir wirklich den Falschen haben? Wer hat dann die Eva? Wer ist der Entführer? Mir läuft langsam, aber sicher die Zeit davon.

»Sigi, bitte, wenn du die Eva hast, dann sag mir, dass sie noch lebt«, probiere ich es, aber sein Gesicht bleibt unbewegt.

»Xaver, das ist tragisch, aber ich kann dir halt nicht helfen«, erklärt er.

Endlich trifft der Rohrstopfer ein. Er ist genauso erfreut über unser Wiedersehen wie ich. Unsere letzten Begegnungen waren ziemlich schmerzhaft für ihn, weil er sich an der Klingel unseres Reviers seinen Finger zerstört hat und überhaupt der ganze Fall sehr unerfreulich war.

»Servus, Rohrstopfer, wie geht es dem werten Finger?«, frage ich höflich, nicht dass unsere erneute Begegnung gleich wieder in falsche Bahnen gerät.

»Meinem Finger geht es blendend. Ihrer Klingel hoffentlich auch. Aber deswegen sind wir nicht hier. Zeigen Sie mir Ihren Durchsuchungsbeschluss.«

Ich gebe ihm den Wisch. Endlich taucht auch der Krintinger auf. Der leitet ja eigentlich die ganze Aktion, und ich bin nur hier, weil mich der Huber sonst erschießen müsste. Der Rohrstopfer liest sich alles in Zeitlupentempo durch.

»Worauf begründet sich Ihr Verdacht gegen meinen Mandanten?«

»Wir haben Zeugenaussagen, und unsere Ermittlungen legen den begründeten Verdacht nahe, dass der Herr

Angerer in illegale Heroingeschäfte und in eine Entführung verwickelt ist.«

Der Rohrstopfer nickt langsam.

»In Ordnung, wir werden mit Ihnen unter Protest zusammenarbeiten. Der Herr Angerer hat nichts, aber rein
überhaupt nichts zu verbergen. Und natürlich werde ich
die Preisgabe der Identität Ihrer Zeugen beantragen und
gerichtlich gegen diese vorgehen wegen übelster Verleumdung.«

Der Sigi sperrt uns also seine heiligen Weinhallen
auf, aber von der Eva ist nichts zu sehen. Die Männer
vom Heulerich nehmen sämtliche Akten mit. Der Sigi
gibt dem Reindl das Passwort zu seinem Computer, aber
nach einer halben Stunde schüttelt der nur den Kopf.

»Nichts, was uns weiterhilft. Wir geben den Computer dem Mühlbauer mit, vielleicht findet der was.«

Die ganze Aktion läuft völlig ins Leere. Der inzwischen eingetroffene Mühlbauer nimmt mit seinem Team
überall Proben, die Männer vom Heulerich durchkämmen jeden Winkel des Anwesens und des Geländes, und
eine Hundestaffel sucht nach der Eva. Der Krintinger
nimmt den Angerer und den Rohrstopfer mit, um die
Aussage vom Angerer in einem Verhörraum aufzuneh-
men. Endlich kriecht auch der Huber wieder ans Licht.

»Wo waren'S denn, Huber?«, kann ich mir nicht verkneifen. »Haben'S Dünnschiss, oder warum waren'S
plötzlich verschwunden?«

»Ähem, Dimpfelmoser, ich muss doch sehr bitten. Ich
habe mich halt an der Durchsuchungsaktion beteiligt.
Ich als ranghöchster Beamter vor Ort muss halt manchmal mit gutem Beispiel vorangehen, um die Männer zu
motivieren.«

Ich lasse ihn einfach stehen, die alte Schleimsau, und setze mich auf eine Bank am Golfplatz, um in Ruhe nachzudenken.

Kann es sein, dass mich alle angelogen haben und der Angerer wirklich nicht unser Mann ist? Unsere ganze Aktion beruht auf den Aussagen vom Riebel, der inzwischen tot ist, auf den Äußerungen meiner Schwester, die schwer drogenabhängig ist und ständig lügt, und auf den Äußerungen vom Gärtner, der ebenfalls schon wieder an der Nadel hängt. Kann es sein, dass ich diesmal völlig falschliege? Haben wir irgendetwas übersehen? Wo kann nur die Eva sein? Und wer war der Vermummte, der die beiden Gefangenen befreit und die Eva entführt hat? Gibt es einen Unbekannten, den wir einfach nicht zu fassen kriegen? In meinem Kopf wirbeln alle Fragen durcheinander, ohne dass mir eine neue Idee kommt. Jedenfalls können wir nicht darauf hoffen, dass wir irgendwas in den Akten oder auf dem Computer vom Angerer finden werden. So sicher wie der war, gibt es bei dem auf dem Gelände außer vielleicht seine ehemals straffälligen Angestellten nichts, was ihn verdächtig machen würde, da bin ich mir inzwischen ganz sicher. Aber wo sollen wir dann ansetzen? In mir breitet sich zum ersten Mal seit Sonntag ein Gefühl von Hoffnungslosigkeit und bleierner Schwere aus. Wenn wir gar nicht weiterkommen, dann kann ich immer noch das Heroin übergeben. Aber meine Schwester, die kann ich nicht gegen die Eva austauschen. Vielleicht hat der Huber recht, und ich sollte die ganze Angelegenheit dem Krintinger überlassen. Aber das geht nicht, solange die Menschen in Gefahr sind, die mir neben dem Opa und der Oma am meisten bedeuten in meinem Leben.

»Xaver, lass uns zurückfahren. Wir können hier nichts mehr tun.«

Der Reindl, der Oberberger und die Gerlinde stehen plötzlich neben mir und schauen mich alle an.

»Nichts, oder?«

»Überhaupt nichts, bisher.«

»Die Eva ist nicht hier, des spür ich. Der Angerer hängt mit drin, aber des können mia ihm nicht nachweisen. Was sollen mia da jetzt machen?«

»Ich tät eine Maß trinken«, meint die Gerlinde, »des hilft bei mir immer, da kann ich dann gleich wieder klar denken.«

»Dem Angerer könnten mia die Fresse polieren, dann redet der schon«, meint der Oberberger.

»Wir setzen uns in der kleinen Runde noch mal zusammen und gehen alles durch, was wir haben«, schlägt der Reindl vor.

Also fahren wir zurück nach Wörth, ohne Musik, ohne Blaulicht und ohne irgendeine Idee, wie wir weiter vorgehen sollen.

Kapitel 12

Beim Schorsch-Wirt versammeln sich langsam alle Einsatzkräfte zur nächsten Lagebesprechung und zur Verteilung der Aufgaben. Der Krintinger lässt sich trotz des Misserfolges der letzten Nacht nicht aus der Ruhe bringen und teilt alle Beamten neu ein. Die Einsatzgruppe vom Heulerich und die Hundestaffel werden neu positioniert, um weiter nach der Eva zu suchen. Ich gehe mit meiner Truppe rüber in unser Dienstgebäude, um hier alles noch mal zu überdenken. Aus dem Vernehmungsraum hört man die Stimmen vom Angerer und dem Rohrstopfer, die dort auf die Befragung warten.

»Gehen mia alles noch einmal durch. Irgendwo müssen mia doch auf eine Spur stoßen, die uns weiterbringt«, schlage ich vor. »Reindl, fass einmal alles zusammen. Vielleicht fällt einem von uns was auf.«

»Derf i a Maß Bier trinken? Dann würd des gleich hinhauen mit dem Denken«, wirft die Gerlinde ein.

»Hol dir halt eine, wenn's hilft.«

Sie zieht los und ist zwei Minuten später mit einem vollen Maßkrug wieder hier, den sie in einer Minute geleert hat.

»Gerlinde, du kannst saufen wie ein Kamel, des ist unglaublich«, bemerkt der Oberberger anerkennend.

Die Gerlinde rülpst, dass die Fensterscheibe wackelt.

»Jetzt funktioniert mein Hirn«, strahlt sie. »Da brauchst nur ab und zu den richtigen Treibstoff, und schon läuft es da oben wie geschmiert.«

»Was wissen wir sicher, und was sind nur Vermutungen aufgrund irgendwelcher Äußerungen, die wir nicht belegen können?«, fängt der Reindl an. »Der ganze Fall ist völlig verworren, und wir haben es immer wieder mit anderen Aussagen zu tun, die nicht nachprüfbar sind.«

»Sicher ist doch eigentlich nur, dass der Tote ein Killer der Frankfurter Drogenmafia ist und dass die Marianne eine Tüte voller Heroin bei sich hatte«, merkt der Oberberger an.

»Die Verbindung nach Frankfurt und zur Drogenmafia ist doch auch Fakt, oder seht ihr das anders?«, fragt der Reindl.

»Wo ist eigentlich dem Angerer seine Alte? Vielleicht sollten mia uns die einmal zur Brust nehmen und schauen, was die zu sagen hat?«, meint die Gerlinde.

»Die ist von der Bildfläche verschwunden, genauso wie die Angestellten vom Angerer. Außer dem Gärtner sind laut den Personalakten noch vier Leute bei ihm beschäftigt. Die Fahndung läuft, aber bisher gibt es keine Spur von denen«, ergänzt der Oberberger.

»Dann fragen mia doch den Angerer selber, vielleicht kann der uns wenigstens dazu was erzählen.«

Ich marschiere rüber in den Vernehmungsraum. Der Krintinger ist schier am Verzweifeln, weil der Angerer immer nur betont, dass er unschuldig ist, und der Rohrstopfer Beweise fordert, dass da was dran ist an den Verdächtigungen.

»Wo sind die Beweise?«, giftet er den Krintinger an. »Sie stellen nur wüste Vermutungen auf. Wenn Sie mir nichts liefern, dann werde ich gleich einen richterlichen Beschluss beantragen, dass mein Mandant gehen darf. Sie haben eh schon genug angerichtet mit Ihrer Aktion heute.«

Ich überlege kurz, dann schnappe ich mir den Krintinger und nehme ihn mit nach draußen.

»Krintinger, mia lassen ihn wirklich einfach gehen.«

»Dimpfelmoser, bist völlig verblödet? Wir machen doch nicht so einen Aufwand, nur damit wir den dann einfach wieder freilassen.«

»Überleg halt einmal. Wenn der Rohrstopfer ernst macht, dann müssen mia den Angerer sowieso gehen lassen. Wir beschatten ihn und überwachen jeden Schritt von ihm. Sein Auto, sein Handy und sein Telefon bei ihm zu Hause, des können mia verwanzen, dann wissen mia immer sofort, wo er ist, und bekommen vielleicht mit, wo die Eva ist.«

»O. k., Dimpfelmoser. Ich veranlasse sofort den Einbau der Wanzen. Das dauert nur zehn Minuten. Sein Telefon bei ihm zu Hause wird eh schon überwacht. Du unterhältst dich noch ein paar Minuten mit ihm. Dann lässt ihn gehen.«

Also betrete ich den Vernehmungsraum. Der Sigi schaut mich arrogant lächelnd an, während der Rohrstopfer sofort über mich herfällt.

»Bodenlos ist das, was Sie da abziehen.«

»Du, Sigi, wo ist eigentlich deine Frau? Weißt schon, dass die mir auch an die Wäsche wollte. Die hätt es sofort mit mir getrieben, aber ich bin halt kein solcher.« Kurz entgleisen ihm seine arroganten Gesichtszüge, dann hat er sich wieder im Griff.

»Xaver, so etwas verstehst du nicht. Wir führen eine sehr offene Beziehung, da kann ein jeder machen, was er will.«

»Aha, und des stört dich überhaupt nicht, wenn deine Frau mit jedem ins Bett steigt? Wo ist das werte Weib überhaupt?«

»Die ist im Swingerclub Eleonore drüben bei Straubing. Da wollte ich übrigens auch gerade hin, als ich den Anruf vom gefluteten Keller erhalten habe. Und wennst es genau wissen willst, meine Angestellten sind auch dort. Wir haben da heute so eine Art Betriebsausflug.«

»Ohne den Gärtner?«

»Der ist noch nicht lange genug dabei. Da müssen wir erst schauen, ob der in das Team passt.«

»O. k., Sigi. Du kannst gehen.«

Der Angerer und der Rohrstopfer schauen sich überrascht an.

»Sind'S endlich vernünftig geworden, Dimpfelmoser?«, tut der blöde Rohrstopfer gleich ganz von oben herab.

»Raus jetzt, bevor ich es mir noch anders überlege«, brülle ich, weil mir einfach die Nerven durchgehen.

Wenn der Angerer es nicht ist, der die Eva hat, dann ist es eh egal, aber dann stehen wir mit leeren Händen da. Die beiden werten Herren erheben sich und verlassen das Polizeigebäude. Ich laufe rüber zum Schorsch, wo ein paar Männer bereits mit Kopfhörern vor vier Monitoren sitzen.

»Vier Bildschirme? Hab ich da was verpasst?«

»Wir haben auch am Auto vom Rechtsanwalt eine Wanze angebracht, man kann ja nie wissen, nicht wahr?«

»Sauber, wenn des rauskommt, dann können mia uns auf was gefasst machen.«

»In Anbetracht der Sachlage heiligt hier der Zweck die Mittel«, erklärt der Krintinger. »Wir haben immer noch überhaupt keinen Hinweis auf den Verbleib von der Eva und den zwei Entflohenen. Und der Vermummte bleibt bisher ein Phantom. Niemand aus der Bevölkerung hat etwas gesehen oder gehört.«

»Zumindest wissen mia jetzt, wo sich die Frau Angerer und die restlichen Angestellten rumtreiben. Die sind alle im Swingerclub Eleonore drüben.«

»Im Swingerclub?«, fragt der Krintinger erstaunt.

»Behauptet der Angerer.«

»Sollen wir sie gleich einmal festnehmen?«

»Auf welcher Grundlage? Mia haben nur die Aussage des Gärtners, ansonsten können mia die ja nicht wegen ihrer Vergangenheit einfach verhaften. Können mia da nicht jemanden hinschicken, der überprüft, ob das stimmt? Ansonsten würd ich zumindest abwarten, wohin der Angerer fährt und mit wem er Kontakt aufnimmt.«

»Der Rohrstopfer fährt direkt Richtung Swingerclub«, meldet ein Beamter vor den Bildschirmen.

»Der Angerer ist kurz hinter Wörth auf einem Parkplatz stehen geblieben. Aber er hat sein Handy bisher nicht angerührt.«

»Ist ein Überwachungsteam hinter ihm?«

»Ja, die stehen in hundert Meter Entfernung. Er sitzt im Auto und rührt sich nicht.«

»Dann warten mia, bis er wieder losfährt oder sonst

was macht. Gebt's Bescheid, wenn was passiert oder wenn mia was vom Swingerclub wissen.«

Ich marschiere wieder zu meinen Männern, die immer noch über die Fakten diskutieren. Ich höre ihnen eine Weile zu, aber irgendwie dreht sich alles im Kreis. Niemand hat eine wirklich zündende Idee.

»Haben mia eigentlich inzwischen irgendwelche Informationen, wie und wo hier in der Gegend harte Drogen an den Mann gebracht werden?«, frage ich. »Hat da keiner irgendwelche Informationen aus der Szene? Da muss doch irgendwer was wissen, was uns weiterhilft.«

»Da können mia noch mal nachhaken«, meint der Oberberger. »Aber bisher haben mia halt niemanden gefunden, der uns da weiterhelfen könnte, obwohl mia alle befragt haben, von denen mia wissen, dass sie was mit Drogen zu tun haben.«

»Wir könnten doch eine Razzia durchführen, draußen im Morgenstern«, schlägt der Reindl vor. »Da könnten wir zumindest einmal die ganze Szene aufwirbeln, weil es kann doch überhaupt nicht sein, dass da gar nichts durchgesickert ist, und überhaupt, wenn der Nachschub fehlt, da müssen doch die Abhängigen aus ihren Löchern kriechen, um sich anderweitig einzudecken.«

»Gute Idee, Reindl«, stimme ich zu.

Also gehe ich zum Krintinger und bespreche die Idee mit ihm. Er ist skeptisch, weil er schon ein paar von seinen Leuten dort hatte und die sich umgehört haben, aber bisher ohne jeglichen Erfolg. Und inzwischen hat der Laden ja schon geschlossen, weil es bereits halb sieben in der Früh ist. Was sollen wir dann machen? Ich habe überhaupt keine Idee mehr und gehe nachdenklich zurück zu meinen Leuten. Da reißt mich das Klingeln meines Handys aus meinen Gedanken.

»Xaver, nimm das Heroin und fahr los. Alleine! Sonst bringt der mich um.«

»Eva? Wo bist du?«, schreie ich los.

Um mich herum ist es schlagartig mucksmäuschenstill, als sie den Namen hören.

»Mach's einfach, und zwar sofort«, übernimmt eine männliche Stimme am anderen Ende, die sich wieder genauso dumpf anhört wie die des Vermummten, der meine Dienststelle gestürmt hat. »Weitere Anweisungen folgen.«

Ich spurte los, rüber in mein Büro, schnappe mir das Heroin aus dem Tresor und laufe raus zu meinem Wagen.

»Ihr bleibt's hier«, brülle ich meine Leute an, die mir aufgeregt hinterherlaufen.

Dann schmeiße ich mich in den Wagen und rase einfach los, nicht dass da noch einer auf die Idee kommt, mir zu folgen.

Kurz darauf klingelt wieder mein Handy.

»Du fährst jetzt rauf Richtung Falkenstein. Bei Rettenbach biegst links ab und fährst Richtung Postfelden. Beim Höllbachhof parkst und gehst rechterhand am Hof vorbei und in den Wald. Dort bekommst weitere Anweisungen.«

Also rase ich rauf zum Höllbachhof, springe aus dem Auto und laufe zu Fuß in den Wald. Tatsächlich kommt sofort die nächste Anweisung.

»Jetzt gehst rauf bis zur nächsten Weggabelung. Da gehst nach links und dann 500 Meter geradeaus. Da kommst zur ehemaligen Himmelsmühle, und dort treffen wir uns.«

Ich laufe also rauf, bis ich kurz vor der Lichtung stehe. Aus dem Schutz der Bäume heraus beobachte ich das Gelände. Soweit ich das beurteilen kann, sind ein paar Personen in der Hütte. Über Handy bekomme ich die Anweisung, das Heroin auf den Hackstock vor der Eingangstüre zu deponieren.

»Ich leg die Tüte ab, und ihr lasst gleichzeitig die Eva vor die Türe. Ich will sie sehen, ansonsten geh ich gleich wieder«, erkläre ich dem Entführer.

Die Türe geht auf, aber anstatt der Eva steht plötzlich der Angerer mit einer Pistole im Anschlag da und zielt genau auf meinen Kopf. Ich werfe mich mit einer gekonnten Rolle in bester Wild-West-Manier auf die Seite, während ich Schüsse höre. Das war es dann wohl, schießt es mir durch den Kopf. Jetzt ist es vorbei, und ich bin gleich tot. Aber anstatt tot liegenzubleiben, ist plötzlich um mich herum ein Höllenspektakel. Von überall aus dem Wald rennen Polizisten im Kampfanzug auf die Mühle zu, und dann ist der ganze Spuk vorbei. Neben mir kniet sich der Reindl nieder.

»Alles in Ordnung?«

»Wie kommt's ihr hierher? Wo ist die Eva?«

»Wir haben natürlich sofort den Heulerich informiert, der ist ja mit seinen Leuten immer noch dabei, die Gegend abzusuchen. Dann sind wir dir hinterher. Wir können dich doch in deinem Zustand nicht alleine lassen.«

»Wo ist die Eva?«, schreie ich und laufe in die Mühle.

»Sie ist nicht hier«, grinst mich der Angerer an. »Glaubst ich bin blöd und geb sie dir einfach zurück?«

»In der Mühle waren nur der Angerer und die beiden geflohenen Gefangenen«, erklärt der Heulerich.

Ich kenne mich gar nicht mehr aus. Keine Eva, aber

dafür der Angerer? Der wird doch überwacht, wie kann der plötzlich hier sein? Und dann auch noch die beiden entflohenen Gefangenen, was machen die hier?

»Wunderst dich, dass ich hier bin, Xaver? Trotz der stümperhaften Überwachung?«, lacht er. »Inzwischen sollten auch deine unfähigen Kollegen gemerkt haben, dass im Auto eine Puppe sitzt. In meiner Position musst auf alles gefasst sein, aber das überschreitet halt euren begrenzten Beamtenhorizont bei weitem. Ich bin in einem günstigen Moment, als deine Kollegen abgelenkt waren, raus aus dem Auto und zu meinem Ersatzfahrzeug, das ich für solche Notfälle immer bereitstehen habe, und dann gleich hierher.«

»Wo ist die Eva?«, frage ich noch mal.

Er lacht mich bloß aus und schüttelt den Kopf. Das ist zu viel für mich. Ich springe auf ihn zu und packe das Arschloch an der Gurgel.

»Drück zu, Xaver, dann wirst es nie erfahren. Keiner außer mir weiß, wo sie ist. Und wennst nicht machst, was ich dir sage, dann stirbt sie halt. Da bist dann du verantwortlich dafür. Das kommt davon, hättest damals nicht meine Schwester gevögelt und ihr erlaubt, dass sie meinen schönen Porsche zu Schrott fährt, dann könnten wir uns jetzt den ganzen Unsinn sparen, Xaver. Aber Strafe muss sein, das verstehst doch. Und meinen Wein hast mir auch zerdeppert.«

»Du willst dich auf diese Art an mir rächen wegen der Sache von damals? Indem du die Eva entführst und jetzt so ein perverses Spielchen treibst?«

»Genau das, Xaver. Du hast es endlich erfasst. Manchmal dauert es halt etwas länger, bis das Leben wieder für Gerechtigkeit sorgt. Aber irgendwann erwischt es jeden.«

Dabei hat der Sigi so einen irren Glanz in den Augen, wie ich ihn nur allzu gut vom erleuchteten Erwin aus meiner Kindheit kenne oder auch vom Pfarrer Eberdinger, wenn einer von denen sich in irgendeinen göttlichen Gerechtigkeitswahn reinsteigert. Der Sigi tickt nicht ganz sauber, so viel ist klar. Das ganze Theater hier hätte er sich einfach sparen können. Ich versteh nicht ganz, wozu diese Inszenierung gut sein soll, wenn er sich wieder verhaften lässt. Er hätte auch sterben können, so offen wie er sich mit der Pistole im Anschlag vor der Türe gezeigt hat. Damit musste er rechnen. Aber das gehört wohl alles zu seinem irren Plan.

»Xaver, ich will einen Fluchthubschrauber mit einem Piloten, meine Gattin und zehn Millionen Euro in kleinen Scheinen, und dann will ich ins Ausland geflogen werden. Und du kommst mit, sozusagen als meine Geisel im Tausch gegen die Eva.«

»Sigi, du spinnst doch komplett! Des krieg ich nie durch. Einen Hubschrauber, zehn Millionen und einen Flug ins Ausland.«

»Es ist mir völlig egal«, brüllt er plötzlich los, und Schaum tritt vor seinen Mund. »Die Eva stirbt halt ansonsten, weil du die nie findest. Sie wird übrigens jämmerlich verdursten, da wo sie ist. Solange sie noch bei klarem Verstand ist, wird sie hoffen, dass du kommst und sie befreist. Dann bekommt sie langsam Wahnvorstellungen, und irgendwann ist sie einfach tot. So ein paar Tage hält sie schon durch, aber es ist halt ein qualvoller, jämmerlicher Tod, das Verdursten. Und du, Xaver, du bist dann daran schuld, gell.«

Ich halte es einfach nicht mehr aus. Das perfide Arschloch hat mich völlig in der Hand. Wenn das stimmt, dass nur er weiß, wo die Eva ist, dann bin ich völlig ohn-mächtig und von dem seinem kranken Hirn abhängig.

»Und übrigens ist der stellvertretende Innenminister selbst in die Drogengeschäfte involviert, falls es dich in-teressiert, Xaver.«

»Der stellvertretende Innenminister? Der hängt da mit drin? Kannst des beweisen?«

Da lacht er ganz irr, der Sigi.

»21031970, Xaver.«

»Was willst jetzt mit deinen blöden Zahlen?«

»Das ist die Kombination von meinem Schließfach Nummer 77 im Straubinger Bahnhof, das ihr Dilettan-ten noch nicht einmal gefunden habt's. Da findest ein paar Dokumente, damit kriegst ihn dran.«

Ich notiere mir schnell die Nummer, nicht dass es sich der Sigi bei seinem maroden Geisteszustand anders über-legt und wir dann alle Schließfächer aufbrechen müssen.

»Heulerich, durchkämmt's die ganze Gegend. Viel-leicht hat er die Eva hier irgendwo in der Nähe versteckt.«

»Wir sind schon dabei, Dimpfelmoser. Wir sind ja keine Anfänger.«

Er schaut mich zur Abwechslung ganz fürsorglich an und klopft mir dann aufmunternd auf die Schulter.

»Wir finden sie, Xaver.«

Das ist endgültig zu viel für mich. Meine mühsam aufrechterhaltene innere Stärke bricht ausgerechnet un-ter dem Blick vom Heulerich zusammen wie ein Karten-haus. Schnell laufe ich davon, dass er die Tränen nicht sieht, die mir übers Gesicht laufen.

»Bringt's die Saubande zur Vernehmung nach Wörth runter, aber dalli«, brülle ich und laufe schleunigst in den Wald und zu meinem Auto.

Zum Glück hat das keiner gesehen. Wo kämen wir denn da hin, wenn mich noch einer der Kollegen so sehen tät, so als Weichei sozusagen. Das geht halt einfach überhaupt nicht. Ich weine nicht, und fertig. Das habe ich mir damals als Kind im Keller mit den Toten geschworen, wie ich halt für meine kleine Schwester und die Eva stark sein musste, damit die nicht völlig durchdrehen, und das ist auch heute noch so.

In der Dienststelle und beim Schorsch geht es inzwischen zu wie in einem Taubenschlag. Die Kollegen in Straubing haben den Swingerclub gestürmt und die Frau Angerer mit ihren vier Angestellten und noch ein paar anderen Gästen verhaftet. Jetzt sitzen sie alle in unseren Gefängniszellen und in den Vernehmungsräumen und werden befragt. Ich nehme mir zunächst die Frau Angerer vor.

»Servus, Frau Angerer. So sieht man sich wieder. Hoffentlich haben wir Sie nicht zu sehr gestört bei Ihren Machenschaften.«

»Der Herr Dimpfelmoser«, lacht sie und schiebt gleich wieder ihren Busen nach vorne. »Wennst du dich nicht mit mir vergnügst, dann muss ich mich halt anderswo befriedigen, man hat halt so seine Bedürfnisse.«

»Wie wär's denn mit Ihrem Mann?«

»Der Schlappschwanz kann mir doch überhaupt nicht geben, was ich brauche. Aber da haben wir kein Problem damit, wir sind sehr offen, und Eifersucht spielt bei uns überhaupt keine Rolle. Aber so was verstehst du sicherlich nicht, so als kleiner Provinzpolizist mit deinen engstirnigen Moralvorstellungen.«

»Frau Angerer, lassen wir das. Wir wissen, dass der

Sigi die Eva entführt hat, und Sie wissen das sicherlich auch.«

»Entführt? Davon weiß ich wirklich nichts, ich kümmere mich nicht um die Geschäfte meines Mannes.«

Sie ist entweder eine sehr gute Schauspielerin, oder sie weiß es wirklich nicht.

»Dass Ihr Mann in illegale Drogengeschäfte verwickelt ist, wissen'S das auch nicht?«

»Ich kümmere mich nicht um das Geschäft. Ich will Spaß und Luxus, der Rest ist mir egal.«

»Und da verteilen'S einfach ein bisserl Heroin an Ihre Angestellten? Ist das Ihre Art, Spaß zu haben?«

Sie verschränkt die Arme und schaut mich feindselig an.

»Ich will sofort meinen Anwalt sehen, den Herrn Rohrstopfer. Ohne den sage ich gar nichts mehr.«

»Des wird schwierig, Frau Angerer. Da müssen'S halt ein bisserl warten, weil der Herr Rohrstopfer muss ja schon zu Ihrem Mann und wahrscheinlich auch zu den Vernehmungen von Ihren Angestellten.«

Ich mache eine Pause und schaue sie dann direkt an.

»Ihr Mann hat behauptet, dass Sie den ganzen Heroinhandel hier organisieren und auch die Eva entführt haben. Da sitzen'S dann Ihr restliches Leben im Gefängnis«, lüge ich, um zu schauen, wie sie reagiert.

Sie zittert am ganzen Körper, und schneller als ich gedacht hätte, ist es mit ihrer Souveränität vorbei.

»Er ist es, ich bin unschuldig. Ich gebe nur ab und zu was im Auftrag von meinem Mann an unsere Angestellten weiter, aber ansonsten habe ich mit der ganzen Sache nichts zu tun. Er ist der Verbrecher, nicht ich. Er hat mich gezwungen, da mitzumachen.«

Sie schreit, und es schüttelt sie, während ihr Gesicht zuckt und sie immer mehr die Beherrschung verliert. Wahrscheinlich sagt sie sogar die Wahrheit, aber das muss nicht ich entscheiden, sondern später ein Richter. Von der krieg ich jedenfalls keinerlei Infos, wo die Eva versteckt ist, da bin ich mir ganz sicher. Da verlass ich mich wieder einmal auf meinen Instinkt, und der ist halt fast unfehlbar.

»Hol einen Arzt, Reindl, dass der der Frau Angerer so ein Beruhigungsmittel gibt. Nicht dass die uns im Vernehmungsraum noch gänzlich durchdreht.«

Der hängt sich gleich ans Telefon, und ein paar Minuten später kümmert sich der Doktor Sattler um die jämmerlich weinende und brüllende Frau Angerer.

Ich geh zum Krintinger rüber, der mal wieder mit dem Huber streitet.

»Er will einen Hubschrauber mit Pilot, zehn Millionen Euro, seine Frau und mich«, erkläre ich. »Dann verrät er, wo die Eva ist.«

»Unmöglich, Dimpfelmoser«, ereifert sich gleich der Huber. »Das kriege ich nie genehmigt. Wir wissen doch noch nicht einmal sicher, ob er die Eva hat. Er behauptet es, aber so wie ich das sehe, spielt sich der Herr Angerer etwas auf und übertreibt wohl ein wenig.«

Das war klar, dass es der Huber noch nicht einmal versuchen will. Aber ich brauche den Hubschrauber. Wenn wir die Eva nicht finden, dann bleibt mir doch gar nichts anderes mehr übrig, als ihn ziehen zu lassen. Notfalls ziehe ich das halt dann alleine durch. Wenn wir erst einmal in der Luft sind, dann fällt mir schon irgendwas ein. In dem Moment kommt mir die Zahlenkombination vom Schließfach in Straubing in den Sinn. Das könnte die Rettung sein, wenn da was dran ist. Ich suche den Oberberger, der mit der Gerlinde irgendwelche alten Akten von den Verhafteten durchschaut.

»Oberberger, Gerlinde, ich hab einen Spezialauftrag für euch. Hier auf dem Zettel habt's eine Nummer. Ihr fahrt schnell rüber nach Straubing. Da sucht's das Schließfach Nummer 77, macht's es mit der Nummer auf, die auf dem Zettel steht, und bringt's den Inhalt schnellstens zu mir.«

Ich bespreche mich kurz mit den Beamten, die die Vernehmungen durchführen. Überall ist es das Gleiche. Alle geben zu, Drogen zu konsumieren, die ihnen die Frau Angerer besorgt, aber ansonsten will keiner was wissen. Die zwei übergelaufenen Polizisten geben auch zu, in Frankfurt in illegale Machenschaften verwickelt gewesen zu sein. Sie behaupten, dass der Angerer sie nach der Befreiung aus dem Gefängnis in ein Auto gesetzt hat und sie dann direkt zur Himmelsmühle gefahren sind. Was der Angerer gemacht hat, wissen sie nicht. Der ist erst vorhin wieder aufgetaucht und hat behauptet, dass die Frankfurter Drogenmafia jetzt gleich ihr Heroin zurückbekommt und sie dann endlich ihr Geschäft abwickeln können. Danach wäre eh gleich der Dimpfelmoser aufgetaucht, und ansonsten schweigen auch die beiden eisern. Anscheinend weiß wirklich nur der Angerer, wo die Eva steckt. Allmählich habe ich doch das Gefühl, ich verliere den Verstand und die Kontrolle.

Weil ich einfach nicht weiterweiß, mache ich das, was ich immer tue, um in Ruhe nachdenken zu können. Ich gehe runter an die Donau und schau ins Wasser. Die Angst um die Eva vernebelt mir mein Hirn, und die Ereignisse der letzten Tage ergreifen sofort die Gelegenheit, um sich machtvoll nach vorne zu drängen. Ich lasse meinen Gedanken einfach freien Lauf und schau, was da kommt. Und plötzlich weiß ich, was ich tun muss. Wir haben bisher nirgendwo ein Lager für die Drogen gefunden. Aber wenn der Angerer so eine Größe in der Drogenszene ist, dann muss der das Zeug ja irgendwo deponieren und dort abholen, um es zu verkaufen. Und da muss auch die Eva sein. Also müssen wir versuchen, dem sein Lager zu finden, und dann finden wir vielleicht auch die Eva. Der Opa hat vor langer Zeit einmal was von so einem Fluchttunnel erzählt, den sein Vater im ersten Weltkrieg mit in den Berg gegraben hat. Vielleicht gibt es da irgendwelche Pläne, oder der Opa weiß was. Ich rufe sofort den Krintinger an, dass der schaut, ob es alte Pläne gibt. Dann rufe ich den Opa an. Der erinnert sich dunkel, dass die Tunnel irgendwo in der Nähe gegraben wurden, aber mehr weiß er leider auch nicht mehr. Es ist ein Strohhalm, an den ich mich klammere, aber bloß untätig rumsitzen und warten, dass die Eva stirbt, kann ich auch nicht. Also laufe ich zurück zur Dienststelle. Tatsächlich finden sich kurz darauf ein paar alte Pläne aus dem Stadtarchiv, in die ein alter Tunnel auf dem Gelände der Himmelsmühle eingezeichnet ist.

»Wenn die Eva oder ein Drogenlager dort irgendwo ist, dann hätten doch die Hunde anschlagen müssen«, bremst mich der Krintinger etwas aus. »Die haben gerade noch mal das ganze Gelände abgesucht, aber nirgendwo hat einer der Hunde angeschlagen.«

»Krintinger, weißt was Besseres?«

Der schüttelt nur resigniert den Kopf.

»Also lass einen Bagger hochbringen. Falls wir keinen Eingang zu den Tunneln finden, dann graben wir den halt einfach aus. Und frag beim Bürgermeister nach, ob irgendwer von der Gemeinde was weiß über den alten Tunnel.«

Gerade kommt die Meldung rein, dass die Himmelsmühle der Stadt gehört. Der ehemalige Besitzer hat sie vor über fünfzig Jahren der Stadt vererbt, und seitdem verfällt sie. Auch der gesamte angrenzende Wald gehört der Gemeinde.

»Schaut's, dass ihr alle Förster und Waldarbeiter auftreibt's, die da oben zuständig sind«, ordnet der Krintinger daraufhin an. »Vielleicht kann uns da einer weiterhelfen.«

Ich laufe raus und fahre mit den Plänen wieder hoch zur Himmelsmühle. Die Männer vom Heulerich suchen anhand der geographischen Karten noch mal alles ab, aber es gibt faktisch keinen Tunneleingang an der Stelle oder auch in der Nähe, wo er im Plan eingezeichnet ist.

»Männer, dann müssen mia halt graben, des hilft alles nichts.«

Sie murren und motzen, aber alle nehmen ihre Schaufeln und beginnen zu graben. Ich gehe mit gutem Beispiel voran, aber nach fünf Minuten geben wir wieder auf, weil der Boden einfach zu hart ist. Da kommen wir niemals auf die Tiefe, in der der Tunnel eingezeichnet ist. Auf der Hauptstraße ist inzwischen der Bagger eingetroffen. Wir lotsen ihn zu uns, und er fängt an zu graben. Nach einer Stunde ist er bei der Tiefe angelangt, in der der Tunnel laut Plan sein müsste. Aber anstatt auf einen Tunnel stoßen wir nur auf eine Betonmasse, die den Tunnel wohl vollständig auffüllt.

Also wieder eine Sackgasse, es ist einfach zum Narrischwerden.

»Dann graben wir jetzt halt das gesamte Gelände um.«

Der Heulerich rauft sich verzweifelt die Haare.

»Dimpfelmoser, das geht nicht. Das sind fast 50 000 Quadratmeter Wald, wie willst denn des alles umgraben? Des musst doch einsehen, der Tunnel existiert nicht mehr. Wir verschwenden hier nur unsere Zeit.«

»Die Eva muss hier irgendwo sein. Warum sonst hätt der Angerer gerade diesen Ort gewählt, kannst mir das vielleicht erklären?«

»Der ist doch plemplem, da kannst doch nicht mehr auf Logik bauen, Dimpfelmoser. Meine Männer sind am Rande der Belastungsfähigkeit und brauchen dringend eine längere Pause.«

Das war zumindest ein Hoffnungsschimmer, die Eva doch noch rechtzeitig zu finden. Dann muss halt doch der Hubschrauber her. Ich hoffe bloß, dass in dem Schließfach was Brauchbares drin war, dann krieg ich schon meinen Hubschrauber und die zehn Millionen. Da kann sich der Huber von mir aus noch tausendmal querstellen und sich um seinen Ruf sorgen, ich tue, was ich jetzt tun muss. Und zur Not erpresse ich den stellvertretenden Innenminister, es geht schließlich um das Leben von der Eva.

Kapitel 13

In der Dienststelle treffe ich auf den Krintinger, der den Angerer pausenlos vernehmen lässt, aber bislang ohne Erfolg.

»Wir können da nur hoffen, dass er einen Fehler macht und wir so einen Hinweis darauf erhalten, wo er die Eva versteckt hält. Aber der scheint wirklich gestört zu sein in seiner Birne. Ich hab einen Polizeipsychologen kommen lassen, und der vermutet, dass der Angerer tatsächlich nicht zurechnungsfähig ist, so wie der sich aufführt. Er wechselt ständig zwischen Selbstmitleid, völliger Überheblichkeit und kurzen klaren Momenten. Vielleicht ist der so eine gespaltene Persönlichkeit, und der eine Teil weiß nicht, was der andere tut.«

»Ich glaub dem gar nix, Krintinger. Für mich ist der ein sauguter Schauspieler, und er verarscht uns alle.«

»Jedenfalls stecken wir sauber fest mit unseren Ermittlungen. Wir haben inzwischen jeden befragt, der hier irgendwas mit Drogen zu tun hat, aber keiner weiß irgendwas.«

»Des ist doch zum Narrischwerden. Was sollen mia denn jetzt bloß machen?«

Da mir nichts Besseres einfällt und ich irgendwie immer noch glaube, dass der vom Angerer gewählte Übergabeort irgendeine Bedeutung haben muss, rufe ich den Landrat Hinterbirner an. Nachdem das Gelände von dem seiner Jagdhütte nur ein paar Kilometer von der Himmelsmühle entfernt ist und der sich da ja öfter oben vergnügt – vielleicht ist dem ja irgendwas aufgefallen. Der Hinterbirner geht zum Glück sofort ans Telefon. Ich schildere ihm kurz den Fall.

Er ist vom Huber über die aktuelle Lage bereits informiert und erklärt sich bereit, sofort zu kommen.

Kurze Zeit später marschiert der feine Herr Landrat mit einer Mappe in die Einsatzzentrale. Hinter ihm folgen ein paar Journalisten und ein Fernsehteam mit laufender Kamera. Wie er mich sieht, stürzt er gleich her und nimmt mich in den Arm, wobei er nicht vergisst, uns zur Kamera hinzudrehen, in die er hineingrinst mit seiner blöden Visage.

»Herr Dimpfelmoser, Sie Ärmster. Sie müssen ja unvorstellbar leiden. Wenn ich mir vorstelle, mir würde so was passieren. Aber wie kann ich Ihnen helfen? Was wollen'S wissen? Ich habe gleich die alten Pläne mitgebracht, die ich noch von meiner Jagdhütte habe. Vielleicht helfen die weiter.«

Vom Blitzlichtgewitter geblendet, lähmt mich kurzzeitig der Schock über sein Auftreten. Das darf ja wohl nicht wahr sein, dass der tatsächlich auch noch die völlig angespannte Situation ausnutzt, um sich medienwirksam als fürsorglicher Landrat darzustellen! Wenn ich daran denke, was ich über den alles herausgefunden habe in unserem letzten Fall, dann wird mir ganz schlecht, wie er jetzt wieder einmal so wichtig tut. Dann marschiert er schnurstracks nach vorne und stellt sich auf das Podium. Alle anwesenden Beamten schauen ihn irritiert an, wie er da vorne steht, sich in Pose wirft und immer wieder lautstark hüstelt. Endlich wird es still im Raum.

»Männer, ich bin bei euch. Ich unterstütze euch mit meiner Anwesenheit. Wenn ihr etwas braucht, dann sagt es mir. Ich sorge dafür, dass ihr alles bekommt, was ihr braucht. Ich als euer Landrat bin immer für euch da, natürlich auch in so einer schwierigen Stunde wie der jetzigen.«

Selbst der Huber, der einer der besten Freunde vom Landrat ist, schüttelt verständnislos den Kopf. Der Hinterbirner gibt derweil vorne den Journalisten ein Interview, wobei er sich lautstark über die Drogenkriminalität auslässt und erklärt, dass bei uns Nulltoleranz das Gebot der Stunde ist. Dann verschwindet das ganze Pack wieder, und er kommt zufrieden rüber zu mir.

»Man muss halt auch die Presse zufriedenstellen, nicht wahr? Das gehört zum Geschäft, Dimpfelmoser. Aber davon verstehen Sie nichts. Also, was kann ich für Sie tun?«

Am liebsten würd ich ihm eine auf sein blödes Schandmaul geben, aber ich brauche ihn erst einmal, vielleicht weiß der ja irgendwas, was uns weiterhilft.

»Hinterbirner, wissen'S irgendwas über das an Ihre Jagdhütte angrenzende Gelände da oben, was uns weiterhelfen könnte?«

»Schauen Sie, ich habe alte Pläne von meinem Großvater dabei. Da ist das gesamte Gelände da oben drauf. Sie müssen wissen, mein Großvater hat die Hütte vor über siebzig Jahren vom Großvater vom Herrn Angerer übernommen. Der alte Angerer hat ja gerne gepokert, und da hat er halt gegen meinen Großvater eine beträchtliche Summe verzockt. Und weil er gerade kein Geld hatte, hat er ihm die Jagdhütte überschrieben.«

»Ihre Hütte hat früher dem Großvater vom Angerer gehört?«, frage ich überrascht.

Wenn da kein Zusammenhang besteht, dann fress ich einen Besen.

»Ja freilich. Das ganze Gelände da oben hat ursprünglich den Angerers gehört. Aber der Großvater hat halt alles verspielt. Die Himmelsmühle und das Gelände neben meiner Hütte haben denen früher auch einmal gehört, aber das hat er schon in jungen Jahren verspielt. Der Besitzer der Himmelsmühle war dann ein alter Mann, ich weiß seinen Namen nicht mehr genau. Der hat alles der Gemeinde vererbt, als er kurz darauf gestorben ist. Das hat mir jedenfalls mein Großvater erzählt.«

»Warum wissen wir nichts davon?«, frage ich den Huber, der bisher nur schweigend neben uns gestanden hat. Das kann kein Zufall mehr sein, dass das Gelände früher den Angerers gehört hat, auch wenn das schon so lange her ist. Wahrscheinlich hat der Angerer Informationen, die wir nicht haben, und wahrscheinlich gibt es da draußen doch irgendein Versteck, das wir nur nicht finden. Der Huber ist anscheinend angepisst, dass der Hinterbirner ihn nicht mit auf die Bühne genommen hat. Er ist halt auch mediengeil und lässt sich da normalerweise keine Gelegenheit entgehen.

»Es gibt keine älteren Unterlagen im Stadtarchiv als die, die wir gesichtet haben. Da hat es wohl irgendwann einmal gebrannt, und dabei sind alle damaligen Unterlagen vernichtet worden.«

»Aber es muss doch möglich sein, dass wir irgendwie rauskriegen, wie groß das Gelände war, das den Angerers gehört hat. Vielleicht müssen wir unsere Suche noch viel weiter ausdehnen. Vielleicht haben wir den Suchradius um die Himmelsmühle zu eng gesteckt.«

Der Hinterbirner breitet seine alten Pläne aus, die wir mit denen aus dem Stadtarchiv vergleichen. Leider ergeben sich daraus keine neuen Erkenntnisse. Sie stimmen genauestens überein.

»Sie sind doch öfter da oben, Hinterbirner. Kennen'S da kein Versteck, oder fällt Ihnen nichts ein, wo wir noch suchen könnten?«

»Hm, nicht dass ich noch etwas wüsste. Der alte Fluchttunnel auf dem Gelände der Himmelsmühle existiert ja nicht mehr, der ist vor Ewigkeiten zubetoniert worden. Der war ja massiv einsturzgefährdet, müssen'S wissen.«

Da hätten wir uns die ganze Sucherei mit dem Bagger sparen können, hätten wir das eher gewusst.

»Wer hat denn den Tunnel zugeschüttet, wissen'S da vielleicht den Namen der Firma, die das gemacht hat?«

»Ja, das war der Vater vom Angerer. Der hatte ja neben seinem Wirtshaus noch eine Baufirma, und die haben das gemacht.«

Jetzt bin ich mir ganz sicher, dass wir was übersehen haben. Das sind mir zu viele Zufälle. Andauernd taucht dem Angerer seine Familie auf. Irgendwo da draußen ist die Eva in einem Geheimversteck, und wir sind nur zu blöd, sie zu finden.

»Ja, dann danke, Hinterbirner. Da haben'S uns schon geholfen.«

»Man tut, was man kann.«

Er schaut ganz wichtig auf seine Uhr, dann rauscht er raus, weil er angeblich noch einen wichtigen Termin hat. Wahrscheinlich hat er sich wieder eine Mätresse zugelegt, die auf ihn wartet. So kenne ich ihn halt, den werten Herrn Landrat.

»Mia brauchen sofort schweres Gerät«, rufe ich in die Runde. »Mia müssen noch mal rauf und das komplette Gelände umgraben. Irgendwo da muss die Eva sein.«

»Wie willst des machen, Dimpfelmoser? Mia können nicht den ganzen Wald abholzen und alles umgraben. Weißt überhaupt, wie lange so was dauert? Oder wie stellst dir des vor?«, fragt mich der Oberberger, der gerade mit der Gerlinde von der Geheimmission aus Straubing zurückkommt. Er übergibt mir die Mappe aus dem Schließfach. Ich erinnere mich dabei an die Zettel, die ich beim Pfarrer mitgenommen habe und die immer noch in meiner Jackentasche stecken. Ich gehe sie kurz durch, aber es ist nichts Neues dabei. Die können wir als Beweismaterial sicherlich später verwenden, aber momentan helfen sie uns leider auch nicht weiter, weil dass der Angerer der lokale Drogenboss ist, das wissen wir ja inzwischen.

Als Nächstes sichte ich die Dokumente, von denen der Angerer gesprochen hat. Das ist wirklich interessant und hochbrisant. Es sind ein paar gestochen scharfe Bilder, die den stellvertretenden Innenminister mit dem Angerer, dem Todesholler und dem inzwischen toten Killer von der Frankfurter Drogenmafia zeigen. Die Bilder sind laut den handschriftlichen Notizen auf der Rückseite der Bilder wohl bei einem gemeinsamen Puffbesuch in Frankfurt entstanden. Auf einem der Bilder sieht man den Meier-Höllrieser, wie er sich durch einen eingerollten 500-Euro-Schein Koks die Nase hochzieht, und auf der

Rückseite finde ich eine Liste von Handynummern mit den entsprechenden Namen der abgebildeten Personen dazu. Da kannst glatt den Glauben an die Menschheit verlieren, wennst so was siehst. Wenn sogar der stellvertretende Innenminister Dreck am Stecken hat, wem sollst denn heutzutage überhaupt noch vertrauen? Ein einziger großer Sündenpfuhl, gespickt mit Lug und Betrug ist das, da könntest narrisch werden. Aber in meiner derzeitigen ausweglosen Situation könnten die Bilder für mich der Schlüssel zum Hubschrauber und zu den geforderten zehn Millionen Euro sein. Ich überlege kurz, ob ich das mit meinem Gewissen vereinbaren kann. Aber da taucht das Bild von der Eva auf, wie sie irgendwo gefangen ist und vielleicht bald sterben muss, wenn ich sie nicht rechtzeitig finde. Also fotografiere ich die Bilder mit meinem Handy ab und wähle die Handynummer, die beim Namen vom stellvertretenden Innenminister vermerkt ist. Tatsächlich meldet sich sofort jemand.

»Mensch Angerer, was ist denn schon wieder? Du sollst mich nicht untertags anrufen, wenn es nicht wirklich dringend ist.«

»Servus, Herr Meier-Höllrieser«, flöte ich los. »Wie geht's denn heute so?«

Es ist ganz still am anderen Ende der Leitung.

»Haben'S wieder Kokain geschnupft oder sich mit der Drogenmafia im Puff getroffen?«

»Wer sind Sie? Von was reden Sie?«

»Meier-Höllrieser, lassen'S die Spielchen. Hauptkommissar Dimpfelmoser ist mein Name, und ich habe hier Bilder und Beweismaterial, dass Sie mit der Drogenmafia zu tun haben. Aber da können mia später darüber reden. Mia ham hier einen Entführungsfall.«

»Aha, aber von was reden Sie? Sind'S völlig narrisch? Ich habe mit solcherlei Dingen nichts zu tun.«

Natürlich kann er nicht gleich alles zugeben, aber es hilft nix, da muss er jetzt durch.

»Den Hauptkommissar Huber, den kennen'S ja auch gut von Ihren Anti-Drogen-Konferenzen, die Sie beim Angerer, dem elenden Sauhund, abhalten. Und Ihren Freund, den Herrn Angerer, den haben wir hier verhaftet, und der hat Sie schwer belastet. Da haben'S ein richtiges Problem. Aber wenn'S uns jetzt unbürokratisch helfen könnten ...«

»Den Angerer verhaftet?«, fragt er gedehnt. »Ja warum das denn?«

»Meier-Höllrieser, der vertickt Heroin und hat meine Freundin entführt. Da versteh ich überhaupt keinen Spaß mehr. Und wenn'S weiter so tun, als würd Sie das alles nix angehen, dann schicke ich die Bilder jetzt sofort an die Presse. Da können'S dann Ihr Bild morgen in der Zeitung bewundern, wie Sie im Puff durch einen 500-Euro-Schein Kokain schnupfen, gell.«

Jetzt ist er still und schnauft nur noch in das Telefon.

»Der Huber jedenfalls, der weigert sich, einen Hubschrauber und Lösegeld für den Angerer bereitzustellen. Das ist aber dem seine Bedingung, dass er uns den Aufenthaltsort von der Entführten verrät. Und da hab ich halt jetzt an Sie gedacht, weil für Sie dürfte des ja kein allzu großes Problem sein, bei den tollen Freunden, die Sie haben.«

Ich kann es an seinem Schnauben hören, wie es in seinem Hirn rattert und wie er überlegt, wie er mit der Situation umgehen soll.

»Haben'S einen Beweis für Ihre maßlosen Behauptungen?«, versucht er es noch mal.

»Ich schick Ihnen von meinem Handy die abfotografierten Bilder, warten'S einen Moment.«

Ich schicke sie ihm, und kurz darauf meldet er sich wieder.

»Wie viel Geld will der Angerer haben?«

»Zehn Millionen, in kleinen Scheinen.«

»Ich bin in zwei Stunden bei Ihnen, dann haben'S Ihren Hubschrauber, Dimpfelmoser. Ich komme mit meinem Privathubschrauber, und die zehn Millionen strecke ich auch vor. Sie übergeben meinem Piloten Ihr Material, dann können'S über den Hubschrauber verfügen. Wenn'S mich linken wollen, dann sind'S tot.«

Er legt einfach auf. Da bin ich gespannt, ob dem sein Hubschrauber kommt, aber ich hab es zumindest versucht. Manchmal muss man halt in Eigenregie handeln. Was ich mit dem Beweismaterial mache, das kann ich mir dann immer noch überlegen. Offiziell übergeben werd ich es jedenfalls im Moment nicht. Wenn sich der Huber nicht so saudumm anstellen würde, dann bräucht ich auch nicht auf solche fragwürdigen Methoden zurückgreifen.

Ich geh wieder rüber in den Verhörraum, wo der Angerer immer noch vernommen wird.

»Geh, lass mich kurz alleine mit ihm reden«, befehle ich dem Vernehmungsbeamten, der mich zweifelnd anschaut.

»Das geht nicht, Dimpfelmoser«, erklärt er. »Das hat der Huber verboten. Nicht dass du dem Angerer was antust, weil du doch persönlich betroffen bist.«

»Der tut mir nichts«, mischt sich der Angerer ein. »Geh nur, und lass uns alleine.«

Skeptisch verlässt der Beamte das Zimmer.

»Ich hab den Hubschrauber und das Geld, aber des bleibt unter uns. Des weiß sonst keiner hier. In zwei Stunden kommt dein Freund, der Meier-Höllrieser. Er bringt das Geld mit und stellt seinen Hubschrauber zur Verfügung, Sigi.«

»Xaver, schön ist das, wie du dich um das Leben von deiner Eva bemühst. Ich hätte für meine Gattin auch alles getan, alle Gesetze gebrochen, alles aufs Spiel gesetzt, aber die Nutte ist es halt einfach nicht wert.«

»Sigi, magst mir nicht doch verraten, wo die Eva ist.«

»Sie steckt wirklich bis zum Hals in der Scheiße, deine Eva«, lacht er glucksend und amüsiert sich köstlich.

Zum Glück kommt in dem Moment der Vernehmungsbeamte zurück, sonst hätte ich dem Sigi doch noch seine blöde Fresse poliert. Das ist halt einfach ekelhaft, wie der sich daran erfreut, dass ich leide wie ein begossener Hund.

Die nächste Stunde passiert gar nix, und ich bin mehr oder weniger zur Untätigkeit verdammt. Immer noch haben wir keinerlei Hinweise darauf, wo die Eva versteckt ist. Trotz des Großaufgebotes der Polizei und inzwischen unendlich vielen Befragungen von der Bevölkerung ist und bleibt sie einfach verschwunden.

Plötzlich fangen die Fensterscheiben an zu wackeln, und ein leises Dröhnen schwillt schnell an zu einem ohrenbetäubenden Lärm. Irritiert schauen alle durchs Fenster in die Dunkelheit nach draußen. Direkt auf der Hauptstraße vor dem Schorsch-Wirt landet ein Hubschrauber, und während die Rotoren langsamer werden und der Motor leiser wird, springt ein Mann heraus und läuft direkt rüber zu unserer Einsatzzentrale.

»Wo sind der Huber und der Dimpfelmoser?«, dröhnt seine tiefe Bassstimme durch das Wirtshaus.

»Herr Meier-Höllrieser, Sie hier?«, wieselt der Huber gleich los. Seit wann kümmern'S sich denn persönlich um einen Polizeieinsatz? Da hätten'S nicht extra herkommen müssen, das regeln wir schon. Wir haben alles im Griff.«

Das alte Arschloch kann es halt nicht lassen. Gar nichts haben wir im Griff. Wir haben keine Ahnung, wo die Eva ist, wir haben keinerlei Hinweise und nur den völlig durchgeknallten Angerer. Aber das will der Huber einfach nicht wahrhaben.

»Kommen'S mit, und nehmen'S den Dimpfelmoser mit«, befiehlt der Meier-Höllrieser. »Wo können wir uns ungestört unterhalten?«

Wir gehen rüber in ein Nebenzimmer vom Schorsch.

»Ich habe den Hubschrauber und das Lösegeld dabei«, erklärt der Meier-Höllrieser ohne Umschweife. »Huber, warum haben'S mich nicht informiert, dass der Herr Angerer und seine Frau verhaftet wurden? Das wäre doch das Mindeste gewesen. Ich muss doch in so einem heiklen Fall einfach Bescheid wissen, noch dazu, wo ich persönliche freundschaftliche Kontakte zu den Angerers pflege. Wenn Ihr fleißiger Kollege hier mich nicht angerufen hätte, wer weiß, was da noch alles passiert wäre.«

Persönliche Kontakte, das trifft es irgendwie, denke ich mir. Weil das ist schon ziemlich persönlich, wenn der mit der Frau vom Angerer ins Bett geht.

»Herr Meier-Höllrieser, tja ... ähem, wissen'S ... hm ...«

Dem Huber ist das Ganze furchtbar peinlich. Er funkelt mich feindselig an, wagt es aber nicht, noch etwas zu sagen.

»Also, Herr Dimpfelmoser, wie wollen'S vorgehen? Erklären'S mir kurz Ihre Strategie. Und Sie, Huber, Sie haben sicherlich noch was anderes zu tun. Das regeln jetzt der Herr Dimpfelmoser und ich, und Sie kümmern sich weiter um die laufenden Ermittlungen.«

Der Huber läuft puterrot an, der könnte grad mit einer Tomate in Konkurrenz treten, aber er dreht sich nach kurzem Zögern tatsächlich um und verschwindet.

»Wo sind die Fotos?«, giftet mich der Meier-Höllrieser an.

Schlagartig ist seine Souveränität verschwunden, und er zeigt sein wahres Gesicht.

»Ja mei, gut versteckt halt. Ich bin ja nicht völlig verblödet und geb die Ihnen einfach so.«

»Wie ist dann der Plan?«

»Der Angerer will den Hubschrauber, das Geld, eine geladene Maschinenpistole, seine Gattin und mich als Geisel. Erst dann will er mir den Aufenthaltsort der Geisel verraten und dann abhauen.«

»Aha. Haben'S da einen Plan, wie wir das verhindern können?«

»Ich hab ehrlich gesagt, keine Ahnung. Die Maschinenpistole laden wir natürlich nur mit Platzpatronen.«

Er überlegt kurz.

»Wo ist er? Ich werd mal mit ihm reden. Wir sind eng befreundet, müssen'S wissen. Da kann ich sicher Einfluss darauf nehmen, dass niemandem etwas passiert.«

Also gehen wir rüber in den Vernehmungsraum.

»Wird auch Zeit, dass du dich endlich blicken lässt«, schnauzt der Angerer den Meier-Höllrieser an.

Er scheint überhaupt nicht überrascht, dass der so plötzlich auftaucht.

»Lassen'S uns alleine reden, dann kriegen wir das schon hin«, befiehlt der Meier-Höllrieser.

Vielleicht hat er ja wirklich Einfluss auf den Angerer, denke ich mir. Also lasse ich die beiden alleine.

Nach einer halben Stunde kommt er wieder raus.

»Wo sind die Fotos?«, fängt er gleich wieder an.

»Die sind sicher verwahrt.«

»Sie geben jetzt dann unter meiner Aufsicht die Fotos in einem Briefumschlag dem Huber, weil der macht eh alles, was ich ihm sage. Der Angerer hat übrigens eingelenkt. Ich werde auch mitfliegen und darauf achten, dass er seine Zusage einhält. Und Sie kommen natürlich auch mit. Ich werde dem Huber übers Handy befehlen, dass der den Briefumschlag verbrennt. Das muss er mit seinem Handy filmen und uns live zusehen lassen. Wir werden kurz vor der Grenze noch mal landen. Dort steigen wir beide aus, und dann verrät Ihnen der Angerer, wo er die Eva versteckt hält. Mein Pilot fliegt den Angerer und seine Frau dann weiter, wohin sie wollen, und wir zwei machen uns auf den Weg zurück.«

»Und des soll gutgehen?«, frage ich skeptisch. »Warum sollte ich Ihnen gerade jetzt trauen? Sie wollen doch nur Ihren eigenen Arsch retten. Wer garantiert mir da, dass Sie mich nicht einfach umbringen, sobald die Fotos verbrannt sind?«

»Dimpfelmoser, ich gebe Ihnen mein Wort. Auch wenn ich mir ein paar Fehltritte geleistet habe, bin ich immer noch der stellvertretende Innenminister. Und außerdem haben Sie keine andere Wahl. Der Angerer, der hat ein paar Schrauben locker, müssen Sie wissen. Dem ist alles zuzutrauen, und er hat mir glaubhaft versichert, dass Ihre Freundin ansonsten stirbt. Mehr kann ich nicht für Sie tun. Eine Hand wäscht die andere, Dimpfelmoser. Sie bekommen Ihre Freundin zurück, der Angerer und seine Frau kommen hier unbeschadet weg und können irgendwo mit dem Geld neu anfangen, und ich bleibe natürlich stellvertretender Innenminister. Da ist doch allen geholfen, so läuft das nun einmal in der Welt. So was nennt man Realpolitik.«

Realpolitik, aha. Ich nenn so was eine riesengroße Sauerei, aber was hilft's?

»Also gut, Herr Meier-Höllrieser. Ich hab ja wohl keine andere Wahl.«

»Ganz richtig«, lacht er. »Dann lassen'S uns alles vorbereiten, damit die Sache endlich ein Ende hat. Ich hab auch noch was Besseres zu tun, als mich hier um so einen Provinzkram zu kümmern.«

Der ist dasselbe arrogante Arschloch wie der Huber auch. Da haben sich schon die Richtigen gefunden. Wir marschieren also wieder rein in die Einsatzzentrale. Der Meier-Höllrieser schreitet nach vorne und erbittet sich Ruhe.

»Ich nehme an, dass mich hier alle kennen«, fängt er an.

Ich bin mir sicher, dass ihn hier die wenigsten kennen.

»Wir werden die Forderungen vom Herrn Angerer erfüllen und ihn mit dem Hubschrauber ziehen lassen. Dafür verrät er uns den Aufenthaltsort der Gefangenen. Wir brauchen schleunigst eine Maschinenpistole mit Platzpatronen, dann kann die ganze Sache über die Bühne gehen.«

»Wie, wir lassen den ziehen?«, mischt sich der Krintinger ein.

»Sie haben schon verstanden. Wir werden ihn danach wieder einfangen, aber jetzt müssen wir uns erst einmal um die Befreiung der Gefangenen kümmern, damit die unversehrt bleibt. Darum habe ich auch den Hubschrauber und das Lösegeld bereitgestellt.«

Der elende Sauhund. Stellt sich hin und tut so, als würde er sich um die Eva sorgen. Dabei geht es ihm nur darum, seinen eigenen Arsch aus der Scheiße zu ziehen.

»Mia ham doch eine Maschinenpistole hier«, ruft der Oberberger. »Mia ham doch die vom Pfarrer einkassiert.«

»Aber nur mit scharfer Munition«, wirft der Reindl ein.

»Das macht nichts«, erklärt der Meier-Höllrieser. »Ich nehme die Maschinenpistole an mich. Ich zeige dem Angerer das volle Magazin mit den Originalpatronen und leere es aus, bevor wir den Hubschrauber besteigen. Dann kann auch da gar nichts passieren.«

»Ein Scheißplan ist das«, flüstert mir der Reindl zu, und auch andere Kollegen schütteln ungläubig den Kopf.

»Ich weiß, aber hast einen besseren?«, flüstere ich zurück.

Nachdem sich alle wieder beruhigt haben, läuft die ganze Aktion an.

Zunächst holen wir die Frau Angerer und verfrachten sie in den Hubschrauber. Als sie den Meier-Höllrieser sieht, ist sie gleich bestens gelaunt und findet das alles ziemlich lustig. Große Angst hat sie anscheinend nicht. Zusammen mit dem Meier-Höllrieser hole ich dann den Angerer aus seiner Zelle.

»So, auf geht's, Angerer. Wir haben alles so arrangiert, wie du es wolltest. Deine Frau ist schon mit dem Geld im Hubschrauber, und deine Maschinenpistole kriegst auch«, erkläre ich ihm, und irgendwie weiß ich, dass das alles nicht gutgeht und der mich schon wieder bescheißt, aber es hilft jetzt auch nix mehr, jetzt ziehen wir die Aktion einfach durch.

»Meier-Höllrieser, ein Heidenspaß ist das mit dir. Ich hab immer schon gewusst, dass es goldrichtig war, dich mit ins Boot zu nehmen«, frohlockt der Angerer.

»Da bin ich mir nicht so sicher, ob das wirklich so eine gute Idee war«, brummt der Meier-Höllrieser.

Dem Angerer entgleisen seine eben noch strahlenden Gesichtszüge, und völlig unvermittelt gibt er dem stellvertretenden Innenminister erst einmal eine Mordswatschn, dass es nur so raucht.

Der lässt sich nichts anmerken und tut so, als wäre nichts. Die zwei haben wohl doch ein kleines Problem miteinander, das ist irgendwie offensichtlich.

»Angerer, wir klären unsere kleinen Differenzen später. Jetzt schauen wir, dass wir dich und dein Weib sicher hier rauskriegen.«

»Vor allem mein Weib, oder?«, giftet der Angerer zum Meier-Höllrieser. »Weil, die willst noch öfter flachlegen, du geiler Bock. Hab ich nicht recht? Die hat dir so dermaßen deinen Schwanz verdreht, dass du seitdem nicht mehr klar denken kannst.«

»Später, Angerer. Lass das halt jetzt einmal.« Er schiebt den Angerer raus und zum Hubschrauber.

»Ich nehme die Maschinenpistole, so wie wir es besprochen haben. Wenn wir in der Luft sind, dann kannst du sie haben«, erklärt er dem Angerer, dem das alles anscheinend völlig wurscht ist. Jedenfalls hüpft der herum wie ein Storch auf seinen dünnen Haxen, als er den Hubschrauber und seine Gattin sieht. Die zwei fallen sich in die Arme, als hätten sie sich jahrelang nicht mehr gesehen. Ich gebe dem Huber noch schnell den Umschlag und erkläre ihm, was der Meier-Höllrieser erwartet.

»Also rein mit Ihnen, Dimpfelmoser«, befiehlt der Meier-Höllrieser und fuchtelt mit der Maschinenpistole vor meiner Nase rum.

»Die Patronen«, flüstere ich.

Aber da merke ich, dass es gar nicht der Angerer ist, der mich linken will, sondern der Meier-Höllrieser. Er lacht nur und zielt direkt auf meinen Kopf.

»Rein jetzt, sonst bist gleich hier tot, Dimpfelmoser.«

Mir bleibt nichts anderes übrig, also klettere ich in den Hubschrauber. Der Meier-Höllrieser springt hinterher, schließt die Türe, und dann heben wir ab.

»Sauber hast das gemacht«, lobt der Angerer den stellvertretenden Innenminister.

»Alle setzen!«, brüllt der plötzlich los und fuchtelt mit der Maschinenpistole vor uns rum.

»Geh, so kenn ich dich ja gar nicht«, gluckst dem Angerer seine Frau und will sich an ihn drücken, aber der stößt sie nur zurück.

»Hau ab, und geh bloß zu deinem Mann, du blöde Nutte«, schreit er los. »Du hast mich nur ausgenutzt und mir völlig den Kopf verdreht. Nur wegen dir bin ich überhaupt in der Scheißsituation.«

»Schrei meine Frau nicht so an!«, geht da der Angerer in die Luft.

Oha, das wird interessant. Bevor der Angerer aber noch einen weiteren Mucks tun kann, richtet der Meier-Höllrieser seine Waffe auf ihn und schaut mich an.

»Jetzt zu den Bildern, Dimpfelmoser. Ich ruf den Huber an, der soll die Verbrennung live mit dem Handy filmen und das auf Ihr Handy schicken. Dann schauen wir weiter.«

Er wählt die Nummer vom Huber.

»Huber, es ist so weit. Gehen'S raus, und verbrennen'S den Umschlag mitsamt Inhalt. Und filmen'S des gleichzeitig mit Ihrem Handy. Und schicken'S das auf das Handy vom Dimpfelmoser. Ich will live zuschauen.«

Der Huber macht, was ihm der Meier-Höllrieser befohlen hat. Auf meinem Handy lodern die Flammen, und das schöne Beweismaterial gegen den Sauhund verbrennt lichterloh in der Nacht. Nachdem die Aktion erledigt ist, nimmt mir der Meier-Höllrieser mein Handy ab und löscht die abfotografierten Bilder.

»Und jetzt zu uns«, fängt dann der Angerer an und wendet sich an seine Frau. »Wir haben eine Abmachung getroffen. Ich nehm dich und das Geld mit nach Südamerika, und da fangen wir zwei noch einmal neu an. Wenn wir in Sicherheit sind, vernichte ich alle belastenden Materialien, die wir gegen den Meier-Höllrieser gesammelt haben. Dafür verhilft er uns hier zur gemeinsamen Flucht. Ein kompletter Neuanfang mit so viel Geld, da haben wir ausgesorgt für unser restliches Leben«, strahlt er.

Aber die Frau Angerer sieht das wohl etwas anders. Jedenfalls kriegt die einen Wutanfall, dass der ganze Hubschrauber wackelt und schlingert.

»Ja ihr blöden Arschlöcher, werd ich eigentlich auch

einmal gefragt, was ich will? Ich will hier nicht weg, und schon gar nicht mit einem von euch. Die ganze Aktion hättet ihr euch sparen können. Das ist echt zum Kotzen, das ganze Theater hier!«

Die zwei stehen da wie begossene Pudel. Damit haben sie nicht gerechnet, dass sie beide der Frau Angerer eigentlich völlig am Arsch vorbeigehen. Das ist doch dermaßen krank, was die da abziehen, ich fasse es einfach nicht. Die Eva stirbt vielleicht gerade, und ich muss mir denen ihre Beziehungsprobleme mit anhören.

Plötzlich kriegt der Angerer wieder so einen wahnsinnigen Blick, und ehe überhaupt irgendwer reagieren kann, reißt er dem Meier-Höllrieser die Maschinenpistole aus der Hand.

»Meier-Höllrieser, du hast vorhin meine Frau beleidigt, und das darfst du nicht. Dafür musst du leider büßen.«

Er drückt den Abzug durch und schießt dem Meier-Höllrieser ein paar Kugeln in dem sein Bein. Der verdreht die Augen und kippt einfach um. Leider durchschlägt eine Kugel auch das Fenster der Hubschraubertüre. Durch die zerschossene Scheibe bläst der eisige Wind herein, und der Hubschrauber beginnt zu schlingern. Während sich im darauffolgenden Chaos dem Angerer seine Gattin auf ihn stürzt, ihn anspuckt und lauthals brüllt, entreiße ich kurzentschlossen dem Angerer die Maschinenpistole. Zum Glück gelingt es dem Piloten, den Hubschrauber wieder ins Gleichgewicht zu bringen.

»Schluss jetzt mit den Faxen«, brülle ich, woraufhin die Angerers voneinander ablassen und mich verdutzt anschauen. Mir wird bewusst, dass die ganze Aktion völlig schiefgelaufen ist. Hier wollte jeder jeden bescheißen, aber der einzig Beschissene bin ich, weil ich wieder nicht weiß, wo die Eva ist.

»Angerer, bitte sag mir, wo die Eva ist«, schrei ich völlig verzweifelt gegen den Lärm der Rotoren an, »dann lass ich dich mit deiner Frau ziehen.«

»Das kannst völlig vergessen, Xaver«, brüllt er zurück. »Ich wollte meine Frau mit dieser spektakulären Aktion beeindrucken und sie für mich zurückgewinnen, aber du hast ja gehört, dass ich meiner Frau völlig egal bin. Und damit ist die ganze Aktion ja eh sinnlos. Und im Übrigen hab ich dir alles gesagt, was du wissen musst. Ich hab dir schon lange verraten, wo sie ist. Den Schlüssel hättest schon längst in der Hand gehabt. Aber wennst zu deppert bist und mir nicht richtig zuhörst, dann bist halt du schuld, wenn die Eva stirbt, da kann ich dir halt auch nicht mehr helfen. Da kannst mich jetzt erschießen, dann sag ich dir auch nicht mehr.«

Ich nehme meine Handschellen und kette die beiden an einen Sitz fest, dann schau ich mir die Wunde vom Meier-Höllriesei an, die wie blöd blutet. Er ist schon ganz weiß im Gesicht und zittert, als würd er nackert am Nordpol sitzen, bevor er umkippt. Da ist wohl eine Hauptschlagader getroffen, jedenfalls spritzt das Blut in richtigen Fontänen raus. Kurzentschlossen nehm ich dem seine Krawatte und binde das Bein komplett ab, so wie wir des im Erste-Hilfe-Kurs gelernt haben. Dann befehle ich dem Hubschrauberpiloten zurückzufliegen und rufe als Nächstes den Reindl an, der auch sofort rangeht.

»Reindl, es ist schiefgelaufen. Der Meier-Höllrieser hat ein paar Kugeln im Bein und ist ohnmächtig. Wir kommen in zehn Minuten zurück. Sorg dafür, dass schnellstens ein Notarzt kommt.«

»Und weißt, wo die Eva ist?«

»Nein, weiß ich nicht. Er behauptet, ich wüsst es, aber ich hab einfach keine Ahnung.«

Der Reindl verspricht, gleich alles in die Wege zu leiten.

Kapitel 14

Freitag, 02.00 Uhr

Nachdem wir wieder in Wörth gelandet sind, nimmt der Notarzt den Meier-Höllrieser in Empfang, und ein paar Kollegen führen den Angerer und seine Frau ab. Was hat der Angerer nur gemeint damit, er hätte mir schon alles gesagt? Ich zermartere mir das Hirn, aber so sehr ich mich auch anstrenge, es fällt mir einfach nichts ein.

In Wörth kommt der Huber dahergerannt und schwenkt freudestrahlend die Bilder, die er doch vorhin eigentlich verbrannt hat.

»Damit kriegen wir sie dran, den Angerer und den Meier-Höllrieser«, kräht er.

»Huber, die haben'S doch vorhin verbrannt.«

»Dimpfelmoser, ich hab mir gleich gedacht, dass da was nicht stimmt. Da habe ich halt einmal einen Blick riskiert, und da war mir natürlich sofort alles klar. Da habe ich die Originale rausgenommen und durch Kopien ersetzt.«

»Sauber, Huber. Des hätt ich Ihnen gar nicht zugetraut. Aber mia wissen immer noch nicht, wo die Eva ist.«

»Wir sind leider auch nicht schlauer als zuvor«, gesteht der Huber kleinlaut.

Mir dröhnt der letzte Satz vom Angerer in den Ohren. Also mach ich mich über die Tonbandaufzeichnungen der Vernehmungen her und höre mir die Stellen noch einmal an, wo ich mit ihm geredet hab. Vielleicht ist da ein Hinweis drauf, und ich hab es einfach überhört. Nach einer Viertelstunde springe ich wie von der Tarantel gestochen auf.

»Sie steckt wirklich bis zum Hals in der Scheiße, deine Eva.«

Das ist es. Wahrscheinlich hat er das wörtlich gemeint. Ich laufe rüber zum Krintinger.

»Die Klärgrube von der Himmelsmühle, ist die genau untersucht worden?«

»Die ist fast bis an den Rand voll, Dimpfelmoser. Wenn die Eva da drin gewesen wäre, dann wär sie schon längst tot. Aber wir haben die Grube mit Stangen abgesucht, da ist nix drin außer Wasser und vielleicht noch uralte Scheiße.«

»Ist da jemand reingestiegen?«

»Reingestiegen? Dimpfelmoser, warum? Warum sollte da jemand reinsteigen, spinnst jetzt völlig?«

»Ich fahr sofort raus und schau mir das selber an. Das ist der Hinweis, den mir der Angerer gegeben hat. Die Eva steckt bis zum Hals in der Scheiße. Da kann er nur die Grube gemeint haben.«

»Xaver, der hat dich verarscht, merkst des immer noch nicht?«, meint der Krintinger leise.

Er glaubt wohl nicht mehr daran, dass wir einen brauchbaren Hinweis bekommen. Aber ich bin mir sicher, dass das der Schlüssel ist. Das ist das Rätsel, das mir der Sigi mitgegeben hat, und ich hab es einfach nicht bemerkt bisher.

»Reindl, trommel unsere Leut' zusammen, wir fahren noch mal raus zur Hütte. Und ruf den Heulerich an, ich brauch einen Taucher, eine Schmutzwasserpumpe, Scheinwerfer und einen Stromgenerator.«

Alle schauen mich mitleidig an. Keiner glaubt daran, dass da was dran ist, aber es wagt auch niemand, mir zu widersprechen. Nur ich bin felsenfest davon überzeugt, dass es das ist.

Kurze Zeit später stehen wir vor der Klärgrube von der Himmelsmühle. Wir haben den Deckel entfernt. Sie ist tatsächlich bis fast unter den Rand voll. Es stinkt, da kriegst eine Lähmung im Riechkolben, aber das ist mir völlig wurscht. Der angeforderte Taucher will zunächst nicht recht, aber ich werfe ihn einfach in die Kloake, und nachdem er dann eh schon drin ist, taucht er halt hinunter. Kurze Zeit später kommt er wieder nach oben.

»Dimpfelmoser, da ist eine Türe in der Wand. Hochmodern, was man sieht in dem Dreck. Mit einem Sicherheitsschloss dran.«

»Da ist sie drin. Bringt's sofort den Generator und die Pumpe, und holt's mir den Schlüsselbund vom Angerer. Da muss der Schlüssel dran sein. Er hat gesagt, dass ich den Schlüssel schon lange in der Hand gehabt hätte. Da hat er sicherlich seinen Schlüsselbund gemeint. Den hab ich doch tatsächlich schon bei ihm draußen in der Hand gehabt, als der Huber die Leiche gefunden hat.«

Die Pumpe wird angeschlossen, und langsam sinkt der Wasserstand in der Klärgrube, bis die Türe gänzlich freigelegt ist. Der Reindl kommt mit dem Schlüssel. Ich steige selber mit einer Leiter in die Grube, und tatsächlich passt einer der Schlüssel. Dahinter ist eine Kammer, die auf keiner Karte verzeichnet war. Inmitten von Kisten voller Drogen liegt leblos die Eva. Mir bleibt fast das Herz stehen, aber sie ist zum Glück nur ohnmächtig, wie ich schnell feststelle. Mein Herz schlägt Kapriolen. Das ist der glücklichste Moment in meinem Leben. Die Eva lebt!

Die Türe ist so dicht gewesen, dass von der Kloake nichts in den Raum eingedrungen ist. An der hinteren Wand geht der Raum in einen schmalen Tunnel über, der sich in der Dunkelheit verliert. Anscheinend haben wir da doch etwas übersehen, aber da können wir uns später darum kümmern. Ich trage die Eva zur Türe. Der inzwischen ebenfalls anwesende Rindenacher und seine Männer lassen eine Trage herunter, in die ich die Eva lege. Vorsichtig wird sie nach oben transportiert und vom Notarzt untersucht.

»Keine Lebensgefahr«, diagnostiziert er. »Aber sie muss natürlich gleich in ein Krankenhaus. Ich vermute, dass sie mit einem Betäubungsmittel ruhiggestellt wurde.«

Ich kriege den ganzen Rummel um mich herum gar nicht richtig mit. Ich halte die Hand von der Eva und bin nur glücklich, dass sie lebt und anscheinend zumindest körperlich gänzlich unversehrt ist.

»Dimpfelmoser, lass sie einmal kurz los«, flüstert mir der Rindenacher sanft ins Ohr und löst meine Hand. »Wir müssen sie einladen, dann kannst ja wieder ihre Hand halten.«

»Reindl, du veranlasst alles Weitere. Ich fahr mit ins Krankenhaus«, befehle ich noch dem Kollegen, dann schließen sich schon die Türen, und wir brausen Richtung Wörth ins Krankenhaus. Ich überlege, wie oft ich eigentlich diese Woche in irgendwelchen Krankenhausfluren unterwegs war. So viel wie noch nie in meinem ganzen bisherigen Leben zusammen jedenfalls.

Im Krankenhaus weiche ich der Eva keinen Zentimeter von der Seite. Die Ärzte sind furchtbar genervt, aber mir ist das egal. Die Eva lebt, und ich bleib sicherlich die ganze Nacht bei ihr. Nach ein paar Untersuchungen wird sie in ein Zimmer gebracht. Dort liegt sie und schläft friedlich, als wäre nichts gewesen. Ich sitze neben ihr und schaue sie die ganze Zeit an. Irgendwann schlafe ich dann wohl ein.

Kapitel 15

Freitag, 07.00 Uhr

Ich wache aus einem Albtraum auf, in dem der Angerer die Eva lachend aus einem Hubschrauber stößt und mir zuruft, dass die Eva halt jetzt auch so ein paar Beulen kriegt wie sein schöner Porsche damals. Ich greife zu meiner Pistole und will den Angerer aus dem Hubschrauber schießen, aber dann merke ich, dass es nur ein Traum war.

Ich öffne die Augen, und die Ereignisse des gestrigen Tages dringen langsam wieder in mein Bewusstsein. Ich sitze immer noch neben dem Bett von der Eva.

»Xaver, bist auch schon wach?«, lächelt sie schwach.

Mein Herz setzt für ein paar Sekunden aus, wie ich sie sehe.

»Eva, ich bin so froh, dass du noch lebst. Ich hab solche Angst um dich gehabt.«

»So schnell wirst mich nicht los, Xaver. Des kannst ganz schnell vergessen.«

Die Türe geht auf, und ein Arzt betritt den Raum.

»Sie müssten jetzt bitte gehen, Herr Dimpfelmoser. Wir müssen ein paar Untersuchungen machen, und die Patientin braucht dringend Ruhe.«

»Ich schau später noch mal vorbei, Eva«, verabschiede ich mich von ihr.

Ich muss ja auch noch zum Dienst. Ein paar Sachen sind heute noch zu erledigen. Ich muss mich darum kümmern, dass die Gefangenen nach Regensburg überstellt werden. Mit dem Krintinger muss ich den Abschlussbericht schreiben. Ich gehe in meine Dienststelle, aber es ist niemand da. Also gehe ich rüber zum Schorsch-Wirt. Der Krintinger, der Reindl und ein paar Kollegen von der Soko sind schon damit beschäftigt, die Computer abzubauen und die ganzen Gerätschaften von der Soko in Kisten zu verpacken.

»Xaver, mit dir hat hier heute keiner gerechnet«, begrüßt mich der Reindl.

»Du, mia müssen ja noch die Berichte schreiben, die Gefangenenverlegung veranlassen und den ganzen bürokratischen Scheiß halt erledigen.«

»Das ist alles schon organisiert. Die Gefangenen werden in einer Stunde abgeholt, und um den Rest kümmern wir uns hier.«

»Und hat sich jemand um den Tunnel gekümmert, der in den Raum hinter der Klärgrube führt? Wissen mia inzwischen, wo der hinführt?«

»Der Tunnel führt tatsächlich über mehrere Kilometer rüber zum Grundstück vom Landrat Hinterbirner. Da gibt es ein Einstiegsloch, das ist mit einer Metallplatte bedeckt und mit einem modernen Schloss gesichert. Es war mit einer Grasschicht und Laub bedeckt im hintersten Eck vom Grundstück vom Hinterbirner. Wir haben ihn noch mal gefragt. Er war völlig perplex, dass da ein Tunneleingang auf seinem Grundstück ist, den er nicht kennt und der auch nirgends verzeichnet ist.«

War meine Idee doch nicht ganz verkehrt. Wir haben nur nicht an der richtigen Stelle gegraben. Hätten wir nur fünfzig Meter weiter links gegraben, wären wir auf den Tunnel gestoßen. Aber da war halt leider nichts in den Plänen vermerkt.

»Übrigens, der Mühlbauer hat grad angerufen. Die haben die gestohlene Dienstwaffe vom Riebel auf Fingerabdrücke untersucht, weil mit der ist doch der Killer erschossen worden, der im Weinkeller vom Angerer gelegen ist.«

»Waren die von der Marianne drauf?«, frage ich leise, weil ich ja immer noch nicht weiß, ob die Marianne oder die Juliane geschossen hat.

»Xaver, du kannst dich entspannen. Es sind nur die vom Riebel und von dem seiner Tochter drauf. Also können wir davon ausgehen, dass die Juliane geschossen hat und deine Schwester die Waffe nicht in der Hand hatte.«

»Danke, Reindl. Zumindest ist die Marianne dann mit ziemlicher Sicherheit keine Mörderin.«

»Du kannst also einfach nach Hause gehen, Dimpfelmoser, für dich gibt es momentan nichts mehr zu tun.«

Das könnte ich. Die Eva und die Marianne sind zum Glück in Sicherheit, und ich könnte es einfach dabei belassen.

Aber ich weiß genau, dass ich noch ein paar Antworten brauche, wenn ich die ganze Sache für mich abschließen will. Die ganze Woche hat mich arg mitgenommen, das muss ich mir selber eingestehen. Die ganzen Ermittlungen sind nie richtig vorangekommen, und wir haben tatsächlich nur durch reinen Zufall, aber nicht durch eine saubere, strukturierte Arbeit die Eva gefunden. Der Angerer hat mit uns gespielt, und wir sind darauf hereingefallen. Ich gehe jetzt noch mal zu ihm und frage ihn, vielleicht bekomme ich heute von ihm ein paar Antworten, damit ich verstehe, warum das Ganze eigentlich passiert ist.

Er erklärt sich tatsächlich bereit, mit mir zu reden. Kurze Zeit später sitze ich mit ihm in einem Vernehmungsraum. Er schaut mich aus traurigen Augen an.

»Sie will nicht mehr mit mir leben, Xaver. Kannst dir das vorstellen? Nach allem, was ich für sie getan habe?«

Ich gehe gar nicht darauf ein, sondern stelle ihm meine Fragen.

»Sigi, wer hat eigentlich völlig unbemerkt den Tunnel da oben gebaut, der da in deine Klärgrube mündet? Und warum gibt es da überhaupt eine Türe in der Klärgrube, des versteh ich immer noch nicht so richtig.«

Wie wir inzwischen von der Spurensicherung wissen, ist der Raum hinter der Klärgrube tatsächlich ein wohl seit Jahren genutztes Drogenlager, und es wurden Drogen im Wert von über zehn Millionen Euro sichergestellt.

»Ein geniales Versteck, nicht wahr?«, lacht er. »Den Tunnel hat mein Vater mit seiner damaligen Baufirma selber gebaut, als der alte Tunnel, der ja in mehreren Karten verzeichnet ist, wegen Einsturzgefahr zubetoniert wurde. Er hat damals in monatelanger Arbeit ganz unbemerkt den neuen Tunnel gegraben. Dass der Eingang zum Tunnel auf dem Privatgelände vom Landrat Hinterbirner liegt, war auch so eine geniale Idee von meinem Vater. Wenn den jemand entdeckt hätte, was eh gänzlich unwahrscheinlich ist, dann wäre der Verdacht damals auf den alten Hinterbirner gefallen und heute halt auf den Landrat. Und die Türe in der Klärgrube, das ist sozusagen ein Notausgang oder auch Eingang zum Lagerraum, falls mit dem Tunnel mal was sein sollte. Die Türe schließt absolut dicht, da hat sich mein Vater nicht lumpen lassen, als er die damals eingebaut hat. Xaver, meine Familie ist seit drei Generationen im Geschäft, und da wissen wir, was wir tun müssen, damit uns keiner was kann, das kannst mir glauben.«

»Wie hast das Heroin dann eigentlich verkauft?«

»Wie gesagt, Xaver, ich bin schon lange im Geschäft. Mein Vater und mein Großvater haben das aufgebaut, und ich führe es weiter.«

Anscheinend ist er mächtig stolz auf seine kriminellen Vorfahren, so wie er sich aufplustert und ganz liebevoll von denen redet.

»Ich habe da in meiner Genialität zwei narrensichere, aber ganz einfache Systeme entwickelt. Die Drogen aus Frankfurt, die habe ich immer auf wechselnden Autobahnparkplätzen übernommen und dann gleich in mein Lager gebracht. Die Bestellungen der Endabnehmer laufen übers Internet. Die Junkies oder auch die Kleindealer legen das Geld in einen Briefkasten. Ich tausche das dann gegen die Drogen aus, und die Besteller können ihre Ware dort abholen. Genial einfach und todsicher«, lacht er.

»Warum hast eigentlich die Leiche aus deinem Weinkeller nicht einfach verschwinden lassen, dann hätten mia gar nichts gegen dich in der Hand gehabt und mia hätten gar nicht gegen dich ermitteln können, Sigi?«

»Das war doch nur so ein dummer Zufall. Ich hab nicht damit gerechnet, dass der Alois die Leiche findet, wie er in den Weinkeller gegangen ist. Da hab ich halt nicht richtig aufgepasst. Aber dann war es doch ein wunderbares kleines Spiel, ein richtiger Nervenkitzel halt. Oben im Haus der stellvertretende Innenminister und die ganzen anderen Politfuzzis und unten drunter die Leiche. Und dann kommst auch noch du und darfst nicht wirklich ermitteln, weil der Huber halt so ein Arschkriecher ist. Er hat mir ja gleich zugesagt, dass das alles ohne jegliches Aufsehen stattfindet. Also, ich hab mich jedenfalls köstlich amüsiert. Ich wusste ja nicht, dass du es bist, der auftaucht, aber das hat dem Ganzen natürlich noch eine besondere Würze gegeben. Du hättest dein verblödetes Gesicht sehen sollen, wie du da im Keller gestanden bist.«

Ein Spiel? Ja spinnt der gänzlich? Bei dem ist doch irgendwie nicht nur eine Schraube locker, sondern gleich sein ganzes Gehirn schrottreif.

»Und warum die ganze Masche mit der Puppe im Auto und deine Flucht? Warum bist danach selber raus zur Himmelsmühle, wo ich die Drogen übergeben sollte, Sigi? Du hast es ja fast darauf angelegt, dass du erschossen wirst. Du hattest doch genauso deine Handlanger schicken können. Also warum? Erklär es mir.«

»Xaver«, flüstert er. »Ich hatte es einfach satt. Seit Jahren führe ich ein Doppelleben in Saus und Braus, und ich biete meiner Frau alles, was sie sich wünscht. Aber nie ist es genug. Weißt du, wie viele Millionen ich schon verdient hab mit den Drogen? Da hätten wir ein paar hundert Jahre davon in absolutem Luxus leben können. Aber meine Gattin ist halt eine Nymphomanin. Die kriegt nie genug, da kann ich halt nicht mithalten. Zuerst hat sie sich ab und zu mit einem anderen vergnügt, dann wurden ihre Seitensprünge immer häufiger. Ich hab gelitten wie ein räudiger Hund, aber das war meiner

Gattin völlig egal. Sie hat sogar unsere Mitarbeiter gevögelt und sie mit Drogen bezahlt. Ich habe sie abgöt-
tisch geliebt, aber nachdem mir klargeworden ist, dass
sie sich nicht ändert, wollte ich sie mit meinen Aktionen
beeindrucken, damit sie endlich erkennt, was sie wirklich an mir hat und dass ich ihr die Welt zu Füßen lege,
wenn sie mir nur endlich treu ist. Darum bin ich selbst
mit raus zur Himmelsmühle. Und darum habe ich auf
dich gezielt, das war schon ein besonderer Nervenkitzel,
obwohl ich mir sicher war, dass du mich nicht erschießt.«

Ich bin fassungslos. Da heult mir der Angerer was vor
von seinen Problemen mit seiner nymphomanischen
Gattin, und die vielen Toten und zerstörten Leben, die er
durch seine Aktivitäten auf dem Gewissen hat, die sind
ihm völlig egal.

»Sigi, mein Mitleid hält sich in Grenzen. Du hast im
Gefängnis sicherlich ein paar Jahre Zeit, um über dich
und deine Gattin nachzudenken. Vielleicht kommst da
ja irgendwann einmal darauf, was du eigentlich angerichtet hast. Vielleicht regt sich doch irgendwann mal so
was wie ein Gewissen.«

Er hört mir gar nicht zu, sondern beginnt in wachsen-
dem Selbstmitleid zu weinen wie ein kleines Kind. Ich
stehe angewidert auf und verlasse den Vernehmungsraum. Es gibt Wichtigeres zu tun, als mich mit diesem
Abschaum zu befassen.

Im Gang treffe ich die Gerlinde, die gerade dem Oberberger einen dicken Kuss gibt. Ich will mich schnell verdrücken, weil da willst ja nicht stören, wenn die grad so
innig miteinander sind, aber die Gerlinde hat mich
schon entdeckt.

»Du, Dimpfelmoser, ich möchte mich verabschieden.«

»Gerlinde, bleibst nicht bei uns, bis der Viereck wiederkommt?«

»Ich wär gern geblieben, aber ich bin halt Springer und muss weiter nach Landshut, weil denen sind in einer Dienststelle gleich drei Mann ausgefallen, und die haben einen ganz verzwickten Mordfall.«

Sie drückt mich an sich, dass ich mich fühle wie in einem Schraubstock. Da hör ich schon alle meine Knochen splittern, aber bevor ich tot bin, lässt sie mich wieder los.

»Dimpfelmoser, und lass dir noch einen Rat mitgeben. Kümmer dich um die Eva. Die liebt dich ungehobelten Klotz so wie du bist. Da solltest nicht zu lange überlegen, weil irgendwann sucht die sich sonst einen anderen.«

»Woher weißt grad du, dass die mich liebt?«

»Dimpfelmoser, du merkst aber auch gar nix. Des sieht doch ein jeder, der Augen im Kopf hat. Deine Kollegen trauen sich nur nicht, es dir zu sagen, weil du da immer gleich so allergisch reagierst. Aber ich bin gleich weg, und mir ist des völlig wurscht, weil ich seh dich so schnell nicht wieder, zumindest nicht dienstlich«, lacht sie und schaut dem Oberberger tief in die Augen.

»Ja dann …, mach's gut Gerlinde und danke, dass du uns geholfen hast.«

»Servus, und falls ich je wieder zu euch komm, dann holen mia das mit dem Einstand und dem Abschied mit ein paar Maß nach, aber die müssen dann richtig voll sein, Dimpfelmoser.«

Und weg ist sie, die Gerlinde.

Der Oberberger schaut ihr glückselig hinterher.

»Du, hab ich da irgendwas verpasst?«

»Xaver, ich bin verliebt. Kannst dir das vorstellen? Da bin ich einmal ein paar Tage nicht benebelt, und schon taucht ein Weib auf, in das ich mich gleich verliebe.«

»Du, aber da musst aufpassen, so viel wie die Gerlinde säuft, dass du da auch weiter klar bleibst im Kopf.«

»Geh Xaver. Die paar Maß steckt die doch locker weg mit der ihrem Kampfgewicht. Des ist ja, wie wenn mia zwei so ein kleines Bier trinken würden, wie es die Preißn tun.«

»Oberberger, wie macht's ihr des dann, wenn die Gerlinde in Landshut ist? Da kannst ja nicht jeden Tag hinfahren, oder?«

»Könnt ich schon, aber ich will es ja gar nicht gleich so übertreiben. Mia schauen erst einmal, wie sich das weiter entwickelt zwischen der Gerlinde und mir. Und außerdem hab ich ja noch eine wichtige Aufgabe in nächster Zeit. Ich hab dem Viereck versprochen, dass ich ihm helf. Und des hat für mich absoluten Vorrang. Weil Freundschaft, des ist halt des Allerwichtigste. Nur wegen einem Weib lass ich den Viereck sicherlich nicht hängen.«

»Ist schon raus, wie es mit dem Viereck weitergeht?«

»Der geht auf Kur, und dann kommt er zurück. Es ist halt nur noch nicht klar, wann das sein wird.«

Wir verabschieden uns, und ich gehe nachdenklich raus auf die Straße. Da kommt mir doch tatsächlich der Reindl entgegengelaufen.

»Dimpfelmoser, ich fahr gleich nach Regensburg und treff mich mit der Rosalie. Wir hatten die letzten Tage außer zu telefonieren ja keine Zeit, bei dem ganzen Stress hier. Aber jetzt treffen wir uns gleich zum Frühstücken bei ihr.«

»Frühstücken, soso«, schmunzle ich. »Vernascht ihr euch da sozusagen als Nachspeise?«

»Du wieder, Dimpfelmoser. Aber natürlich kann es schon sein, dass wir uns nicht nur dem Essen widmen werden«, grinst er glückselig. »Die Rosalie ist halt einfach eine ganz wunderbare Frau. Da wird mir gleich ganz heiß, wenn ich an den Montagabend denke. Die schönste Nacht meines Lebens war das.«

Dann verschwindet auch er, und ich gehe rüber zu mir in die Wohnung.

Als ich die Türe aufsperre, überkommt mich ein ganz komisches Gefühl. Die Eva ist ja nicht da, und ich empfinde so was wie eine Leere in mir, als ich die Wohnung betrete. Irgendwie ist auf einmal alles anders. Ich vermisse plötzlich die Eva, dass es mich fast zerreißt, so weh tut das. Also gehe ich gleich noch mal los und spaziere runter zum Krankenhaus. Als ich am Blumenladen vorbeikomm, kaufe ich ganz spontan so eine rote Gerbera. Ich überlege ja kurz, ob ich nicht eine Rose nehmen soll, aber des wär ja doch ein bisserl übertrieben. Schließlich hab ich der Eva noch nie so ein Grünzeug geschenkt.

Im Krankenhaus, als ich vor der Zimmertüre steh, komm ich mir richtig deppert vor mit dem Stengel in meiner Hand. Ich will gerade umkehren und das Teil im Klo entsorgen, da geht die Türe auf, und die Eva steht vor mir. Wie sie mich sieht und die Blume in meiner Hand, da fängt sie gleich an zu weinen. Damit kann ich nicht umgehen, aber das habe ich ja schon mehrmals erwähnt. Hilflos steh ich da und schaue sie an. Und wie sie mich so anschaut und ihr ihre ganze Kriegsbemalung durch die Tränen im Gesicht verläuft, da sieht sie so herzzerreißend schön aus, dass ich in diesem Moment beschließe, dass sich was ändern muss zwischen uns und unserem verkorksten Verhältnis. In dem Moment spüre ich einfach eine so tiefe Liebe zu ihr, wie ich sie noch nie in meinem Leben empfunden habe.

»Xaver, hast eine Gesichtslähmung, oder warum starrst so mit offenem Maul die Eva an?«, reißt mich da der Opa aus meinem sentimentalen Zustand und holt mich wieder in die Realität zurück.

Er sitzt mit der Oma im Zimmer von der Eva und lacht glucksend in sich hinein.

»Da schau her, der Xaver hat eine Blume in der Hand«, lacht auch die Oma. »Des hat es ja noch nie gegeben. Des streich ich mir rot in meinem Kalender an, und dann erinner ich dich jedes Jahr daran.«

»Weiber«, brumme ich nur und drücke der Eva die Gerbera in die Hand.

»Jetzt lassen mia es wieder gut sein mit so viel Sentimentalität, gell. Nicht dass da noch jemand auf die Idee käme, dass ich plötzlich ein Weichei bin oder so ein affektierter Affe. Bloß wegen so einem Anflug von Sentimentalität bin ich immer noch der Alte.«

Die drei grinsen mich nur an, und keiner sagt etwas. Sollen sie doch glauben, was sie wollen. Ich jedenfalls bin gerade sehr zufrieden mit mir und der Welt, und das fühlt sich nach den letzten Tagen einfach richtig gut an. Ich setze mich auf einen der Stühle und schaue die Eva an. Sie lächelt mir zu, da wird mir ganz warm ums Herz. Ich lächle auch ein bisserl, aber nicht zu viel. Nicht dass der Opa und die Oma noch was mitkriegen. Es reicht schon, dass die mich mit der Blume gesehen haben. Irgendwann kommt ein Arzt herein und bittet uns zu gehen, weil die

Eva Ruhe braucht. Wir verabschieden uns und vereinbaren, dass wir später telefonieren. Dann geh ich nach Hause und mich überkommt eine bleierne Müdigkeit. So wie ich bin, lege ich mich ins Bett und schlafe sofort ein.

Kapitel 16

Samstag, 10.00 Uhr

»Opa, Oma, ich besuch hernach die Marianne noch mal im Klinikum. Sie wird unter Polizeischutz in eine Entzugsklinik verlegt. Mögt's ihr da vielleicht mitkommen?«

Natürlich wollen beide mitkommen. Also hole ich die beiden ab, und wir fahren gemeinsam nach Regensburg ins Klinikum.

Wir gehen zur Marianne aufs Zimmer. Dort warten bereits die Polizisten, die die Verlegung bewachen sollen. Wir müssen halt immer noch vorsichtig sein. Wenn die Mafia ihre Finger im Spiel hat, dann weiß man nie, was denen noch alles einfällt. Ich jedenfalls glaube nicht, dass die das so einfach hinnehmen, wenn ihnen jemand ihr Heroin klaut. Da müssen die ja ein Zeichen setzen, nicht dass da noch andere auf die Idee kommen und das einfach nachmachen. Solange die von der Frankfurter Mafia nicht alle eingesperrt sind, besteht sicherlich Lebensgefahr für die Marianne und auch für die Juliane.

Der Marianne geht es den Umständen entsprechend

gut. Der Arzt sagt, dass sie körperlich stabil ist. Dass die Juliane noch lebt, hat ihr ihren Lebenswillen zurückgegeben.

»Meinst, dass die Juliane in so ein Zeugenschutzprogramm kann, wenn sie gegen die Mafia aussagt?«, fragt sie mich und schaut mich mit großen Augen an.

»Marianne, da müssen andere darüber entscheiden. Aber natürlich gibt es Möglichkeiten, dass sie ihr Strafmaß verringert, wenn sie mit uns kooperiert.«

»Hauptsache, sie lebt und wird wieder gesund«, flüstert die Marianne lächelnd. Wir verabschieden uns und versprechen, dass wir sie baldmöglichst in der Entzugsklinik besuchen. Die Eva hat auch versprochen, dass sie sich um die Marianne kümmert, sobald sie selber aus der Klinik entlassen ist.

»Und jetzt fahren mia zu uns raus, und da trinken mia einen schönen Kaffee«, sagt die Oma. »Ich hab einen Gugelhupf gebacken für dich, Xaver. Da kommst einmal auf andere Gedanken, und dann erzählst uns alles ganz genau, was eigentlich passiert ist. Der Opa ist auch schon ganz neugierig, was seit der missglückten letzten Überwachung genau los war.«

Die Oma weiß halt, wie sie mit so einer Situation umgehen muss. Und ein Gugelhupf, der hilft immer, wennst nicht gut drauf bist, so viel steht jedenfalls fest. Also fahren wir raus zu den beiden. Die Oma kocht ihren Kaffee, der halt immer so stark ist, dass du damit Tote aufwecken könntest. Genauso mag ich ihn. Zunächst reden wir noch über so belangloses Zeug, dann erzähle ich die ganze Geschichte noch einmal. Irgendwie tut das gut, weil ich ja selber teilweise gar nicht mehr verstanden hab, was eigentlich los war in dem ganzen Chaos, das diesen Fall begleitet hat. Die zwei lassen mich einfach reden, und irgendwann fahre ich nach Hause.

Inzwischen ist es schon wieder Abend, und am nächsten Tag ist Sonntag. Da gehe ich jedenfalls wieder rüber zum Schorsch-Wirt und esse meine Bratwürstl mit Sauerkraut, so wie ich es jeden Sonntag mache. Halt noch eine Zeitlang mit Mineralwasser, aber wenn ich an den Viereck denke, dann schadet das sicherlich auch mir nicht, einfach einmal eine Zeit lang auf den Alkohol zu verzichten, weil selbst wenn wir in Bayern sind, ist die ganze Sauferei halt trotzdem nicht gesund, wenn es einer dauerhaft so übertreibt, wie es eben der Viereck und der Oberberger getan haben. Ich beschließe, dass ich mich zukünftig mehr um meine Mitarbeiter kümmern werde und ich mich überhaupt mehr für das Privatleben und die Sorgen und Nöte der Menschen interessieren werde, auf die ich als Polizist aufpassen soll. Und wie ich weiter mit der Eva umgehe, das muss ich mir noch überlegen, weil da hab ich halt überhaupt keine Erfahrung darin. Ich suche im Telefonbuch die Nummer vom Mangelkramer, dem Psychologen, bei dem ich mit der Eva war, und rufe ihn an. Tatsächlich geht der an sein Telefon, obwohl doch Samstagabend ist. Da hab ich nicht damit gerechnet, also lege ich schnell wieder auf. Das kann ja noch bis Montag warten, aber dann rufe ich ihn sicher an. Ich muss halt einfach lernen, nicht immer gleich vor der Eva davonzulaufen, wenn die mir nahekommt. Weil eins hab ich aus dem ganzen Schlamassel dieser Woche gelernt: Wie wichtig es ist, aufeinander aufzupassen und füreinander da zu sein.

Epilog

Ein halbes Jahr später soll dem Angerer der Prozess gemacht werden. Aber so weit kommt es erst gar nicht, weil sich der doch tatsächlich kurz vorher in seiner Zelle erhängt. In einem Abschiedsbrief erklärt er, dass er ohne seine Frau einfach nicht leben kann und da lieber von dieser Welt scheidet.

Der Frau vom Angerer kann tatsächlich nichts außer der Drogenweitergabe an ihre Angestellten nachgewiesen werden.

Sie bleibt dabei, dass ihr Mann sie dazu gezwungen hat, und weil auch die Angestellten das bestätigen, kommt sie wieder auf freien Fuß. Ich habe gehört, dass sie einen eigenen Swingerclub eröffnen will. Da kann sie dann ihre Neigungen zur Genüge ausleben.

Dem stellvertretenden Innenminister Meier-Höllrieser ist tatsächlich die Flucht geglückt. Nachdem er halbwegs gehen konnte, hat er sich aus dem Krankenhaus davongemacht und ist seitdem abgetaucht. Er wird mit internationalem Haftbefehl gesucht.

Die Mitglieder der Frankfurter Drogenmafia werden aufgrund der Aufzeichnungen, die der Riebel hinterlassen hat, bei einer Razzia allesamt verhaftet. Die Prozessvorbereitungen laufen auf Hochtouren, was man so hört. Leider wird das den Drogenhandel nicht groß beeinträchtigen, weil es halt immer genügend Menschen gibt, die der Versuchung nach dem schnellen Geld und nach Macht und Anerkennung erliegen und dafür sogar ihre Seele verkaufen.

Der Reindl und die Rosalie, die sind tatsächlich ein Paar geworden. Kurz nach dem ganzen Stress mit dem Angerer haben sie sich immer öfter getroffen, und jetzt sind sie unzertrennlich.

Die Marianne ist immer noch in einer Klinik. Den körperlichen Entzug hat sie gut überstanden. Sie ist wieder etwas fröhlicher, und manchmal kann sie sogar schon wieder so lachen, als wären all die schrecklichen Ereignisse niemals geschehen.

Die Juliane hat sich von ihrer Schussverletzung auch wieder ganz erholt. Sie ist die Kronzeugin im Prozess gegen die Drogenmafia und in einem Zeugenschutzprogramm. Für den Mord muss sie sich aber natürlich verantworten.

Die Eva war auch in einer Rehaklinik, um den Schrecken der Entführung zu verarbeiten. Sie ist seit drei Monaten wieder daheim bei mir und macht jetzt ihre alte Therapie weiter. So oft sie kann, fährt sie in die Klinik und besucht die Marianne.

Der Viereck ist seit einem Monat wieder im Dienst und bisher anscheinend völlig trocken, was man so hört. Er wird beim Mineralwassertrinken tatkräftig unterstützt vom Oberberger.

Der Oberberger und die Gerlinde sind auch ein Paar. Sie sehen sich zwar nicht oft, weil die Gerlinde immer noch in Landshut ist, aber das macht den beiden nichts aus. Die Gerlinde stemmt immer noch gerne eine Maß, während der Oberberger halt wegen dem Viereck nur selten einen richtigen Rausch hat.

Der Pfarrer Eberdinger kommt wieder einmal mit einem blauen Auge davon. Sein Waffenschein wird ihm zwar entzogen, und seine Waffen werden einbehalten, aber er bekommt nicht einmal eine Bewährungsstrafe, weil er halt ein Pfarrer ist, und da gelten anscheinend andere Gesetzmäßigkeiten. Vielleicht hat ihm auch sein Herrgott ein bisserl geholfen.

Und ich bin auch nicht mehr ganz der Alte. Die Ereignisse haben ihre Spuren hinterlassen. Ich bin irgendwie nachdenklicher geworden und war auch ein paarmal bei dem Psychologen, aber irgendwie ist das nix für mich. Mal schau'n, wie es weitergeht. Ansonsten genieße ich wieder mein Polizistenleben, und beim Schorsch-Wirt, da trinke ich wieder eine Maß zu meinen Bratwürsten, weil wir sind ja schließlich in Bayern.

Nachwort des Autors

Wie schon im ersten Band »Mordswatschn« spielt die Haupthandlung des Buches in der Stadt Wörth an der Donau. Falls Sie, liebe Leser, diese in der angegebenen geographischen Lage suchen sollten, die gibt es wirklich. Allerdings sind einige Örtlichkeiten verändert oder frei dazu erfunden. Auch alle Personen sind frei erfunden. Eine etwaige Ähnlichkeit mit realen Personen ist reiner Zufall und weder gewollt noch beabsichtigt.

Ich hoffe, die Geschichte vom Hauptkommissar Dimpfelmoser hat Ihnen gefallen, und Sie haben sich gut unterhalten gefühlt.

Wenn Sie mehr über die Hintergründe des Hauptkommissars und des Autors wissen wollen, dann besuchen Sie doch einfach meine Facebookseite oder meine Homepage unter www.stefanlimmer.de.

Herzliche Grüße
Stefan Limmer und
Hauptkommissar Dimpfelmoser

Stefan Limmer

Mordswatschn

Kriminalroman.
Taschenbuch.
Auch als E-Book erhältlich.
www.ullstein-buchverlage.de

Es ist nicht alles Wurst ...

Was für ein Stress – und das am heiligen Sonntag! Erst wird Kommissar Dimpfelmoser im Wirtshaus bei seinen geliebten Bratwürstl gestört. Dann nervt ihn seine Haushälterin Eva. Und schließlich wird auch noch eine Leiche gefunden. Welcher Verrückte kommt auf die Idee, seinem Opfer das Blut aus den Adern zu lassen? Während der raubeinige Kommissar ermittelt, wird eine zweite Leiche gefunden – ausgerechnet auf dem Gelände des spirituellen Begegnungszentrums. In der Kleinstadt im Bayerischen Wald rumort es, der Pfarrer macht mobil gegen das »teuflische Zentrum«. Mit zwei Leichen und einem Bürgerstreit im Nacken muss Dimpfelmoser nun Himmel und Hölle in Bewegung setzen, damit die Situation nicht eskaliert ...

Da schaust her – Kommissar Dimpfelmoser ermittelt!

ullstein